美的考索・下冊

目次

餘論
——

第一章
書法藝術對中國美學的特殊貢獻

第二章
「休」「閒」與當代審美文化

第四章

「天人合一」的審美視野

　　以現代人的眼光來看，「天人合一」不是一個科學的概念，在現實的物質世界，人與大自然之間充滿了鬥爭，人們要通過改造大自然取得生活資料，要戰勝自然災害改善生存環境，人類社會從原始矇昧狀態發展到科學文明昌盛的今天，是從「與天奮鬥」「與地奮鬥」的艱難歷程中走過來的。現代哲學家張岱年說：「中國哲學之天人關係論中所謂天人合一，有二意義：一天人相通，二天人相類。」[1]後來流行的「天人合一」說，是從漢代大儒董仲舒「天人相類」說引申出來的：

　　　天亦有喜怒之氣，哀樂之心，與人相副。以類合之，天人一也。（《春秋繁露》〈陰陽義〉）[2]

1　張岱年：《中國哲學大綱》，中國社會科學出版社1982年版，第173頁。

2　宋代哲學家張載明確提出「天人合一」四言成語，他在《正蒙》〈乾稱〉中說：「儒者則因明致誠，因誠致明，故天人合一，致學而可以成聖，得天而未始遺人。」

實質是將大自然人化，將種種變化的自然現象與人的感情變化相應相類，於是在古代人們眼睛中的天有了意志（「天志」），有了感情（「天情」），以其「大」，有統治、駕馭人類的使命（「天命」）。《尚書》〈洪範〉中的「休徵」「咎徵」說，是最早出現的天與人相應或不相應之說。孔子說「唯天為大，唯堯則之」，亦是言堯應天之命，人治類於天治。老子說「天地相合，以降甘露，民莫之令而自均」（《老子》〈三十二章〉），也是認為天對人有感情。

感覺到天地萬物與人有類似的感情，精神相通（且人本身也是萬物之一），如果能夠從「聖人」主觀規定的政治、倫理、道德的天人關係中超脫出來，那麼，人的審美視野就因人與大自然界限的消失而顯得無限開闊，在人的精神世界中，在無羈束的想像聯想之中，自然的人化與人的自然化都可以自由地實現，可以獲得愜意的美感。本章據天人相應、相通、相類之說，試圖從「感物」「游心」「中和」三種人的心理動態，探索一下人們的審美視野怎樣在人天之間展開。

第一節　「夫物類之相應，玄妙深微」

最早將「感」與「天」連繫起來，是《易》之〈咸〉卦卦象所展示的「䷞」，下艮上兌，直觀則是「山上有澤」，如長白山上的天池。山上之澤，最先承受天降之雨，天旱也最容易乾涸，這是大地與天感應最敏感的器官。〈彖傳〉說：「咸，感也，柔上而剛下，二氣感應以相與」，這就是陰陽感應，繼而推及天人感應：「天地感而萬物化生，聖人感人心而天下和平，觀其所感，而天地萬物之情可見矣。」人以五官及心去「感」，而得天地萬物之情狀，美感由此發生。六條爻辭描述男女相感產生人間最美的愛情，本書上編第一章已述。

感物而產生聽覺美，《樂記》首先有較為系統的論述。音樂是表現聲音的藝術，人的聲音與人的心理、生理態勢有著密切的關係，當人感事觸物而生情，發生心理活動時，會立即通過植物神經系統，引起身體內部各器官與有關肌肉乃至血液的生理反應，美國心理學家威廉・詹姆斯說：「特種知覺確會在引起情緒或帶情緒的觀念之先，由於一種直接的物質作用，發生廣佈身體的變化。」據心理測試，哀戚之情，必由植物性神經的支配減弱而造成血管肌肉收縮和器官痙攣，歡悅之情則因植物性神經系統支配作用的加強而使血管擴張，肌肉舒展，各種器官處於放鬆狀態。[3]這其中，當然包括人的發聲器官的痙攣和舒展，哀戚之聲或歡樂之聲便是身體內外生理變化的物質（聲音）表現了。《樂記》的作者尚無現代生理心理學知識，但已如此說：

> 樂者，音之所由生也；其本在人心感於物也。是故其哀心感者，其聲噍以殺；其樂心感者，其聲嘽是以緩；其喜心感者，其聲發以散；其怒心感者，其聲粗以厲；其敬心感者，其聲直以廉；其愛心感者，其聲和以柔。六者非性也，感於物而後動。（《樂記》〈樂本〉篇）

他已明確理清了感物 —— 動情 —— 發聲的邏輯關係，人的喜、怒、哀、樂、敬、愛六情，都由不同的外物所感而引起，大而言之，如「治世」則「安以樂」，「亂世」則「怨以怒」，「亡國」則「哀以思」等等。雖然世間可感之物有多種多樣，人的感情「無喜怒哀樂之常」，而音樂的美感本質應是表現「天地之和」，「和，故百物皆化」，由此，音樂家的「感物」就不能光憑自己的好惡之情，「物之感人無窮，而人

3　參見曹日昌主編：《普通心理學》下冊，第47-54頁《生理變化與表情動作》。

之好惡無節」，毫無節制，就會是：「人化物也者，滅天理而存人欲者
也。」在音樂作品中的表現則會是：「其聲哀而不莊，樂而不安，慢易
以犯節，流湎以忘本，廣則容奸，狹則思欲，感條暢之氣，而滅平和
之德。」（〈樂言〉篇）顯然這樣的音樂就失去了美感，不能起到教化
作用。《樂記》畢竟是一部論述與「禮」並列的治世之「樂」的儒家典
籍，雖然道出了「感於物而後動」這樣完全正確的話，但對音樂家如
何「動」提出了特殊的要求：

　　合生氣之和，道五行之常，使之陽而不散，陰而不密，剛氣不
怒，柔氣不懾，四暢交於中而發於外，皆安其位而不相奪也。（《樂記》
〈樂言〉篇）

　　這是「感物」的原則，其本就是「天人相應」，如果音樂家的心理
素質還達不到此等境地，那就要加強心性的修養，要「反情以和其
志」，使「奸聲亂色」「淫樂慝禮」「惰慢邪辟之氣」，不干擾耳目侵蝕
身體；「使耳目鼻口心知百體皆由順正，以行其義」，就能創作出「奮
至德之光，動四氣之和，以著萬物之理」的好作品，這樣的作品所呈
現的美感及其教化效果是：

　　清明象天，廣大象地，終始象四時，周還像風雨。五色成文而不
亂，八風從律而不奸，百度得數而有常，小大相成，終始相生，倡和
清濁，迭相為經。故樂行而倫清，耳目聰明，血氣和平，移風易俗，
天下皆寧。（《樂記》〈樂象〉篇）

　　雖然表述還嫌抽象，究其本原，原來就是天地「大美」的音聲表

現。這段話，在《荀子》〈樂論〉中也有大致相同的說法，少些美感的描述而更強調功利（見上編第四章所引）。在美感方面，對於荀子之崇「偽」，「無偽則性不能自美」，提出了相反的意見，認為音樂跟詩與舞蹈一樣，「三者本於心，然後樂氣從之。是故情深而文明，氣盛而化神，和順積中而英華發外：唯樂不可以為偽」（《樂記》〈樂象〉篇）。

　　《樂記》之後，西漢劉安主持編著的《淮南子》對於感物的論述有所深化。這部雜糅儒、道、陰陽家思想的「雜家」之書，在〈原道訓〉〈俶真訓〉〈覽冥訓〉等篇中，更多地強調人的主觀精神的作用而及與所感對象的「神與化游」「神與形化」，這對於進入審美創造的藝術活動，無疑更有啟示意義。〈原道訓〉有云：

　　人生而靜，天之性也；感而後動，性之害也；物至而神應，知之動也；知與物接，而好憎生焉。

　　所說「性之害也」，是因為對外物有所感，性不得不動，改變了天性之靜，但又是必然的。有感而後動，還僅僅是一種生理反應，人以外的動物也會有；「物至而神應，知之動也」，即人能發生精神性反應，並引發「知」（智）的參與，這才是人更高級的反應。「知」是人的智慧和知識積累，因而使人有控制、調節感情的理性思辨能力，於是又接著說：「好憎成形而知誘於外，不能反己，而天理滅矣。故達於道者，不以人易天，外與物化而內不失其情。」這是類似於《樂記》「反情以和其志」的說法，又有所不同，即又強調了「不失其情」，此「情」應作「真」理解，「外與物化」且要保持不失於本性的真情。〈俶真訓〉由「性」而「情」，對感物而情動的生理反應和有知性的心理活動作了具體的進一層的描述：

　　且人之情，耳目應感動，心志知憂樂，手足之拂疾癢、辟寒暑，所以與物接也。蜂蠆螫指，而神不能憺；蚊虻噆膚，而知不能平。夫憂患之來攖人心也，非直蜂蠆之螫毒而蚊虻之慘怛也，而欲靜漠虛無，奈之何哉！目察秋毫之末，耳不聞雷霆之聲；耳調玉石之聲，目不見泰山之高，何則？小有所志而大有所忘。今萬物之來攉拔吾性，搴取吾情，有若泉源，雖欲勿稟，其可得邪？

　　再次強調了人之感於物而情必有所動的必然性，以最簡單的蚊、蜂叮人皮膚為喻，在現實生活中，人的心境不可能絕對地「靜漠虛無」，既然目能明察秋毫，就不能不見泰山之高，既然耳能辨玉石之聲，就不能不聞雷霆之聲，更何況萬物畢現於人們面前，豈能毫無所動？《淮南子》的作者們表達了不同老莊「輔萬物之自然而不敢為」的思想，認為「大有所忘」在現實的物質世界裡實在不可能。在〈要略〉篇解釋〈覽冥訓〉之「覽冥」二字時，他們也亮出了「天人相應」的觀點：

　　覽冥者，所以言至精之通九天也，至微之淪無形也，純粹之入至清也，昭昭之通冥冥也。乃始攬物引類，覽取橋掇，浸想宵類；物之可以喻意象形者，乃以穿通窘滯，決瀆壅塞，引人之意，系之無極。乃以明物類之感，同氣之應，陰陽之合，形坲之朕，所以令人遠觀博見者也。

　　這段粗讀之下頗為費解的文字，實在是「感物」說一個重要的發展。原來，「覽冥」就是要在觀察任何事物時，要能夠感知對象形體所不能直接見到的、在冥冥之中的「精」與「神」，最微妙的東西是無形

的，最純粹的東西是清澈無跡的，昭然於前的都通往幽邃深遠之域，因此，在觀覽中要善於類推類比，攝取種種轉瞬即逝的細微跡象，以微觀深入的精細目光從此物向彼物推想其異同。如此細微深入的觀察或許難以形之於言，於是可用「喻意象形」的方法將其曉示，運用意中所擬之象消除一些心理障礙，引發人們之意想而開拓出無邊無際的思維空間[4]。客觀世界千類萬狀的事物，都是陰陽二氣生成，不同個體之間有異有同，它們之間也相互感應，如果孤立地觀察單個事物，就會遇到窘迫、壅塞，不能作通達之觀，如果善於對客觀世界「形垺之朕」作整體把握而與其冥冥中之精神相感應，即可有「遠觀博見」之效。〈覽冥訓〉中有大量心物感應之例，其中不少事例現在看來十分荒誕（如武王伐紂時之天象變化等等），僅引一則云：

　　夫物類之相應，玄妙深微，知不能論，辯不能解，故東風至而酒湛溢，蠶咡絲而商弦絕，或感之也；畫隨灰而月運闕，鯨魚死而彗星出，或動之也。……故山雲草莽，水雲魚鱗，旱雲煙火，涔雲波水，各象其形類，所以感之。

　　不但是人與物，而且物與物之間都有精神感應，這未免有些神祕，但著實強調了人的直感能力可以精妙入微，就像自然界的物物相感而發生種種奇妙難解的現象，如果由感物到臻至「玄妙深微」的境界，亦是獲得了難以言狀的美感。在〈原道訓〉中，對於「喻意」而成之象，作了頗有美感意味的描述：

4　老子說「道」是「惚兮恍兮，其中有像，……」不可名狀，但是他也對「道」有「喻意象形」的嘗試，那就是《老子》〈十五章〉中之「豫兮，若冬涉川；猶兮，若畏四鄰……」等等意想之象，對「微妙玄通，深不可識」之道「強為之容」。

迫則能應，感則能動，物穆無窮，變無形象，優游委縱，如響之與影。

　　所謂「變無形象」，實指脫去了「形似」的意中之象，與具體的景物、聲音僅僅是「相應」之象。這是以後出現的「意象」說之先聲。

　　《淮南子》的「感物」說超越了《樂記》較為粗略的「感於物後動」的由物及情說，也超越了同時代董仲舒的「同類相召」「同類相動」說。董仲舒認為，「同類相召」，就是：「百物玄其所與異，而從其所與同，故氣同則會，聲比則應。」因而「美事召美類，惡事召惡類，類之相應而起也」。人在物面前，處於一種被動狀態，失去了感物的主動性，乃至說：「天有陰陽，人亦有陰陽，天地之陰氣起：而人之陰氣應之而起，其道一也。明於此者，欲致雨，則動陰以起陰，欲止雨，則動陽以起陽，故致雨非神也，而疑於神者其理微妙也。」[5]將天人相應、物物相應的微妙之理，簡化為「同類相動」，繼而將天之喜怒之氣，哀樂之心，「與人相副」而歸類，更宜於作為他對政治有警示意義的「災變」說的理論基礎。而《淮南子》天人相應的「感物」說對以後藝術、文學領域的審美創造，影響深遠。

　　文學家與造型藝術家幾乎同時注意到「感物」在審美創造中的前導作用，晉代的陸機與著名書法家衛鑠（又稱衛夫人，王羲之少時從她學習書法），將「感物而動」賦予了「靈感」的性質。陸機《文賦》所云「遵四時以嘆逝，瞻萬物而思紛；悲落葉於勁秋，喜柔條於芳春。心懍懍而懷霜，志眇眇而凌雲……」，說的就是文學家因感物動情而發生創作的欲望，後又說：

5　以上引董仲舒語均見《春秋繁露》〈同類相動〉。

應感之會，通塞之紀，來不可遏，去不可止。藏若景滅，行猶響起，方天機之駿利，夫何紛而不理？思風發於胸臆，言泉流於唇齒。……

這就是「感而遂通」的心理態勢。當對審美對象的感覺體驗到了「玄妙深微」的境地，目與心豁然貫通，情思與景物默會交流，於是文思自然而至，美妙的言辭如泉水般從筆下流出。衛夫人在《筆陣圖》中，先說前人書法之妙，觀賞者以至入迷：「蔡尚書入鴻都觀碣，十旬不返，嗟其出群」，又批評了「近代以來」有些習書法者「或學不該贍，聞見又寡，致使成功不就，虛費精神」之後，似不甚經易地補說了一句：「自非通靈感物，不可與談斯道。」「靈」，據《大戴禮記・曾子天圓》解：「陽之精氣曰神，陰之精氣曰靈。」人本是「男女構精」而生，所以「神」與「靈」共體而互通，《管子》〈內業〉[6]篇中，前後有「靈氣在心，一來一逝」「有神自在，一來一住，莫之能思」之說。「神」之用於人，更多地表現為主觀能動之精神，是人的生機、生命的生動表現；「靈」主要屬於「性」的範疇，因而又有「靈性」「性靈」之說，「靈」又可具指為人的天賦聰明才智。衛夫人所說「通靈」，就是貫通生性的聰慧、心中的靈氣，以靈動、靈活、靈敏之心性外感於物，而至「心有靈犀一點通」。這樣的「感」，就不是一般的被動之感，將「通靈感物」簡言之，就是「靈感」。由書法再至繪畫，宗炳《畫山水序》中有「應會感神，神超理得」「神本亡端，棲形感類」之說，亦通於陸、衛之論。

6　現存於《管子》中的〈心術〉〈白心〉〈內業〉篇，據郭沫若考證，是道家學派宋鈃、尹文的遺著（見《青銅時代》）。

　　《文心雕龍》中的〈物色〉篇，是自有「感物」說以來第一篇專論。這篇專論，既化用董仲舒的天人「相動」之說，也將《淮南子》的「物類之相應」向文學領域化入。其開篇即寫道：

　　春秋代序，陰陽慘舒；物色之動，心亦搖焉。蓋陽氣萌而玄駒步，陰律凝而丹鳥羞，微蟲猶或入感，四時之動物深矣。若夫珪璋挺其惠心，英華秀其清氣，物色相召，人誰獲安！是以獻歲發春，悅豫之情暢；滔滔孟夏，郁陶之心凝；天高氣清，陰沉之志遠；霰雪無垠，矜肅之慮深。

　　這段話，可說是董仲舒《春秋繁露》〈天辨在人〉中一段文學化演繹。董仲舒說，天有喜、怒、哀、樂四氣，對應四季則是春、秋、冬、夏，於是人因天氣之動而有：「春氣」──「博愛而容眾」；「秋氣」──「立嚴而成功」；「夏氣」──「盛養而樂生」；「冬氣」──「哀死而恤喪」。

　　顯然，劉勰的表述已充溢美感。前言「物類之相應」，以螞蟻、螳螂之類小蟲尚能「入感」，有「惠心」之人，怎能不被「物色相召」。後又言「歲有其物，物有其容；情以物遷，辭以情發」，於是，感物成為文學創作的前奏。感物而後寫物，劉勰談了兩個重要問題：

　　一是對物之「寫氣圖貌」要善於把握物之神理，不能見物寫物。「詩人感物，聯類不窮」，感物所觸發的聯想是無窮的（這就不同於荀子、董仲舒那樣將山、川作為單一的觀念對應物），引發的情思是多端的，「流連萬象」「沉吟視聽」，其心與物徘徊而相應，即如陸機《文賦》所云「情曈曨而彌鮮，物昭晰而互進」。待物在心目中「昭晰」之後，攝取該物由內而外的特徵，或畢現其形色之美，或盡傳其音聲之

美，「故『灼灼』狀桃花之鮮，『依依』盡楊柳之貌，『杲杲』為日出之容，『瀌瀌』擬雨雪之狀，『喈喈』逐黃鳥之聲，『喓喓』學草蟲之韻」。能抓住特徵要點而寫，便是：「以少總多，情貌無遺，雖復思經千載，將何易奪？」

　　二是移情於物，寓意於象。劉勰對「近代以來，文貴形似」，頗有微詞，雖然自「相如巧為形似之言」以來，至南朝的「情必極貌以寫物」，詩文作品中的形象藝術日趨成熟，但千古恆在之物，人人皆窮形盡相而寫之，勢必造成雷同。人與人、古人與今人永不雷同者，唯有各具個性色彩的情與意也。欲使所寫之物「雖舊彌新」，要求文學家需從景物的觸發中有個人獨特的感受，再融入個性化的情思，這就是：「四序紛回，而入興貴閑；物色雖繁，而析辭尚簡；使味飄飄而輕舉，情曄曄而更新。」至此，劉勰將《淮南子》的「喻意象形」可以「穿通窒滯，決瀆壅塞」，用了句更富新意的話來表述：

　　　物色盡而情有餘者，曉會通也。

　　「情有餘」則能以「情」化「物」，將感物動情轉化為感物移情，將客觀物像轉化為以情為質的「興象」或「意象」，這是「感物」的一次飛躍，也是對「形似」的超越。在〈神思〉篇，劉勰已使用「意象」一詞（「窺意象而運斤」），並有「神用象通，情變所孕」觸及了「意象」的真諦，而此處又有「情有餘」之語，更是對「意象」創造的自覺之論。還值得特別一提的是〈物色〉篇之「贊」，將音樂理論與哲學理念很濃的「感物」說，轉化為文學領域的心物、情景交融，作了詩化的描述：

　　山沓水匝，樹雜雲合。目既往還，心亦吐納。春日遲遲，秋風颯
颯。情往似贈，興來如答。

　　「天人相應」還只是一個大的概念，《淮南子》描述「物類之相應」
也有神祕感，劉勰將物之感人時的心物互動，情景互動，生動形象地
描述出來了，清代紀昀對這個「贊」特別欣賞，稱《文心雕龍》「諸贊
之中，此為第一」。

第二節　「游心於物之初」

　　「目既往還，心亦吐納」，五官接物，心受之而有感動，還處於一
種被動的地位，所產生的情的流向也受到物的制約。「心」，能否不受
具物具象所感而自動接物呢？心自由而動在理論上是存在的，道家有
「游心」一說。「游心」說給予心靈極大的自由，不受物的制約而「游」
於無限的空間和時間，最終亦將「感物」提高到「神與物游」境界，
這在人類的審美創造領域，至今也難以超越，或者說，永遠不可超越
（佛禪認為心之外根本沒有物存在，那是否定，不是超越）。
　　「游心」一詞首見於《莊子》，其〈駢拇〉篇有「游心於堅白同異
之間」，那是指對不同的哲學觀念進行思辨，運思於心；〈德充符〉篇
有「且不知耳目之所宜，而游心乎德之和」，說的是不以耳目適宜與
否，讓心在和美的道德境界中遨遊。〈田子方〉篇借老聃之口道出「吾
游心於物之初」，其意義有所不同，所謂「物之初」，按老子「道生一，
一生二，二生三，三生萬物」（《老子》〈四十二章〉），「初」即虛無，
換句話就是：游心於虛無之中。「虛無」怎麼能「游」呢？其實，老、
莊心目中的「虛無」就是無限的空間與時間，也即是宇宙。《莊子》第

一篇便是〈逍遙游〉，其中有：「列子御風而行，泠然善也，旬有五日而後返。」這當然屬神話性質；又說：「若夫乘天地之正，而御六氣之辯，以游無窮者，彼且惡乎待哉？」作為物質個體的人，當然不能「御風而行」，莊子認為，心是可以「游無窮」的，〈齊物論〉篇中又出現了「游乎四海之外」「游乎塵垢之外」等語，其義皆為心游或神遊。古人不知人的思維活動在大腦而以為在心，因此心有無限的能動性，孟子也強調心的作用，但還沒有「游心」說。

莊子還有一個著名的「心齋」說，在〈人間世〉篇中，又是托孔子之口：

> 若一志，無聽之以耳而聽之以心，無聽之以心而聽之以氣。聽止於耳，心止於符。氣也者，虛而待物者也。唯道集虛。虛者，心齋也。

所謂「心齋」，是指摒除心中一切世俗慾念，使心志純一。耳朵能聽到物質（空氣震動）的聲音，如果用心靈聆聽，則不是耳所聽的繁雜世俗之聲，而是純淨的自然之聲（莊子稱為「天籟」），這種自然之聲，實際也不是作為物質器官的心聽到的，而是寓於心中的道氣「聽」到的，氣無形，道為虛，虛以接納萬物。到底「氣」聽到的是什麼呢？後面有幾句話似是承此而說：「為人使易以偽，為天使難以偽。」「氣」所聽之者不是為人所驅使的偽聲，絕對是自然（天）的真聲。在〈人間世〉篇中，他還借孔子之口說：

> 瞻彼闋者，虛室生白，吉祥止止。夫且不止，是謂坐馳。夫徇耳目內通，而外於心知，鬼神將來舍，而況人乎！是萬物之化也。

內視那空虛的心境，就像空無一物的居室呈現純白的映像，那最
美妙的東西就能入於心，如果未至，可以形坐而心往神馳；把自己的
聽覺、視覺引導通於虛白的心室，一切神妙（「鬼神」是代指）皆入於
心，順應萬物之變化而心向往之。後來他在〈天地〉篇有段話，似乎
比這段話說得更好理解一些：「視乎冥冥，聽乎無聲。冥冥之中，獨見
曉焉；無聲之中，獨聞和焉。故深之又深，而能物焉；神之又神，而
能精焉。」用現代美學的話語來表述，這就是「內心的觀照」，具體地
連繫審美創造的心理態勢，如陸機《文賦》所說：「其始也，收視反
聽，耽思傍訊，精騖八極，心游萬仞。……」《文心雕龍》〈神思〉所
謂「故寂然凝慮，思接千載；悄焉動容，視通萬里。」莊子的話就不那
麼神祕難解了。

　　「游心」說較之「感物」說，拓開了更為廣闊的審美視野，並且主
要是屬於心靈的審美視野，它為文學藝術領域的審美創造活動，創造
高於現實生活、獨立於物外的藝術境界，明示了一條必由之徑，首先
出現於中國詩學中的「境界」理論，就是在「游心」說的基礎上建立
起來的。

　　《淮南子》〈修務訓〉最早接受「游心」說。該篇作者談到「學不
可已」，先以盲人琴師為例：「今夫盲者不能別晝夜，分白黑，然搏琴
撫弦，參彈復徽，攫援摽拂，手若蔑蒙，不失一弦」，是「服習積貫之
所致」；又說：「玉堅無敵，鏤以為獸，首尾成形，諸之功；木直中繩，
揉以為輪，其曲中規，檃括之力。唐碧堅忍之類，猶可刻鏤，揉以成
器用，又況心意乎？」玉木等物經過「刻鏤」等人工之力可成大用，
人的「心意」當然更可造就，於是接著說：

　　　且夫精神滑淖纖微，倏忽變化，與物推移，雲蒸風行，在所設

施。君子有能精搖摩監，砥礪其才，自試神明，覽物之博，通物之
壅，觀始卒之端，見無外之境，以逍遙仿佯於塵埃之外，超然獨立，
卓然離世，此聖人之所以游心若此。

這段以「游心」而貫穿的話，強調了人的主觀精神、認識和把握
客觀世界的能力，有無限的能動性，很強的可塑性。由於人的精神柔
軟細微，變化迅速，能夠隨外在環境的推移變化，像雲湧風馳，施用
到一切空間與時間（這是大大優於物質的玉、木之處）。君子有意識地
精心研究、細緻觀察身外世界的一切，磨煉自己的才具，運用自己的
神明，博覽萬物，又不為任何事物的表面現象所遮障；貫通融會，直
觀事物發生、發展至終結的全過程，了然於心，在內心展開至大無外
即無邊無際、沒有任何界限遮攔的境界。這個境界就是神遊物外的精
神境界。人的精神進入了此等境界，他的心逍遙自在地暢遊於現實物
質世界之外，就超然地遺世而獨立了，卓然地超凡入聖了。

《淮南子》接受了老、莊之說，但也有不同之處，老莊是在「無
為」的精神狀態中「游心」，「淮南」們則是強調先有所為，通過學習
和「服習積貫」的功力而「游心」，並且對這個「游」字別有會心，在
〈俶真訓〉中，將《莊子》〈讓王〉篇「身在江海之上，心居乎魏闕之
下」，改為「身處江海之上，而神遊魏闕之下」，成為《文心雕龍》〈神
思〉謂「神與物游」之所本。同篇中，還對藝術家的「游心」狀態作
了美妙的描述：

夫目視鴻鵠之飛，耳聽琴瑟之聲，而心在雁門之間。一身之中，
神之分離剖判，六合之內，一舉而千萬里。

　　魏代詩人嵇康《兄秀才公穆入軍贈詩》中有云：「目送歸鴻，手揮五弦。俯仰自得，游心太玄。」好像是承此而化為詩句，但「游心」的是玄遠之道的境界。

　　《淮南子》講「游心」而入「無外之境」，主要是指個人的精神遠游，還不是就藝術創造而言，魏晉而後，「游心」到了文學藝術家那裡，與創作連繫起來了，繼陸機之「精騖八極，心游萬仞」，梁代蕭子顯在《南齊書》〈文學傳論〉首段即云：

　　文章者，蓋情性之風際，神明之律呂。蘊思含毫，游心內運，放言落紙，氣韻天成⋯⋯

　　「蘊思」，相當於現在所說的構思，而「游心內運」，他又用下面幾句話作了補充：「屬文之道，事出神思，感召無象，變化不窮。俱五聲之音響，而出言異句；等萬物之情狀，而下筆殊形。」在文學藝術家的思維領域，「神思」是「游心」時必然發生的一種心理態勢，心游而神以思，心止而神以靜，心、神實為一體。宗炳《畫山水序》言「萬趣融其神思」於前，劉勰於《文心雕龍》專立〈神思〉篇並言「神與物游」於蕭子顯之後。「游心」與「神與物游」，使文藝家情思飛揚，想像與聯想都展開了翅膀。所謂「感召無象」，是指現實生活的一切物像在心目中似乎消失了，出現在文藝家心屏上的是意象、心象，因而又說「下筆殊形」。現實生活境界與文藝家將創造的藝術境界拉開了距離，唯此由「游心」而獲得的境界，才是超然物外的審美境界，超越現實世界而在人們的心靈世界無限地展開。

　　審美境界理論的正式出現，是在唐代的詩學理論中。有「游心」說、「神思」說啟導於前，自唐及以後的歷代詩人和畫家，再給「游心」

所展開的「無外之境」賦予種種美的內涵、美的表象，如「心」在人體內處於中樞地位一樣，「詩境」「畫境」（或統稱「藝境」）在中國藝術美學中亦處於樞紐位置。

自王昌齡始，大凡言「境」者，皆是由「心」而及。現見於日本僧人遍照金剛《文鏡秘府論》南卷《論文意》所引「王氏論文」之語，處處見「心」：

夫置意作詩，即須凝心，目擊其物，便以心擊之，深穿其境。如登高山絕頂，下臨萬象，如在掌中。以此見象，心中了見，當此即用。

如果將「心」僅理解為「情志」，那就太簡單了，此「心」包含了莊子所說的「無聽之以心，而聽之以氣」之「氣」（此條之下，即有「夫文章興作，先動氣，氣生乎心」），或者是《淮南子》所說「通物之窐」之心，王昌齡用了「擊」字，用了「深穿」，強化了「心」的力度；未出「游心」一詞而實言心之所游：「如登高山絕頂……」；而「心中了見」，也類似於近代西方美學家所說的「內心觀照」。整段話的意思是：詩人欲作詩，先凝集心力，再縱心而游於「山水、日月、風景」，所見之象皆「以心擊之」，「深穿」一切具體物像之「境」而搜求更深邃、更完美、更理想的意中之境。因此，「心中了見」之象，是詩人的心象、意象、興象，「以歌詠之，猶如水中見月」。這段話，在亦為王昌齡所著的《詩格》中，有個更簡潔的表述：「搜求於象，心入於境，神會於物，因心而得。」他又在《詩格》列「詩境」有三，第一種是「物境」：「欲為山水詩，則張泉石雲峰之境，極麗絕秀者，神之於心，處身於境，視境於心，瑩然掌中，然後用思，了然境象，故得形似。」這還是「感物」之境，其「心」在山水之間，尚未遠遊，但身外的山水

之境已轉換為詩人心中的山水之境，有「形似」之美。第二種是「情境」：「娛樂愁怨，皆張於意而處於身，然後馳思，深得其情。」第三種是「意境」：「亦張之於意而思之於心，則得其真矣。」後兩種，都是「游心」（即「馳思」）所得之境，可以說是超越了物像的「形似」而進入了情與意的「無外之境」。其中，特別是「意境」，在王昌齡的審美視野中，為最佳境界，這種境界的獲得特別需要「用心」：

用意於古人之上，則天地之境，洞然可觀。

意須出萬人之境，望古人於格下，攢天海於方寸。詩人用心，當於此也。

凡屬文之人，常須作意。凝心天海之外，用思元氣之前，巧運言詞，精煉意魄。[7]

王昌齡詩境理論的創立，曾有不少學者（包括本人）認為是受佛學中種種「境界」說的啟示而有所發明。誠然，唐代佛學的興盛，特別是從印度取經歸來的玄奘所竭力宣揚的「唯識宗」學說，對「詩境」論的產生有直接的推動作用[8]，但是經過對中國本土學說的追根溯源，本人現在認為道家的「游心」說、《淮南子》的「無外之境」說，應是它的本土之根，所謂「凝心天海之外」，所謂「天地之境」，正是古人所想望而尚未在精神領域明確呈現的（與佛家的「唯識無境界」、心外

7　均引自《文鏡秘府論》，中國社會科學出版社1983年版，第278-289頁。

8　拙著《中國詩學體系論》中，對此有較詳細的論述，見該書第230-236頁，中國社會科學出版社1998年新版。

無「實有境界」有本質的區別）。「詩境」的發明，在人們心目中無限地擴大了審美的視野，詩人的主觀世界與客觀世界的契合交融，從此有了一個明顯的標識，詩人融合二者可以建構一個高於二者的完美的藝術宇宙。

王昌齡而後，以「游心」說為核心的「詩境」論不斷發展和完善，中唐劉禹錫補充提出「境生於象外」說，晚唐司空圖又有「象外之象，景外之景」說（亦受佛、禪「以指指月，而月非其指」的啟發而得，詳後論），這都是對「無外之境」最好的發揮。宋代的詩人們把王氏的「詩有三境」統稱為「意境」，到了元代，方回乾脆直稱為「心境」，並撰《心境記》，該文中特別舉陶淵明《飲酒》詩之「結廬在人境，而無車馬喧。問君何能爾，心遠地自偏」為例，在「心遠」二字上，發揮出創造超凡境界的詩必先「治心」的觀點。他認為，陶淵明所處身的生存環境並非特別之域，「其尋壑而舟也，其經丘而車也，其日涉成趣而園也，豈亦抉天地而出，而表能飛翔於人世之外耶？」為什麼陶詩有無盡意味和不同於凡俗的境界？那就是詩人之心已遠離凡俗，雖然身在「人境」（指常人所居之境），而「心」超脫人境進入了唯詩人獨有的「真意」之境。「心遠」，就是詩人「游心」而與「人境」產生了心理距離，而一般的詩人，心不能「遠」，為創造「空妙超曠」的境界，專在尋找「幻世而駭眾」的物境方面下功夫。方回指出：

　　顧我之境與人同，而我之所以為境，則存乎方寸之間，與人有不同焉者耳。……然則陶淵明之所謂心也，心即境也。治其境而不於其心，則跡與人境遠，而心未嘗不近；治其心而不於其境，則跡與人境

近，而心未嘗不遠。[9]

　　第一句是指日常生活之境，第二句是指欲創造的詩的藝術境界。一個詩人或藝術家，如果僅在「不與人同」的物境下功夫，專找奇材怪事，而不從自己的詩心下功夫，則詩中境界之表象雖然與人境相距甚遠（即「空妙超曠以自為高」），但其心卻與人同，那麼其「所以為境」則無情深意遠之致。如果他主要是「治其心」，使其心境有異於常人，那麼他在詩中所呈現的境界，雖然也是從常人所遇之物事生發，卻有常人不可及的「意闊心遠」（王昌齡語）之境，這就是「心遠地自偏」在藝術審美境界的創造中所隱含的奧妙。

　　似乎是呼應方回的「心境」說，近代文壇大家梁啟超也有一篇專論，題曰《唯心》，發語即云：「境者，心造也。一切物境皆虛幻，唯心所造之境為真實。」梁氏並不是一個絕對的唯心主義者，不過是說同一樣實景實物，在不同的人、不同的心境之中，會呈現不同境界，「同一江也，同一舟也，同一酒也」，在蘇軾《前赤壁賦》與白居易《琵琶行》中，「一為雄壯，一為冷落，其境絕異」。他承認，天地之間，萬物自在，「山自山，川自川，春自春，秋自秋，風自風，月自月，花自花，鳥自鳥，萬古不變，無地不同」，然而世界百人、千人、億萬人，同受這些自然景物的感觸，而「其心境所現者」便有百種、千種乃至無量數：

　　然則欲言物境之果為何狀，將誰氏之從乎？仁者見之謂之仁，智者見之謂之智，憂者見之謂之憂，樂者見之謂之樂，吾之所見者，即

9　陳良運主編：《中國歷代詩學論著選》，百花洲文藝出版社1998年版，第561-562頁。

吾所受之境之真實相也。故曰：惟心所造之境為真實。[10]

　　由此說來，在天與人、物與心之間，不再如古人那樣，後者被動地順應前者，春天氣象和暖萬物生育，人就「悅豫之情暢」；亦不保持一種平衡對應關係，如山水「比德」；而是反過來，物順應於人心。在精神性的創造活動中，「知物而不知有我，謂之我為物役，亦名曰：心中之奴隸」。世間一切事物景物，人人皆能感之，但在某些人面前，卻要服從他們的心的調遣。這些人便是文學家和藝術家。

　　「游心」說本是道家的發明，「游心於物之初」也是說「游心」而反歸原始之自然，但是，「心」的能動量太大了，它向一切未知的領域、美的領域「游」去，不滿足耳目等器官所感之事物的原始美、具象美，而要賦予人的感情色彩以呈現新的美感形態，由此而大大地拓展了、豐富了審美視野。在道家看來，這是「有為」，有人之所為即「偽」；但在文學藝術家的審美視野中，正是使客觀事物變得「虛幻」，方能造就主觀的真：「惟心所造之境為真實。」這好像是莊子們始料未及的，其實，莊子又是「始作俑者」，正是他所謂「冥冥之中，獨見曉焉；無聲之中，獨聞和焉」導引的結果。

第三節　「致中和，天地位焉，萬物育焉」

　　「和」，是一個東西方皆有的美學觀念，有基本一致的內涵，而「中和」，是中國特有的一個美學觀念，冠之以「中」，便附加了一種規範性的內涵，它在《中庸》裡被定義性地表述出來：

10　陳良運主編：《中國歷代詩學論著選》，第1138頁。

喜怒哀樂之未發，謂之中；發而皆中節，謂之和。中也者，天下之大本也；和也者，天下之達道也。致中和，天地位焉，萬物育焉。

「和」本是由聽覺與視覺而發生的審美觀念，而「中和」，首先作為對人的感情規範被提出來。這種對情感「中和」的評價，在孔子之前就出現了，那就是《左傳》〈襄公二十九年〉吳公子季札到魯國「觀樂」，對周樂所下的那些評語中，就有「遷而不淫，復而不厭，哀而不愁，樂而不荒」等語，後來孔子接受季札的觀點，具體地評《詩》之首篇云：「〈關雎〉樂而不淫，哀而不傷。」（《論語》〈八佾〉）為什麼將「中和」上升到「天下之達道」呢？漢代以前尚無多少理論上的解釋，《呂氏春秋》從音樂須使人「適聽」，觸及「中和」產生的美感，其云：

夫音亦有適：太巨則志蕩，以蕩聽巨，則耳不容，不容則橫塞，橫塞則振；太小則志嫌，以嫌聽小，則耳不充，不充則不詹，不詹則窕；太清則志危，以危聽清，則耳溪及，溪及則不鑑，不鑑則竭；太濁則志下，以下聽濁，則耳不收，不收則不摶，不摶則怒。故太巨、太小、太清、太濁，皆非適也。何謂適？衷音之適也。何謂衷？大不出鈞，重不過石，小大、輕重之衷也。黃鐘之宮，音之本也，清濁之衷也。衷也者，適也。以適聽適，則和矣。（《呂氏春秋》〈仲夏紀〉）

此所言「衷」，即「正中」之意。這裡明顯地說，音樂應當發「中和」之音，否則就不美，就會給聽者造成不良的刺激。這個道理，周景王時代的單穆公也說過了，不過呂不韋們講得更全面深刻一些。

呂不韋之後，漢武帝時代的大儒董仲舒，試圖論證「中和」為「天

下之大本」，從「天人合一」「陰陽五行」說，把「中和」講得很玄，涉及空間與時間的宇宙論。他在《春秋繁露》中如此說：

> 天有兩和以成二中，歲立其中，用之無窮。是北方之中用合陰，而物始動於下；南方之中用合陽，而養始美於上。其動於下者，不得東方之和不能生，中春是也。其養於上者，不得西方之和不能成，中秋是也。然則天地之美惡，在兩和之處，二中之所來歸而遂其為也。

他似乎是在具體地解釋「天地位焉，萬物育焉」。按古人以陰陽配空間之方位與時間之季節，東方與南方為陽，西方與北方為陰；春夏兩季為陽，秋冬兩季為陰。萬物種子埋於地下而欲萌芽，此時尚處於陰，它們必須接受東方（也是春天）的陽氣與之「和」，於春季之「中」（相當於「春分」時節）破土生長。萬物生長欣欣向榮，是因為有南方（也是夏天）的陽氣滋養，但它們又必須接受西方（也是秋天）的陰氣與之「和」，才能於秋季之「中」（相當於秋分時節）結出果實。這就是「和東方生而西方成，東方和生北方之所起前，而西方和成南方之所養長」，兩「和」生而長，兩「中」養而成，因此，「中者，天下之所終始也；而和者，天地之所生成也」，有始有生，有養有成，由此而給「中和」之美下的定義是：

> 中者，天地之美達理也。
>
> 和者，天之正也，陰陽之平也，……舉天地之道，而美於和。（以上均引自《春秋繁露》〈循天之道〉）

經董仲舒在天地間如此尋找理論的根據，「中和」作為一個美學觀

念在儒家美學思想中取得了最重要的位置，由於將更早產生的更具普遍意義的「和」包容在其中，因此，「中和」作為美的觀念意識，對此後中國美學思想的發展，有廣泛而深刻的影響。

稍後於董仲舒，由戴德編纂整理而成《禮記》，在〈經解〉篇中，借孔子之口而確立的「詩教」──「溫柔敦厚」，設置了一個「中和」之美的標準範本；繼「溫柔敦厚」，〈詩大序〉又提示了一個情感操作的原則：「發乎情，止乎禮義」「發而皆中節」的政治乃至倫理道德標準也確定下來了。

「溫柔敦厚」不大可能是孔子親口提出來的，著者在《中國詩學批評史》中已有所辨[11]。《中庸》倒有子思「淡而不厭，簡而文，溫而理」之說，同時，漢代已經流傳所謂舜對其樂官夔所說的「直而溫，寬而栗，剛而無虐，簡而無傲」，當然還有前引季札和孔子評《詩》之說，「溫柔敦厚」四字，就是在前人之說基礎上提煉概括出來的。這是四個中性概念的組合，孔穎達在《毛詩正義》中釋云：

> 溫謂顏色溫潤，柔謂情性和柔。《詩》依違諷諫，不指切事情，故云溫柔敦厚，是詩教也。

他沒有解釋「敦」和「厚」。「敦」，樸實、本色之謂也（《老子》有「敦兮其若朴」之語），可見「敦」是謂「顏色溫潤」「情性和柔」，還須是人樸實、本色的表現，不可作偽。「厚」，即是「忠厚」之意，謂人須有品德之厚，「厚人倫」，有深厚的倫理道德修養。這四個字，將喜怒哀樂「發而皆中節」的心理基礎與外部表現都包涵了。總之，

11　參見陳良運：《中國詩學批評史》，江西人民出版社2001年第2版，第72-73頁。

顏色溫潤，情性和柔，本質樸實，品德淳厚，成為審美與倫理道德合一的情感標準，無論是用來教育並規範進入社會的人（尤其是知識分子），還是用於指導精神領域的創造活動，都給人以「情素之表，怡暢和良」（陸賈語）之美。

「和」之美又以「發而皆中節」為之界定，很可能是符合中華民族的整體性格，是「天人合一」思想滲透到人的心靈深處而逐漸積澱為一種潛意識，因此，「中和」對中國古代美學理論體系局部和整體的建構，起到了一種模式的作用，由此而形成了很多兩種觀念範疇相對的審美範疇。

「文」與「質」中和為「文質彬彬」屬於早期，在文學藝術創作繁榮發展後，「情理相洽」「形神兼備」「剛柔相濟」「虛實相應」「奇正相生」以及繁與簡、博與約、雅與俗、曲與直、濃與淡等相互關係的處理，無不有一個「中和」在其中或隱或顯地制約著。劉勰在《文心雕龍》〈附會〉篇有段話，在創作過程中處理各種關係都要「以裁厥中」：

> 夫才量學文，宜正體制，必以情志為神明，事義為骨髓，辭采為肌膚，宮商為聲氣，然後品藻玄黃，摛振金玉，獻可替否，以裁厥中，斯綴思之恆數也。

這是文章多元素的綜合中和，「中」成為一桿審美標尺，一個技巧把握的「恆數」。在〈總術〉篇對此「恆數」又有補述：

> 若夫善弈之文，則術有恆數，按部整伍，以待情會，因時順機，動不失正。數逢其極，機入其巧，則義味騰躍而生，辭義叢雜而至。

觀之則錦繪，聽之則絲簧，味之則甘腴，佩之則芬芳，斷章之功，於斯盛矣！

　　這個「恆數」也可理解為自然之數，將構思的邏輯理順，等待寫作情緒醞釀成熟，順其時機而動又不失於正軌，把握住一個最佳的限度，乘機運用種種寫作技巧，這樣就能創作出使視、聽、味、嗅覺都能產生美感的作品，整體呈現為和暢之美。以情「和」於理，以文「和」於質，以辭「和」於文，構成了傳統文學觀的審美標準。這個標準，到了唐以後，更加廣義化，初唐名相魏徵《隋書》〈文學傳序〉中對於如何吸收前代南北朝文學「清綺」與「貞剛」、「文華」與「理深」，就提出了一個「各去所短，合其兩長，則文質彬彬，盡善盡美」的指導性原則。大凡以儒學為根基的文學藝術家、理論家，都善於發揮「中和」的美學原則而完善儒家美學思想。前面提到的眾多審美範疇的建立，主要是他們的功勞。

　　但是，「中和」之美的規範，也遇到不少的反對者。最早不遵循「哀而不傷」情感規範而作詩的便是屈原，東漢儒學家班固在〈離騷序〉中對他的批評是：「今若屈原，露才揚己，競乎危國群小之間，以離讒賊。然責數懷王，怨惡椒、蘭，愁神苦思，強非其人，忿懟不容，沉江而死，亦貶絜狂狷景行之士。」這個批評，倒也符合屈原作品的實情。屈原是南方楚人，不似北方文人深受儒學的薰陶，他循常人之情，「勞苦倦極，未嘗不呼天也；疾痛慘怛，未嘗不呼父母也」（司馬遷之語），因此，他實際上成了喜怒哀樂「發而皆中節」不自覺的違背者，班固按當時流行的「溫柔敦厚」的「詩教」來批評屈原，現出他作為儒教維護者嗅覺的敏銳。其說「露才揚己」，確實是「中和」所不能規範的，但又恰恰是抒情詩人所不可缺少的氣質，是詩人個性與

才華的閃光。屈原之作有異於「樂而不淫，哀而不傷」的《詩三百》，何其芳先生曾指出：「首先在於第一次創造了十分富於個性的詩歌，並且大大地擴大了詩歌的表現能力。……《詩經》也有許多優秀動人的作品，不能說那些作品沒有作者個性的閃耀。然而，像屈原這樣用他的理想、遭遇、痛苦、熱情以至整個生命在他的作品上打上異常鮮明的個性烙印的，卻還沒有。」[12]這就是說，突破情感的「中和」原則，才能產生極富個性的作品。如果說，屈原對「中和」的違背尚是不自覺的話，那麼，南朝梁代以梁簡文帝蕭綱為首的一班詩人，便是有意識地向儒家詩教發起了挑戰。

南朝自宋開始的文學思潮，由於有玄學對儒學起到一種間離作用，自宋而後，詩人們與儒家詩教漸離漸遠，到了梁代，正如固守儒學傳統的裴子野所痛切陳述的：「自是閭閻年少，貴游總角，罔不擯落六藝，吟詠情性。……淫文破典，斐爾為功，無被於管弦，非止乎禮義。深心主卉木，遠致極風雲，其興浮，其志弱。巧而不要，隱而不深，討其宗途，亦有宋之遺風也。」（〈彫蟲論並序〉）這簡直是對「中和」之美的全面破壞！裴子野未直點其名的「貴游總角」，蕭綱有一名言：「立身之道，與文章異。立身先須謹重，文章且須放蕩。」（《誡當陽公大心書》）他將「立身」與「文章」區分開來，「立身」可遵循儒家的情感道德規範而「謹重」，但作文章則不能「謹重」，要身心無限自由，放蕩無羈，情感奔放，才有好作品產生出來。他還說：「未聞吟詠情性，反擬〈內則〉之篇；操筆寫志，更摹〈酒誥〉之作。」這是明顯地反對「發乎情，止乎禮義」，更對強調作文章也須謹重的裴子野進行反批評：「裴氏乃是良史之才，了無篇什之美。」（《答湘東王和受試

12　何其芳：《屈原和他的作品》，《人民文學》1953年6月號。

詩書》）無異於將儒家詩教視為美的對立面。這次對儒家詩教的反叛，在文學史上留下了深刻的痕跡，以至後人也不能全面地否定，前引魏徵之言也是僅用「清綺」和「文華」一筆帶過。[13]

再一次規模更大的反對「中和」，發生於明代思想解放運動中。從李贄到湯顯祖、徐渭和袁宏道等人，皆以人之真、性靈之真、詩之真而否定「情理中和」。李贄對於「發乎情，止乎禮義」批之曰「矯強」：

蓋聲色之來，發於情性，由乎自然，是可以牽合矯強而至乎？故自然發於情性，則自然止乎禮義，非情性之外復有禮義可止也。惟矯強乃失之，故以自然之為美耳，又非情性之外復有所謂自然而然也。故性格清澈者音調自然宣暢，性格舒徐者音調自然疏緩，曠達者自然浩蕩，雄邁者自然壯烈，沉鬱者自然悲酸，古怪者自然奇絕，有是格，便有是調，皆情性自然之謂也。莫不有情，莫不有性，而可以一律求之哉？（《焚書》〈卷三〉〈讀律膚說〉）

他雖然用了「禮義」一詞，但非〈詩大序〉所謂「先王之澤」的「禮義」，宋代理學家將「禮義」歸於「天理」範疇，「存天理以滅人欲」，李贄針鋒相對地說：情性之外並無什麼「禮義可止」。他所謂「自然止乎禮義」，就是蘇軾所謂「常行於所當行，常止於不可不止」（《自評文》），而那些「雄邁者」「古怪者」，其壯烈之情，奇絕之意，更是不可用「發而皆中節」去規範，他所反對的「矯強」，似是直指《中庸》所述孔子言──「君子和而不流，強哉矯！中立而不倚，強哉矯！國

13　拙作《中國詩學批評史》第七章《齊梁趨向唯美的詩歌理論》，對此次「反叛」有較詳細的評述，有興趣者可參閱。

有道不變塞焉，強哉矯！國無道至死不變，強哉矯！」（《中庸》〈第十章〉）李贄意中之「矯強」，即矯飾而強求，是對於人為的「發而皆中節」與「止乎禮義」的貶辭。比李贄晚一輩的湯顯祖，對於封建社會的「禮義」與程、朱理學的「天理」，更表現出決絕的態度，他可能屬於「古怪者自然奇絕」一類，或可稱他為「奇士」，曾自道：「天下文章所以有生氣者，全在奇士。士奇則心靈，心靈則能飛動，飛動則能上天下地，來去古今，可以屈伸長短生滅如意，如意則可以無所不如。」並認為，有情生於心就要如意地表達，「意有所滯」而不敢表達，或表達「發而皆中節」者，就是「常人」，「奇士」則是：「彼其意誠欲憤積決裂，挐戾關接，盡其意勢之所必極，以開發於一時。耳目不可見而怪也。」（《序毛丘伯稿》）蕭綱所說的「文章且須放蕩」，湯顯祖此說，可為「放蕩」作註釋。他的戲劇理論有一條貫穿線，那就是「情在而理亡」，在《沈氏弋說序》中說：

今昔異時，行於其時者三：理爾，勢爾，情爾。以此乘天下之吉凶，決萬物之成毀。作者以效其為，而言者以立其辨，皆是物也。事固有理至而勢違，勢合而情反，情在而理亡，故雖自古名世建立，常有精微要眇不可告語人者。

這段話，是對傳統「情理中和」的消解，文學創作與日常「立身之道」，亦可謂「今昔異時」，不長於作理性的是非判斷，只是真實地表現人的愛惡之情，只求「情」合而不管其「理」合不合。《牡丹亭》寫的是愛情戰勝死亡的故事，連生與死這樣的人生大道理，也因「情之至」而不復存在。《牡丹亭》〈題辭〉中寫道：「情不知所起，一往而深。生者可以死，死者可以生。生而不可與死，死而不可復生者，皆

非情之至也。……嗟夫，人世之事，非人世所可盡，自非通人，恆以理相格耳。第云理之所必無，安知情之所必有邪！」他一再強調「情之至」，即情可到極致之境，非理性之「中和」可以遏制，如果按照「以道制欲」「以理格情」的規範，勢必造成理有而情亡，也就等於取消了文學創作。湯顯祖稱讚其好友達觀和尚所説「理無我，而情有我」是「一刀兩斷語」，更伸之曰：「情有者，理必無；理有者，情必無。」湯顯祖正是有這些驚世駭俗的思想，使他創作了千古奇情之《牡丹亭》。

　　「中和」美學觀，以「中庸」説為理論基礎，經董仲舒以「天地之中和」加以強化，又經「詩教」説、〈詩大序〉而具體化，在中國美學史和文學藝術領域，不失為一項重要的審美標準，合乎歷代主流文化的規范。但是，給人們提供的審美視野是有限度的，較之「游心」説為人們拓展了「無外之境」的審美視野，「和」而「中」，僅能進入美的「必然王國」，未能進入美的「自由王國」。

第五章

不言「美」的佛、禪美意識

　　佛教，按現在通行的中國佛教史說，東漢永平年間由印度傳入中國。三國兩晉時期由於以老、莊為本的玄學在士大夫階層流行，「玄之又玄，眾妙之門」的「玄遠」之學，給佛學在中國的發展提供了良好的土壤。東晉時，中國就出現了自己的佛學理論家慧遠，撰有《法性論》《沙門不敬王者論》等文章。西元四〇一年，後秦國君姚興將印度高僧鳩摩羅什從西域涼州迎到長安，鳩摩羅什在長安主持了一個翻譯班子，翻譯了大量印度佛學經典之作，廣為流傳，以至到齊、梁形成中國佛學興盛的第一次高潮（梁武帝蕭衍是崇佛的典型代表）。稍後，又一位印度高僧菩提達摩渡海來到中國，他來之後，並不以譯經傳道為業，傳說被引見梁武帝時，武帝問他：「朕即位以來，造寺、寫經、度僧，不可勝紀，有何功德？」他答：「並無功德。此但人天小果，有漏之因，如影隨形，雖有非實。」帝追問如何是「真功德」，他說：「淨智妙圓，體自空寂，如是功德，不以世求。」帝又問：「如何是聖諦第

一義？」答曰：「廓然無聖！」面對以「聖人」自居的梁武帝，他敢於以「不識」對之，使那位「崇佛」的皇帝十分掃興。達摩知梁武帝不能容他，遂渡江到洛陽，在嵩山少林寺「面壁而坐，終日默然，人莫知測」，也不主動收徒。有位名慧可的中國和尚求到門下，「晨夕參承」，但達摩從不「誨勵」於他，最後慧可「潛取利刃，自斷左臂」，以示從師求學的決心，達摩終於收留了他。達摩的作風有異於在中土已傳的佛教之風，不立偶像崇拜，不讀經書，他自稱是如來佛「正法眼藏」的正傳：「昔如來以正法眼付迦葉大士，展轉囑累，而至於我。」如來在靈山法會上，「拈花示眾，是時眾皆默然，唯迦葉尊者破顏微笑。」如來發話：「吾有正法眼藏，涅槃妙心，實相無相，微妙法門，不立文字，教外別傳，付囑摩訶迦葉。」達摩完全按照這個模式，傳法給他的中國弟子，慧可得其衣缽[1]。此後，菩提達摩被尊為中國禪宗之初祖。經慧可、僧粲、道信、弘忍而至慧能，歷時近二百年，禪宗成為佛教在中國發展出來的一個重要派系，獨立於其他佛教宗派（如天台宗、華嚴宗等）之外。慧能創立的南宗，被後人認為是純正的「中華禪」，也就是完全中國化了的佛教，盛於唐宋，至明清不衰。

　　佛教、禪宗在中國發展的過程，也是與中國傳統文化逐漸融合或者說是互補互動的過程，兩晉，玄學與佛學便開始互通互融。慧遠在給友人一信中說：

　　每尋疇昔，游心世典，以為當年之華苑也。及見《老》《莊》，便悟名教是應變之虛談耳。以今而觀，則知沉冥之趣，豈不得以佛理為先？（《全晉文》卷一百六十一）

1　達摩傳法與慧可的敘述，可參讀《五燈會元》，中華書局1984年版，第44頁。

　　佛家當然不取儒、法等家功利之學，但與道家之學可稱之為近鄰，而「沉冥之趣」，佛理有老、莊不可企及之處。唐代統治者提倡儒、道、釋三教共存共榮，收治國、治心之利，不少學者試圖在某些學理上找到三種學說的契合點，如中唐詩僧釋皎然在其詩學論著《詩式》談到詩文有「兩重意以上，皆文外之旨」後接著說：

　　但見情性，不睹文字，蓋詣道之極也。向使此道尊之於儒，則冠六經之首；貴之於道，則居眾妙之門；精之於釋，則徹空王之奧。

　　冠六經之首的《周易》有「言不盡意」說，道、玄有「得像忘言」「得意忘象」說，確與佛家「不立文字」有相通之處，禪宗更將此發揮到極致。

　　按「美」的本義來說，佛、禪都不可言「美」，因為「美」是由外部事物在眼睛中的視覺映像而發生，有形有色，言「美」，有悖於佛教的「四大皆空」論之「色空」。但是，佛徒們實在不能泯滅心中潛在的美意識，有時會在他們的言談中不自覺地流露出來。鳩摩羅什在翻譯佛經時，對在他之前已譯出經書的文字艱澀，十分不滿：「改梵為秦，失其藻蔚。雖得意，殊隔文體。有似嚼飯與人，非徒失味，乃令嘔穢也。」據他說，梵文的經書文辭是很美的：

　　天竺國俗，甚重文藻，其宮商體韻，以入管弦為善。凡覲國王，必有贊德，見佛之儀，以歌嘆為尊，經中偈頌，皆其式也。[2]

2　轉引自黃懺華：《中國佛教史》，上海文藝出版社1990年11月影印本，第31頁。

他批評的這種現象，後來很快就改進了，到了「中華禪」的時代，講究文辭意味之美，雖不明言，禪宗之徒們可說是非常自覺，幾有與詩人、文學家媲美的程度（有的僧人成為優秀詩人，如皎然、寒山、拾得等）。據《五燈會元》卷一所錄，六祖慧能評師兄神秀所作偈（「身是菩提樹，心如明鏡台。時時勤拂拭，莫使惹塵埃。」）曾有言：「美則美矣，了則未了。」原話中是否確用了「美」字，當可懷疑，但撰《五燈會元》的宋代普濟和尚未迴避「美」字，表明美意識沒有在他的心中泯滅。

佛、玄學理淵深，非我等凡俗之人可窺其堂奧，而其美意識因有「色空」之戒，更隱藏深深，要較為全面透徹地瞭解，似乎不大可能。著者瀏覽若干佛、禪典籍，僅就直覺所感美者，於無際叢林中拾葉三片耳。

第一節　「妙悟在於即真」

「悟」在先秦典籍中早已出現，今文《尚書》裡，周成王臨死前所作遺囑〈顧命〉篇，有「今天降疾殆，弗興弗悟」之句，「悟」有覺醒、理解之義，後引申為受到某種啟發，心眼豁然貫通，如陶淵明《歸去來兮辭》謂：「悟已往之不諫，知來者之可追。」佛學就是欲使世人矇昧的心靈覺醒，釋迦牟尼苦修多年後，某日獨坐一菩提樹下，忽然有悟而得「道」。將「悟」字引入漢譯佛經，最早可能出現於鳩摩羅什所譯之《法華經》：

欲令眾生悟佛知見故，出現於世；欲令眾生入佛知見道故，出現於世。（〈方便品〉）

　　這裡講的是「悟佛」，與前章談到的「感物」說有根本的區別。儒家的「感物」與道家的「游心」，有一個共同的前提，那就是心之外有物的存在，外物通過五官感覺入於心，或心主動入物而「神與物游」。佛、禪在「世界觀」這個根本問題上，與儒、道截然不同。佛禪以「心性」為人的本體，除了「心性」是真實的存在，一切外物皆為虛為幻，據六祖慧能說：「心是地，性是王，王居心地上。性在王在，性去王無；性在身心存，性去身心壞。佛向性中作，莫向身外求。」稍帶有物質性的便是「心地」，心如大地一樣生長草木萬物，這就是所謂「心生萬物」，「心含萬法是大」。慧能為徒眾說「摩訶般若波羅密法」時有云：

　　何名摩訶？摩訶是大。心量廣大，猶如虛空，無有邊畔，亦無方圓大小，亦非青黃赤白，亦無上下長短，亦無嗔無喜，無是無非，無善無惡，無頭無尾。[3]

　　如果以「境界」言，「心地」是絕對的大境界。《淮南子》言所謂「無外之境」，實指空間與時間無限的宇宙，本於莊子與宋銒、尹文的「至大無外，至小無內」說，對於「心」來說，是一個「至小無內」的內宇宙，與「至大無外」的外宇宙融通一體。佛、禪則只承認一個內宇宙，這個內宇宙即是慧能所描述的，一個虛空無物亦無情的「世界」。他們也講「所見」「所聞」「所觸」，但對聞、見、觸不能有「分別心」，即不能分析思考，不能彼此比較，一旦心有了「分別」比較，外物就侵入了澄明虛靜的心地，本體心性就被破壞了。當然，佛禪僧

3　引慧能語，見《六祖大師法寶壇經》的《般若品》《決疑品》。

徒們都生活在物質世界，物質生活的需要也束縛他們的身心，中國早期的佛徒們意識到了這一點，與慧遠同時代的僧肇說：

> 心無者，無心於萬物，萬物未嘗無。此得在於神靜，失在於物虛。（《不真空論》）

這就是說，在萬物之前，要主觀地以萬物為「虛」，看見等於沒有看見，不以萬物感於心、留於心。玄學家王弼說「應物不累於物」，佛家則是根本不應物，絕對不為外物所擾，我前無物（道、玄是「物前無我」），即是「心無」。後來的禪宗也接受了這一說法，天如惟則禪師說：

> 天地無物也，物我無物也。雖無物也，而未嘗無物也。如此，則聖人如影，百姓如夢，孰為生死哉？至人以是能獨照，能為萬物主，吾知之矣。（《五燈會元》卷二）

他們確實處在一種兩難境地，一方面習佛習禪要「心無」，而心之外，物又未嘗無，如何使心性返歸到絕對的本真狀態？所謂去「有」，那就要讓自己的「心地」淨無一塵，連所謂「聖人」也不過是一個影子，一切凡塵之物皆如夢中所見，一片幻影，恍然出現，恍然消失，無「始卒之端」，無生死之別。如何入「無」而臻至佛的境界？修行之徑只有一條，那就是憑自己的心力，即「內功」，摒棄在「萬物未嘗無」的世界裡「感物」的干擾，「悟」入永不會醒來的夢境中。鳩摩羅什譯經班子成員之一的僧肇，首先提出了「妙悟」說：

　　……玄道在於妙悟，妙悟在於即真。即真則有無齊觀，齊觀則彼己莫二。所以天地與我同根，萬物與我一體。同我則非復有無，異我則乖於會通。所以不出不在，而道存乎其間矣。何則？夫至人虛心冥照，理無不統，懷六合於胸中，而靈鑑有餘；鏡萬有於方寸，而其神常虛。至能拔玄根於未始，即群動以靜心，恬淡淵默，妙契自然，所以處有不有，居無不無。居無不無，故不無於無；處有不有，故不有於有。故能不出有無，而不在有無者也。[4]

　　這「妙悟」的根本之義，就是徹底消除對「有」「無」的「分別心」，「異我則乖於會通」是一個關鍵句。要消除「有」「無」之界，對一般人來説，是不易跨越的鐵門檻，對「至人」來説，「虛心冥照」是一個大前提，這就是心已「本來無一物」（道家講「致虛極、守靜篤」只是強調「無慾」而觀萬物自在之態，不是「無物」之觀），因此，物之「有」即使入於心中，也頃刻化於「虛無」心地而無形無跡，「六合」「萬有」「群動」皆消融於「恬淡淵默」的空無之境。設想一下，如果去分別「六合」之大小上下，「萬有」之多少優劣，「群動」之快慢靜躁，心還能虛靜嗎？僧肇説「妙悟」之「即真」，「即真」就是直達心性本體，「處有不有，居無不無」，超出一切對立、異同分別之上，作天、地、我、物「彼己莫二」之「齊觀」。這實質上是徹底地反理性，也是反思維，後來禪宗三祖僧粲在《信心銘》寫道：「多言多慮，轉不相應；絕言絕慮，無處不通」，「一切不留，無可記憶，虛明白照，不勞心力。非思量處，識情難測。真如法界，無他無目。」（《五燈會元》

4　轉引自李澤厚、劉綱紀：《中國美學史》第二卷（上），中國社會科學出版社1987年版，第368-369頁。

卷一）也是發揮反思維之道。

　　「悟」，從常人的心理活動而觀，實際上是思維的昇華，進入超思維的一種精神飛躍。僧肇言「妙悟」，是以「至人」之悟為高標，實際上，佛禪弟子們並不是個個都能一「悟」而「妙」的，他們之中有的天分很高，思維方法對路，往往很快就能跨越「有」「無」這個鐵門檻，有的人則要經過長期學習佛理，修心煉性，才能逐漸開悟，因此，又出現了「漸悟」與「頓悟」之分，與僧肇同時，也是鳩摩羅什譯經合作者的竺道生，論述由「漸」而「頓」説：

　　蓋真理自然，無為無造。佛性平等，湛然常照。無為則無有妄為，常照則不可宰割。尋夫本性無妄，而凡夫因無明而起乖異；真理無差，而凡夫斷鶴續鳧以求通達，是皆迷之為患也。除迷去患，唯賴智慧，而真智既發，則如果熟自零。是以不二之悟，符彼不分之理，豁然貫通，渙然冰釋，是謂頓悟。[5]

　　這裡實際説的是，本來人人都有佛性，如果「本性無妄」，都是可悟入的，但有的人卻會不自覺地「妄為」，那就是起「乖異」的分別有無、是非之心，乃至有以長續短的愚妄之舉，這就是「多言多慮」，因此，他必須「除迷去患」才能接近「絕言絕慮」的境地，一朝修練到家，「真智既發」，頓然而悟，那就瓜熟蒂落般地一瞬間自然而然圓滿完成。「真智既發」實質就是日常思維的飛躍，昇華。「漸悟」還在思維過程中，「頓悟」則是昇華的一瞬間，「漸悟」與「頓悟」有一個時

5　竺道生論「頓悟」原文已佚，湯用彤先生搜其遺文，此據湯先生所著《漢魏兩晉南朝佛教史》，中華書局1955年版，第658-659頁。

間差。「頓悟」與「妙悟」，本質上是一致的，都以「真」為最高境界，是「真智既發」之果；而「漸悟」，因「真智」尚未發到極致，所悟之果尚未成熟，所以與「頓悟」有高下之別。五祖弘忍兩位弟子——神秀與慧能，可作為「漸悟」「頓悟」的典型範例：

神秀到五祖弘忍門下，「誓心苦節，以樵汲自役，而求其道，祖默識之，深加器重」，日長月久，已取得「上座」弟子之位，似乎成了禪宗衣鉢的當然接班人。一日，五祖「知付授時至，遂告眾曰：『正法難解，不可徒記吾言，持為己任。汝等各自隨意述一偈，若語意冥符，則衣法皆付』」。弘忍門下七百餘僧，大家認為，上座神秀學通內外，「若非尊秀，疇敢當之？」神秀「竊聆眾譽，不復思維」，便在廊壁上寫下了一偈：「身是菩提樹，心如明鏡台。時時勤拂拭，莫使惹塵埃。」弘忍讀後，表面上是基本肯定，說「後代依此修行，亦得勝果」，並且對弟子們「各令唸誦」。沒想到半路上殺出個程咬金，從廣東遠道而到五祖門庭不久的一位年輕人——尚未正式出家又不識字的盧慧能，其時「服勞而杵臼之間」，聞說神秀之偈後，認為「了則未了」，請人代筆，在神秀偈旁寫下一偈：「菩提本無樹，明鏡亦非台。本來無一物，何處惹塵埃？」

比照而讀，兩偈的高下不言自明了。神秀違背了「明理不可分，悟語極照，以不二之語，符不分之理」（慧達《肇論疏》）的最高禪理，第一、二句皆是「有二」之語，即以自我的「身」與「心」同客觀存在的「樹」與「鏡」互擬；第三、四句則落「漸悟」之義，以「時時勤拂拭」的主觀努力逐漸消除心中的「塵埃」。慧能則針對神秀之語一一否定，「本無」「亦非」正是以「不二之語，符不分之理」，「本來無一物」表現了他的頓悟：「身」與「心」、「樹」與「鏡」都是「虛無」，何「塵埃」之有？慧能徹底回歸於心性本體。有此對照，弘忍才將對

神秀之偈的真實意見表露出來，私下裡對神秀說：「汝作此偈未見其本性，只到門外，未入門內。如此見解，覓無上菩提，了不可得，無上菩提須言下識自本心，見自本性，不生不滅，於一切時中唸唸自見，萬法無滯，一真一切真，萬境自如如，如如之心即是真實。若如是見，即是無上菩提之自性也。」這顯然是比較了兩偈之後作出的評論，其說到「無上菩提」即佛之境界，實是對慧能偈的高度評價，是「識自本心，見自本性」之「頓悟」，而神秀之偈，僅到「漸悟」為止！以現代哲學觀而言，慧能之偈與弘忍的說教都屬徹底的主觀唯心主義，而神秀因「萬法」在他心中有「滯」，只能說是一個客觀唯心主義者。五祖將衣鉢傳給了慧能，後來，慧能在自己的學生面前念了一偈：

心地含諸種，普雨悉皆生。頓悟華情已，菩提果自成。（《五燈會元》卷一）

似乎是回顧他得到衣鉢的原因和經過。所謂「諸種」，是指智慧的種子，「普雨」是言佛之「法雨」，「華情」是指眷戀於物質世界之迷離妄執，由於「頓悟」排除了一切迷患異我，「果熟自零」，終於獲得了無上智慧。他還囑咐學生：「此心本淨，無可取捨，各自努力，隨緣好去。」

慧能得衣鉢後在南方傳法，弟子眾多，用「頓悟」之法傳授弟子，因此南宗又被尊為「頓教」。他的弟子們對「頓悟」之後獲得那種身心解脫感，精神自由、愉悅感，往往不迴避美的描述。慧能第三代弟子百丈懷海禪師，在回答學生問「如何是大乘頓悟法要」時，先對「頓悟」之法作了扼要的闡釋：「汝等先歇諸緣，休息萬事。善與不善，世出世間，一切萬法，莫記憶，莫緣念，放捨身心，令其自在。心如木

石，無所辨別。」接著便對進入「頓悟」的境界作了描述：

　　心無所行，心地若空，慧日自現，如雲開日出相似。（《五燈會元》
卷三）

　　後兩句顯然有美的感覺。第五代弟子圭峰宗密禪師，對「頓」
「漸」之悟作了比較，運用喻象進行表述：

　　真理即悟而頓圓，妄情息之而漸盡。頓圓如初生孩子，一日而肢
體已全。漸修如長養成人，多年而志氣方立。（《五燈會元》卷二）

　　「頓悟」如可愛的嬰孩，有純潔、天真、活潑之趣，「漸悟」則顯
老成、穩健之態。後來又有禪師用自然景物來比喻「頓」「漸」，前者
是「月落寒潭」，後者是「雲生碧漢」。寒潭之月已非天上之月，虛而
不可實求也；雲生於碧空而在碧空，可仰觀而見，非虛而尚實也。他
還用一首五言詩表「頓悟」的心境：

　　冷似秋潭月，無心合太虛。山高流水急，何處駐游魚？（《五燈會
元》卷十六）

　　第三句是言「頓悟」者徹底克服了迷妄，如不能映月不能駐游魚
的急湍流水已化為平靜一潭，澄明透徹，映月清朗，游魚自在。著者
在已讀到的「頓悟」詩中，出自吾鄉楊岐方會禪師門下的舒州白雲守
端禪師所作一首，給我留下心與目皆感其美的印象。其詩云：

　　我有明珠一顆，久被塵勞關鎖。今朝塵盡光生，照破山河萬朵。（《五燈會元》卷十九）

　　最後一句所謂「照破」，實謂在我明珠般的心之光芒照耀下，山河大地通體透明，「透徹玲瓏，不可湊泊」，使我聯想李商隱「藍田日暖玉生煙」的優美詩句。方會禪師聽他誦畢，「笑而趨起」。這是會心的微笑，守端以為自己所言不當，「愕然，通夕不寐」。第二天，方會對他說：「你有一籌不及我。」守端「復駭」曰：「意旨如何？」方會說：「渠（我）愛人笑，汝怕人笑。」於是，守端成為方會的首座弟子。

　　佛、禪之「悟」，由僧肇的「妙悟」而至竺道生的「頓悟」，最初的影響僅限於佛學界，到了唐代才由少數詩僧引入詩歌創作領域，如中唐釋皎然在《答權從事德輿書》中述自己作的一首詩中，就有「東風吹杉梧，幽月到石壁，此中一悟心，可與千載敵」之句，將「悟」與「心」連繫起來。皎然是以思維的昇華而言「悟」的，因為他還有作詩須「苦思」之說：「夫不入虎穴，焉得虎子？取境之時，須至難、至險，始見奇句。成篇之後，觀其氣貌，有似等閒，不思而得，此高手也。」從「苦思」到最後有似「不思而得」，正是一個昇華過程，這個說法容易被詩人接受。

　　南宗「頓悟」說及其「悟」之典型範例廣泛傳播，到了宋代尤盛，更多的詩人和詩論家發現，「頓悟」對於詩歌創作的情緒喚起有非凡的啟迪意義，於是積極接收到兩宋的詩學理論中來。先是在不少的論詩詩中有強調性的表述，如被劃入江西詩派的韓駒《贈趙伯魚》詩結論性的四句：「學詩當如初學禪，未悟且遍參諸方。一朝悟罷正法眼，信手拈出皆成章。」龔相《學詩詩》之一：「學詩渾似學參禪，悟了方知歲是年。點鐵成金猶是妄，高山流水自依然。」連陳師道這樣的「苦

吟」詩人，也説寫詩是「法在人，故必學；巧在己，故必悟」。最著名當然是以禪喻詩的嚴羽，在《滄浪詩話》中大談「妙悟」：

> 大抵禪道惟在妙悟，詩道亦在妙悟。且孟襄陽學力下韓退之遠甚，而其詩獨出退之之上者，一味妙悟而已。惟悟乃為當行，乃為本色。

而他最欣賞的「透徹之悟」：「及其透徹，則七縱八橫，信手拈來，頭頭是道矣。」實質就是「頓悟」。嚴羽的「妙悟」對詩人而言，一悟之後，當然不是「萬法皆空」，不能是「無一物」，而是使其審美對象變得「透徹玲瓏，不可湊泊，如空中之音，相中之色，水中之月，鏡中之象，言有盡而意無窮」，現實世界中的實景實物，轉化為詩中的虛物虛景，即詩人情思化的美物美景。關於禪悟與詩悟的同與異，嚴羽之後，明朝詩論家胡應麟論曰：

> 嚴羽以禪喻詩，旨哉！禪則一悟之後，萬法皆空，捧喝怒呵，無非至理；詩則一悟之後，萬象冥會，呻吟咳唾，動觸天真。然禪必深造而後能悟，詩雖悟後，仍須深造。（《詩藪》內篇卷二）

清初周亮工編《尺牘新鈔》收錄了一封談詩與禪的信（陳宏緒《與雪崖》）[6]立於詩之本體作了「相類而合」與「淄澠之別」的分析：

> 禪以妙悟為主，須從最上乘，具正法眼，悟第一義，而無取於辟

6　見陳良運主編：《中國歷代詩學論著選》，百花洲文藝出版社1998年版，第851頁。

支聲聞小果。詩亦如之，此其相類而合者也。然詩以道性情，而禪則期於見性而忘情。說詩者曰，情動於中，而形於言，言之不足故嗟嘆而詠歌之。申之曰，發乎情，民之性也。是則詩之所謂性者，不可得而指示，而悉徵之於情，而禪豈有是哉！一切感觸，等之空華陽焰，漠然不以置懷，動於中則深以為戒，而況形之於言乎！

這個比較分析是正確的，禪悟要排除感情，排除得徹底（即慧能說的「華情已」），方可「頓悟」，否則便是「漸悟」或未悟。因此，那些禪宗高僧悟道的偈頌禪詩，蘊涵的是佛理禪趣，而詩人則是「通靈感物」而悟，有強烈的情感驅動，悟的結果，不是「恬淡淵默」的「妙契自然」，而是如司空圖所說「生氣遠出」的「妙造自然」（《二十四詩品》〈精神〉）。嚴羽標舉「妙悟」，通於西方詩學的「靈感」說，中國詩學的「靈感」理論自此而基本定型，佛、禪有先發、啟迪、助成之效，功不可沒。

第二節　「以指指月，而月非其指」

佛學禪理中，似乎存在一個矛盾現象，「不立文字，教外別傳」，即不用語言文字進行傳授，卻有大量的佛學典籍從印度傳到中國，中國佛徒們學習之後，自己也著書立說。禪宗雖少有系統的理論著作，高僧們「上堂」與平時師生問答的話語，都用文字記錄下來，號曰「語錄」，廣為流傳，怎能說是「不立文字」呢？原來，「不立文字」是指他所悟入的那個「玄道」，其「道」本是「空無」，「實相無相」（據《教行信證證卷》言：「無為法身即是實相，實相即是法性，法相即是真如」），「無相」，當然不能以言語文字進行摹擬性描寫。老子說：「大

音希聲，大象無形」，也是不能見之於文字描述的。竺道生在《妙法蓮華經》中說：「夫至象無形，至音無聲，希微絕朕思之境，豈有形言者哉？」既然如此，那麼他們所用的語言文字起什麼作用呢？讓我們先看鳩摩羅什翻譯的《坐禪三昧經》關於「明實相離言」的一段話：

> 汝於摩訶衍中不能了，但著言聲摩訶衍中諸法實相。實相不可破，無有作者；若可破可作，此非摩訶衍。如月初生，一日二日，其生時微細，有明眼人能見，指示不見者。此不見人，但視其指，而迷於月。明者語言：「痴人！何以但視我指？指為月緣，指非彼月。」汝亦如是，言音非實相，但假言表實理，汝更著言聲，暗於實相。

這段話是設想有一個「汝」想用實在的言語描述、闡釋佛家經典中的「諸法實相」，「實相」本「無相之相」，你從何說起又如何說呢？若可說破，佛祖早就說了，能夠說破，任何佛典也不是佛典了。《三昧經》的作者為說明佛典的作用，還是用了一個比喻：以指指月。月在虛空之中，初生之月更是細微難察，有人指給你看，你應該順著手指的方向看去，你沒有看見，便老看著那手指，豈不是把手指當成了月亮。這就是說，所有的佛學典籍都是指向佛的手指，手指不是月，語言文字講述的佛理不是佛，欲悟佛而去佛經中尋找佛何在的人，不過是在反覆打量那個指頭而已。

「以指指月，而月非其指」，即「實相離言」之意。與鳩摩羅什一道翻佛經，並被稱為鳩摩羅什門下「八俊」之一的竺道生，找到了中國式的解釋，據《高僧傳》記載：

> 生既潛思日久，徹悟言外，乃喟然嘆曰：「夫象以盡意，得意則象

忘；言以詮理，入理則言息。自經典東流，譯人重阻，多守滯文，鮮見圓意。若忘荃取魚，始可與言道矣。」

原來，類似「指月」說，中國早就有了，那就是《莊子》的「語不足貴」、古人之書為「糟粕」說（〈天道〉篇），「得魚忘荃」「得兔忘蹄」「得意忘言」說（〈外物〉篇），到三國時代，王弼在《周易略例》〈明象章〉發揮出學理嚴密的「得象而忘言」「得意而忘象」說：「象生於意而存象焉，則所存者乃非其象也；言生於象而存言焉，則所存者乃非其言也。然則，忘象者，乃得意者也；忘言者，乃得像者也。得意在忘象，得意在忘言。」[7]換成佛家語來說，應該是：離指而見月，得月而忘指。據說，竺道生就是因此而「校閱真俗，研思因果」而發明了「頓悟」說。

由「指月」而「頓悟」，實開後世禪宗之端緒。而以慧能為代表的南宗，更是將「指月」說發揮得淋漓盡致。慧能三歲喪父，出身貧苦，不識字，卻能聽人讀《金剛經》《涅槃經》，且有所感悟，有人問他：「字尚不識，曷能會義？」他說：「諸佛妙理，非關文字。」他認為，佛法大意不在佛經，不能迷於「指月」之「指」，佛也不是釋迦牟尼一人，「汝等諸人，自心是佛，更莫狐疑，外無一物而能建立，皆是本心生萬種法故」。按他的說法，「月」就在每個人的內心，他的二代弟子馬祖道一禪師明確地說：「心外無別佛，佛外無別心。」我們讀《五燈會元》及各種禪宗語錄等書會發現，「以指指月」在他們那裡，主要表現有二：一是取消手指一定的指向或乾脆砍掉手指；二是將「月」以

7　關於王弼之論，筆者在《中國詩學體系論》與《周易與中國文學》兩書中均有專節論之，此處從略。

種種意象化呈現，似指非指，非月似月。後者，蘊涵了禪宗豐富的美意識。

「如何是佛」「如何是佛法大意」「如何是祖師西來意」，這是禪宗典籍中頻繁出現的三個問題，或是初入禪門的人想直截地解開自己的迷惑，或是高僧之間互相考問以察對方功底的深淺。這三個問題，無疑都是「手指」。有功底的禪師，從不直接回答，或是答非所問，或是沉默不言，更有甚者是「棒喝」提問者。「如何是佛」，從無人答西天某佛祖，出人意外的是：「麻三斤」「洗缽盂」「大蘿蔔頭」「青州布衫」「干屎橛」等等，幾乎是見什麼便可說什麼，想說什麼便說什麼，有意說些大不敬的話，這種種貌似胡鬧的所指，無非就是表明心外根本無佛。答得較為文明的，如龍境倫禪師答「如何是佛」：「勤耕田。」問者說「不會」，又補一句：「早收禾。」溈山靈佑和尚答「如何是祖師西來意」：「大好燈籠。」趙州從諗則答：「庭前柏樹子。」青原行思被問「如何是佛法大意」，他反問：「廬陵米作何價？」千問千種古怪答案。最有趣的是「棒喝」，請看臨濟義玄接引弟子的一段記載：

上堂，僧問：「如何是佛法大意？」師豎起拂子，僧便喝，師便打。又僧問：「如何是佛法大意？」師亦豎起拂子，僧便喝，師亦喝。僧擬議，師便打。乃云：「大眾，夫為法者，不避喪失性命。我二十年在黃檗先師處，三度問佛法大意，三度蒙他賜杖。」（《臨濟錄》）

義玄豎起拂子，猶如伸出一指，可是僧不明其指，一問再問，所以被打（如果僧拔去義玄手中拂子遠遠拋開，或許就不被打了）。有個俱胝和尚，每逢有人問諸如此類的問題就豎起一個指頭，常跟在他身邊的一個小和尚也學著豎指頭。有一天，俱胝暗藏利刃叫來小和尚，

問他「如何是佛法大意」，小和尚照例伸出一個指頭，俱胝竟出刀將其指頭砍了，小和尚嚇得拔腿便逃，俱胝追著問：「如何是佛法大意？」他欲伸指發現指頭沒了，瞬間「頓悟」。禪師之「指」僅僅暗示一個向度，後來不少禪師就青原行思的「廬陵米價」話頭作偈，稍稍透露此「指」之意，錄四首於下[8]：

廬陵米價逐年新，道聽虛傳未必真。大意不須歧路問，高低宜見本來人。（黃龍慧南禪師）

廬陵米價越尖新，那個商量不掛唇。無限清風生闃外，休將升斗計疏親。（白雲守端禪師）

廬陵米價播諸方，高唱輕酬力未當。覷面不干升斗事，悠悠南北漫猜量。（長靈守卓禪師）

廬陵米價少知音，佛法商量古到今。繡出鴛鴦任人看，無端卻要覓金針？（鼓山珪禪師）

佛法不可言解，能言解者不是佛法，如老子所說：「道可道，非常道。名可名，非常名。」四首偈都在暗示：佛向內心求，無須「覓金針」。

「見月休觀指，歸家罷問程。」一個人回家，難道還要問路怎麼走？有些文學修養特高的禪師，為迴避直接回答，運用詩的意象化語

8　選錄自宋法應元普禪師編《頌古聯珠通集》卷九。

言營造迷離恍惚的意境，呈現出似是而非、似非而是的悟道氛圍。天柱崇慧禪師的答問很有代表性。學生問「達摩未來此土時，還有佛法也無」，他第一次回答是沒來就沒來，現在還問什麼！學生不解，還「乞師指示」，他沒有打，說了：「萬古長空，一朝風月。」（可能有自然而來，自然而去之意）學生才不語。此錄他以意象化詩句答問，供讀者欣賞：

　　問：「如何是天柱境？」

　　答：「主簿山高難見日，玉鏡峰前易曉人。」（陳按：巧用山名。「主簿」，本為主管文書官。以此官名一座山，想此山亦有據案弄書之態。）

　　問：「如何是天柱家風？」

　　答：「時有白雲來閉戶，更無風月四山流。」

　　問：「如何是道？」

　　答：「白雲覆青嶂，蜂鳥步庭花。」

　　問：「宗門中事，請師舉唱。」

　　答：「石牛長吼真空外，木馬嘶時月隱山。」

　　問：「如何是和尚利人處？」

　　答：「一雨普滋，千山秀色。」

　　問：「如何是天柱山中人？」

　　答：「獨步千峰頂，優游九曲泉。」

　　問：「如何是西來意？」

　　答：「白猿抱子來青嶂，蜂蝶御花綠蕊間。」

　　他的應答與所問內容可能有些內在的連繫，但均昇華到詩的境

界，如果確未經過後人的修飾，崇慧是一位高明優秀的即興詩人。這樣的詩人在禪宗門中大有人在，有些禪詩，涉道又像不專為涉道而作，而是被所處的山林景色喚起詩趣與禪趣。廬山歸宗志芝庵主，「結茅絕頂」，作偈詠曰：

　　千峰頂上一間屋，老僧半間雲半間。昨夜云隨風雨去，到頭不似老僧閒。

　　吾鄉楊岐方會禪師某日上堂：

　　「楊岐乍住屋壁疏，滿床盡布雪真珠。縮卻項，暗嗟籲。」良久曰：「翻憶古人樹下居。」

　　下雪天雪粒穿過破屋，凍得縮頸暗嘆，但憶起了釋迦牟尼，居坐菩提樹下而悟道，自然就心境開朗了。他的三傳弟子太平慧勤禪師，一日上堂即誦：

　　金烏急，玉兔速，急急流光七月十。無窮遊子不歸家，縱歸只在門前立。門前立，把手牽伊不肯入。萬里看看寸草無，殘花落地無人拾。無人拾，一回雨過一回濕。

　　他說：「世尊有密語，迦葉不覆藏。」這是一首意味幽深的詩，也是「密語」，我們只能體味到在時光流逝中的一個空寂世界，或許也表達了出家人皈依佛門四大皆空的心境。

　　「以指指月」的禪宗心法，傳到了詩人、藝術家手裡，立即成為審

美的指向，他們恍然明白，在藝術領域內，那個「指頭」是什麼，「月」又是什麼。南朝齊代畫家、畫論家謝赫有一評畫之語，曰：

> 風範氣候，極妙參神，但取精靈，遺其骨法。若拘以體物，則未見精粹；若取之象外，方厭膏腴，可謂微妙也。（《古畫品錄》）

這實際上就在區分「指」與「月」，「骨法」用筆與「體物」皆是「指」，「象外」之「精靈」便是「月」。禪宗「極像外之談」，到南宗流行的唐代，「指」與「月」的關係便很自然地轉換成了詩中的「象」與「境」的關係。詩歌理論與創作造詣很高的皎然，在《答俞校書冬夜》詩中有云：

> 月彩散瑤碧，示君禪中境。真思在杳冥，浮念寄形影。

以「月」示「禪中境」，「真思」是澄明無跡的，而月亮旁邊有「形影」的彩雲都不過是「浮念」，不為「浮念」障目，才能獲悟「杳冥」中的禪境。看來是他作為方外人士的一種自覺，《答鄭方回》亦云：「……琴語掩為聞，山心聲宜聽。是時寒光徹，萬境澄以淨。」《宿山寺中見李中丞》又有：「偶來中峰宿，閒坐見真境。寂寂孤月心，亭亭圓泉影。」如此，則形影意象皆是進入「禪中境」「真境」也是詩境之「指」。從詩的創作角度言，皎然有「繹慮於險中，采奇於象外，狀飛動之句，寫冥奧之思」的「取境」法則。作為詩人，創造供人欣賞的美的詩篇，不能如禪宗之偈那樣僅僅是自悟自了，為了讓凡俗之人也能領略詩境之美，必須有可妙用之「指」，不能不特別重視語言文字和形聲意象的運用與呈現，所謂「采奇」、所謂「狀飛動」，都是為強化

「指」的功能，他甚至提倡詩要「苦思」，「須至難至險，始見奇句」。

　　前章已言及王昌齡詩境理論創立，「唯識宗」等佛學理論有直接的推動作用，王昌齡而後，詩境理論的發展，則明顯受禪宗的影響日深，一批詩僧更在其中推波助瀾。中唐詩人權德輿一篇〈送靈徹上人廬山回歸沃州序〉，不但描述了靈徹和尚詩歌境界「風松相韻，冰玉相叩，層峰千仞，下有金碧」又「淡然天和」之妙，而且以「常境」對詩境理論有新的發揮。劉禹錫是一位與禪宗人士交往甚密的詩人，他的詩集中專編「送僧」詩一卷，為楊岐甄叔等禪林高僧寫過傳記和塔銘。他在《董氏武陵集紀》一文中正式提出了詩「境」生於「象外」之說：

　　　　詩者，其文章之蘊耶！義得而言喪，故微而難能。境生於象外，故精而寡和。

　　「象」非「境」，「境」在「象外」，這不就是「月非其指」的另一種表述方式嗎？佛、禪「指月」說，其潛在的美學意義將在詩境理論中充分地發揮[9]，在詩人創作實踐中其「指」有無窮的妙用，無須我在此贅述了。

第三節　「但參活句，莫參死句」

　　自唐而後，南宗愈來愈詩化的禪意識，對詩學理論滲透既深且廣（也可說是互相迎合）。陸機《文賦》列舉詩文三大要素：「意」「物」

9　著者在《中國詩學批評史》中有專節論述權德輿與劉禹錫的詩境說。在此均略述。

「言」（「恆患意不稱物，言不逮意」），前所述「妙悟」說與「指月」
說，分別與「意」「物」相關，而禪宗的語言，正是以一種反語言（「不
立文字」）的姿態，演繹出五光十色的言語現象，那些反理性、反邏
輯、不受傳統語法約束的禪言佛語，與日常生活語言，與傳統的散
體、駢體文章語言相比，新、奇、怪、異是其特色，這對於「語不驚
人死不休」的詩人來說，又可謂十分投機。嚴羽《滄浪詩話》〈詩法〉
談到語言的如「語貴脫灑，不可拖泥帶水」「下字貴響，造語貴圓」「須
參活句，勿參死句」，幾乎都來自禪宗語錄。

　　禪師如果要使用言語說點什麼，那他的言辭只有一定的指向性，
對指之本體和指向的客體拒絕作任何陳述與說明，因此，他們的語言
是指向沒有語言（即「不立文字」）的所在，好像你要過河，他給你一
條船，至於河對岸是什麼，你下了船後怎麼辦，就不管了，你只能「舍
筏登岸」，自尋活計。這正是承「指」與「月」的關係，既不讓你老盯
住那根手指，而「月」也要用你自己的眼睛去發現。「實相無相」「真
相無形」（保寧仁勇禪師語），無形之象是語言無法描述的，說也無益，
因此，被問「什麼是佛」、什麼是「佛法大意」時，他們只能隨意說個
「乾屎橛」「大燈籠」什麼的，以截斷問者窮追不捨的思維，同時也等
於在暗示你：什麼也不是，提出這些問題，說明你的心地還有塵埃。

　　還是南宗初傳的時代，洛陽伊闕自在禪師，將禪宗師徒一來一往
問答時的用語，特別是老師的答語歸納為三種類型：

　　「『即心即佛』，是無病求藥句；『非心非佛』，是藥病對治句。」
僧問：「如何是脫灑底句？」師曰：「伏牛山下古今傳。」（《五燈會元》
卷三）

　　原來，自在禪師早年曾到江西參拜馬祖道一，馬祖命他送信給南陽慧忠國師，慧忠高馬祖一輩，是六祖親授弟子之一。慧忠問自在：「馬大師何法示眾？」答曰：「即心即佛。」慧忠不屑地說：「是甚麼話語！」又問：「此外有何言教？」答曰：「非心非佛。或曰不是心，不是佛，不是物。」慧忠說：「猶較些子。」第一句是慧能祖師早講過的，老生常談，重複地說有什麼意思？對學生來說，等於是「無病求藥」；第二句有些新意，但又說得太明顯了，指向太清晰了，等於是對症下藥。慧忠批評了兩種說法，到底怎說好？自在問：「馬大師即恁麼，未審和尚此間如何？」慧忠果高馬祖一籌：「三點如流水，曲似刈禾鐮。」乾脆不言「佛」，不言「心」，自在悟到了，沒有「即心即佛」「非心非佛」的拖泥帶水，這就是「脫灑」。自在禪師回答學生什麼是「脫灑」時，也用了一個意義不確定、不會約束學生悟性的有像外之旨的語句：「伏牛山」在河南，河南禪師不要只重複外地禪師的話語，應當有自己的活話語。這大概是他的「脫灑」之意。

　　前節已說到，文學修養高的禪師們，多用詩化語言談禪說道，追其根源，原來就是自在禪師命名的「脫灑」句。「脫灑」句經過多代禪師相傳，到了晚唐五代，屬於雲門宗（南後來發展出來派系之一）的德山緣密禪師，對「三句」有了新的解釋和新的發展。先看他的「死句」「活句」之說：

　　「但參活句，莫參死句。活句下薦得，永劫無滯。一塵一佛國，一葉一釋迦，是死句。揚眉瞬目，舉指豎佛，是死句。山河大地，更無訛，是死句。」時有僧問：「如何是活句？」師曰：「波斯仰面看。」（《五燈會元》卷十五）

　　按他的說法，「無病求藥句」與「藥病對治句」皆是「死句」，「脫灑句」才是「活句」。他將前輩傳下來的慣用話語、基礎語彙，後來禪師們用動作方式暗示而「無語」的回答，以及雖回答了但用的是大而無當的話語，統統劃為「死句」，這可說是向禪宗傳統用語方式的挑戰。而「脫灑」的「活句」是靈動的，生機活潑的，可以穿越時空不滯留於一時一地一境。自在禪師說的「伏牛山下古今傳」是從時間角度說而「無滯」，緣密說「波斯仰面看」，則主要從空間無限而言，因為波斯本是印度西面的一個國家，在佛家人心目中的「西天」之西，但它終究是在地面上，有地理的國界，如果說「向西看」，顯然也是死句，「仰面看」，如在無邊無際天空中見，「波斯」也就不是那實地存在的波斯國了。緣密禪師更大的貢獻是，又將「活句」分為三種類型：

　　我有三句語示汝諸人：一句涵蓋乾坤，一句截斷眾流，一句隨波逐流。作麼生辨？若辨得出，有參學分；若辨不出，長安路上輥輥地。（《五燈會元》卷十五）

　　這就是著名的「雲門三句」，雲門宗師緣密對禪宗語言提出了更高的要求，成為後來禪語愈益詩化的理論依據，並為宋代的詩論詩評提供了新鮮資料而推動詩禪合流。「死句」「活句」之分與「雲門三句」都具有重要的理論意義，下面先分後合述之。

　　「死句」「活句」之分別及其定義，晚於緣密出自吾鄉楊岐宗門下的徑山宗杲禪師與江西籍的清涼慧洪禪師續有所論。宗杲說：「夫參學者，須參活句，莫參死句。活句下薦得，永劫不忘；死句下薦得，自救不了。」這還是直承緣密之說，不過，他有一個「按下」五種「心」和八個「不得」說，似乎講的是「參活句」的心理準備與方法：

但將妄想顛倒底心，思量分別底心，好生惡死底心，知見解會底心，欣靜厭鬧底心，一時按下，只就按下處看個話頭。（《大慧語錄》）

這就是要心地徹底虛無，不能存有任何成見和先入之見，不生任何因理性而有所「思量分別」的識念，澄明寂靜，然後應對。當對方「話頭」拋過來，須有八個「不得」：

不得作有無會，不得作道理會，不得向意根下思卜度，不得向揚眉瞬目處垛根，不得向語路上作活計，不得颺在無事甲裡，不得向舉起處承當，不得向文字中引證。（《大慧語錄》）

最重要是前面四個「不得」，按下五種「心」後，就會自然地泯滅一切理性與邏輯思維，連「揚眉瞬目」這樣的無言「話頭」，也用不著去尋思其意。後四個「不得」則是方法論。因為或是參他人句，或是自己出「活句」，還是須憑藉言語，可是不能在「語路上」去思量，不能用語言去作直接的是非判斷，比如說，佛是這個，是那個。在禪宗的「語法」學中，稱直接判斷為「表詮」，馬祖的「即心即佛」就因判斷了心是佛，佛是心而落入「表詮」，雖明白無誤卻是「死句」。根本不作判斷，以「無」為本，應之以「廬陵米作麼價」之類，稱之為「遮詮」，雖然是答非所問卻正好讓人聯想無窮。當然，「遮詮」並不是胡說八道，凡能用「遮詮」出「活句」的和尚，都是修練日久功底深厚之人，他們的潛意識裡已有豐富的儲藏，信手拈來、隨口道來便是。黃龍宗門的清涼慧洪禪師，讀過很多經書，與人家問答往往引經據典，頭頭是道，他到廬山參真淨禪師，真淨「患其深聞之弊」，凡有所對，便責之曰：「你又說道理邪？」猶如當頭一棒，使他悟到了「向文

字中引證」為非，即作偈曰：

　　靈雲一見不再見，紅白枝枝不著華。叵耐釣魚船上客，卻來平地
攙魚蝦。

　　這是妙悟所得的活句，真淨見了很高興，命「掌記」在案。慧洪
同時也悟到了「活句」法則：

　　夫語中有語，名為死句；語中無語，名為活句。……謂之語則無
理，謂之非語則皆赴來機，活句也。（《禪林僧寶傳》卷十二）

　　所謂「語中有語」，是指此語有一定的邏輯性，可順其邏輯推理判
別是非，意在句中。所謂「語中無語」，則是無邏輯可循，無理或悖理
之語，意在句外，可隨機意會，難以言傳。以現代語言學原理來說，
「死句」是「能指」與「所指」之間有較明顯的連繫，「活句」則是「能
指」與「所指」之間的連繫被截斷了，「所指」不可確定了。以慧洪之
偈為例，「紅白枝枝」是指開著紅白花朵的樹枝，可是又說「不著華」，
語言的邏輯斷開了，如果你追問為什麼花不是花，那就有點煞風景，
因為意味深長的正是「不著華」；第三、四句，不在水裡卻在「平地攙
魚蝦」，完全是反現實理性的。如果不瞭解真淨批評了作者在經書中學
佛，「深聞」淹沒了「悟性」，便不知此偈為何會得到真淨的首肯。在
禪宗典籍裡，常常會遇到「語則無理」而有無窮禪趣的妙語，如：「空
手把鋤頭，步行騎水牛，人從橋下過，橋流水不流」「路逢死蛇莫打
殺，無底籃子盛將歸」這樣的「無理」之句，確會使人生疑，懷疑說
者思維是否正常，或以為是在做文字遊戲。但在禪師，卻正是要使人

生疑，宗杲的老師告訴他：「不疑言句，是為大病。」宗杲又加以發揮傳授學生：「千疑萬疑，只是一疑。話頭上疑破，則千疑萬疑一時破；話頭不破，則且就上面與之廝崖。」（《大慧語錄》）這就是說，有疑之語才能激活人的悟性，「千疑萬疑一時破」就是「頓悟」，不能破疑者，慢慢「參」吧。

　　雲門三句，按禪學義理來說，也是代表禪修三個階段（又稱「三關」：「初關」「重關」「牢關」），三種境界。臨濟義玄禪師也提出過「三句」，並且舉例分別對三句作了說明：「若第一句下薦得，堪與祖佛為師」，句法是「三要印開朱點窄，未容擬議主賓分」；「若第二句下薦得，堪與人天為師」，句法是「妙解豈容無著問，漚和爭負截流機」；「若第三句中薦得，自救不了」，其句形態是「但看棚頭弄傀儡，抽牽全藉裡頭人」（《五燈會元》卷十一）。第三句是「死句」，這個分法，似與伊闕自在禪師的「脫灑」「藥病對治」「無病求藥」三句對應。雲門緣密提出三句時，沒有對學生作解釋，只要求學生自己去「辨」。學生便抓住機會提問，在他答問中，透露了一點信息：

　　僧問：「如何是透法身句？」師曰：「三尺杖子攪黃河。」問：「百花未發時如何？」師曰：「黃河渾底流。」曰：「發後如何？」師曰：「幡竿頭指天。」問：「不犯辭鋒時如何？」師曰：「天台南岳。」曰：「便怎麼去時如何？」師曰：「江西湖南。」問：「佛未出世時如何？」師曰：「河裡儘是木頭船。」曰：「出世後如何？」師曰：「這頭蹋著那頭掀。」

　　按俗人之我的理解，「透法身句」便是「涵蓋乾坤」句，「三尺杖子攪黃河」，實有參透乾坤的氣魄。回答百花未發和發後兩句，語中無

一字與花相關，用「黃河」「幡竿」截住了對方的追問，當是「截斷眾流」。以下四問，所答之句，有「隨波逐浪」之意味，特別是答佛未出世和出世後兩句，頗有幽默感，「木頭船」意味著什麼，「這頭躋著那頭掀」暗示了什麼，耐人尋思。宗杲的老師克勤禪師說：雲門三句，「放去收來，自然奇特，如斬釘截鐵，教人義解卜度不得」（《碧岩錄》）。他還有一段話似與接受「三句」有關：

> 一言截斷，千聖消身。一劍當頭，橫屍萬里。所以道，有時句到意不到，有時意到句不到。句能劃意，意能劃句，意句交馳，衲僧巴鼻。若能恁麼轉去，青天也須吃棒。且道憑個什麼？可憐無限弄潮人，畢竟還落潮中死。（《五燈會元》卷十九）

他的意思是，接受雲門三句，也只能靈活地接受，不能有意識地去造什麼「句」。「一言截斷」就是為了不立文字，如果老在「句」（語言文字）與「意」之間轉來轉去，那就無異於弄潮人死在潮水裡。不同宗派的禪師對雲門三句有不同的態度，如黃龍宗的九頂惠泉禪師，便不以為然，他說：「九頂今日亦有三句，所謂飢來吃飯句，寒即向火句，困來打睡句。

若以佛法而論，則九頂望雲門，直立下風。若以世諦而論，則雲門望九頂，直立下風。」講究句法，只對闡言佛法大意有助，而對領悟佛之真諦反成障礙。

禪宗確實一直處在是否運用語言文字的矛盾之中，如果完全「不言」，宗派便難以流傳。他們在矛盾困惑之中，一代代都在尋求解脫，因此，反在如何運用語言文字方面下了不少功夫，這功夫就是既用了語言文字，又要「無跡可求」，於是有了「活句」「三句」等有實際操

作意義的方法之發明。這些發明，如「頓悟」一樣，詩人們見了如獲至寶，立即與詩歌創作直接連繫起來，禪師們的「活句」，為詩歌語言提供了新的範例，其「死」「活」與「三句」之辨，豐富了詩的語言理論。詩人們不拘於「聖諦」，所以運用起來更為自由。江西詩派的呂本中，從「活句」引申出「活法」說，說：「所謂『活法』者，規矩備具，而能出規矩之外，變化不測，而亦不背於規矩也。是道也，蓋有定法而無定法，無定法而有定法，知是者，則可以語與活法矣。謝元暉有言：『好詩流轉圓美如彈丸』，此真活法也。」（《夏均父集》）後又補充說：「詩有活法，若靈均自得，忽然有入，然後惟意所出，萬變不窮。」（〈江西詩社宗派圖序〉）曾幾認為，「活法」關鍵就在「活句」，有詩與呂本中云：「學詩如參禪，慎勿參死句。縱橫無不可，乃在歡喜處。」（《讀呂居仁舊詩而有懷其人，作詩寄之》）與他們同時代的葉夢得在《石林詩話》中，用「雲門三句」去印證杜甫詩之句法：

　　禪宗論雲門有三種語：其一為「隨波逐浪」句，謂隨物應機，不主故常；其二為「截斷眾流」句，謂超出言外，非情識所到；其三為「涵蓋乾坤」句，謂泯然皆契，無間可伺。其深淺以是為序。余嘗戲學子言，老杜詩亦有此三種語，但先後不同。以「波漂菰米沉雲黑，露冷蓮房墜粉紅」為「涵蓋乾坤」句；以「落花游絲白日靜，鳴鳩乳燕青春深」為「隨波逐浪」句；以「百年地僻柴門迥，五月江深草閣寒」為「截斷眾流」句。……

　　他立於詩人對詩的體悟，對「三句」分別下了適於詩人接受的簡要定義，至於所引杜甫三聯詩是否可與三句對應？稍覺勉強。鄙意不如用王維（他的佛學修養頗深）詩如：「白雲回望合，青靄入看無」

（《終南山》），是為「涵蓋乾坤」句；「君問窮通理，漁歌入浦深」（《酬張少府》），是為「截斷眾流」句；「彩翠時分明，夕嵐無處所」（《輞川集・木蘭柴》），是為「隨波逐浪」句。與「三句」相應，更有禪趣與詩趣（按前引緣密禪師所道句序）；說「禪趣」，是三聯中皆以「無」為核心意蘊。比嚴羽稍長的江西鄱陽人姜夔，在《白石詩說》中談到詩的尾句，說：

> 一篇全在尾句，如截奔馬。詞意俱盡，如臨水送將歸是已；意盡詞不盡，如搏扶搖是已；詞盡意不盡，剡溪歸棹是已；詞意俱不盡，溫伯雪子是已。所謂詞意俱盡者，急流中截後語，非謂詞窮理盡者也；所謂意盡詞不盡者，意盡於未當盡處，則詞可以不盡矣，非以長語益之者也。至於詞盡意不盡者，非遺意也，辭中已彷彿可見矣。詞意俱不盡者，不盡之中，固已深盡之矣。

這段話，似乎就是前引克勤禪師「句到意不到」「意到句不到」「意句交馳」的轉換和發揮。發揮出四種句型，好像也是克勤禪師的「奪人不奪境」「奪境不奪人」「人境俱奪」「人境俱不奪」（後兩種分別是「收」「放」）四種言說狀態，加以分析並形象地表述而得。——禪師們是不屑於如此細說的。

筆者曾在拙著《中國詩學體系論》及多篇論文中表達過這樣一個觀點：中國詩歌美學到南宋時代已發育成熟，「以禪喻詩」的嚴羽所著《滄浪詩話》，顯示了中國詩歌美學本質的最高實現。詩歌美學在由唐而宋最有成效的發展過程中，不言「美」的佛、禪（主要是南宗禪）美意識的加入，與道家美學思想融合，對於改善儒家以政教功利為主導的美學，起到了關鍵性作用。禪宗美學意識滲透到詩論，而後是畫

論、書論，其影響與作用是多方面的，再轉入到詩、書、畫創作實踐中，使中國古典藝術進入了全面輝煌的時期。

下編

衝突與調和中的「美」

第一章

「美」與「醜」的對峙與轉換

　　單就美而言，與美直接對峙的當然是醜，這是從外觀便可得到的
印象。但是真正準確地判斷美和醜又不能那麼簡單，「美」的背後還有
「真」與「善」，「醜」的背後還有「假」與「惡」，如果背後的四位相
互錯位，判斷起來就複雜了。十八世紀英國經驗主義哲學家休謨說，
美與醜使人分別產生「快感」和「痛感」，「快感和痛感不只是美與醜
的必有的隨從，而且也是美與醜的真正本質」。好像是肯定它們絕對的
對峙，但是他又說：「美並不是事物本身裡的一種性質，它只存在觀賞
者的心裡，每一個人心見出一種不同的美。這個人覺得丑，另一個可
能覺得美。」如此說來，「快感」與「痛感」的分別也是靠不住的。好
在他又說：「在美和醜之類情形之下，人心並不滿足於巡視它的對象，
按照它們本來的樣子去認識它們；而且還要感到欣喜或不安，讚許或
斥責的情感，作為巡視的後果，而這種情感就決定人心在對象上貼上
『美』或『醜』、『可喜』或『可厭』的字眼。很顯然，這種情感必然存

在於人心的特殊構造，這種人心的特殊構造才使這些特殊的形式依這種方式起作用，造成心與它的對象之間的一種同情或協調。」[1]原來，他也說到了早於他兩千年的中國的孟子說的「心之所同然者」，在「人心的特殊構造」的作用下，中國的「美」與「醜」及與它們相關的觀念，經常處於種種衝突與調和、對峙與轉化的關係中，本章試圖予以粗淺的梳理。

第一節　「假」「偽」「惡」「醜」字義辨析

在現代美學中，真、善、美的對立面是假、惡、醜，但在古代的中國，它們之間並不都是絕對的對立或簡單的對立，儒道兩家與儒家內部的派別，對於這些觀念各有說法，因此而形成一層層複雜關係。現在先讓我們先對「假」「惡」「醜」三個觀念的文字學與文獻學意義作些追尋。

一、「假」「偽」

「假」，在它的古義中，並不是絕對地與「真」相對，《易》之經文中，「假」字四次出現：

《家人》九五爻辭：「王假有家。勿恤，吉。」
《萃》卦辭：「王假有廟，利見大人，亨利貞。」
《渙》卦辭：「王假有廟，利涉大川，利貞。」
〈豐〉卦辭：「亨，王假之；勿憂，宜日中。」

1　《西方美學家論美和美感》，商務印書館1980年版，第107-109頁。

　　前三卦出現的「假」，絕非與真相對的「假」，歷代《易》學家所訓不一，王弼訓「至」，何楷訓「格」，陸績訓「大」，王夫之曰：「陸以『假』為『大』，是也。家，謂門內之事，非得天下也。『王假有家』者，王者寬大其家也，是『假』有寬大之義。」[2]兩見之「王假有廟」，亦同此義。家與宗廟，在一家之天下的封建時代是上承祖先下及子孫的象徵，寬大其家，子孫茂盛，寬大其廟，祭祀規模宏大而顯其隆重。〈豐〉卦之「豐」，本是「豐者，大也」（〈序卦傳〉），象徵財富豐盈，此「假」有「至」之義，孔穎達説：「德大無所不容，財多無所不濟，無所擁礙。……假，至也，『豐亨』之道，王之所尚；非王者之德，不能至之，故曰『王假之』也。」（《周易正義》）這就是説，一國之中，唯有國君可以達到豐盈碩大的境界。

　　《詩經》裡出現的「假」字，意義擴大了，《周頌》〈雝〉有：「假哉皇考，綏予孝子。」「假哉」，猶呼：「偉大啊！」是讚美之辭。〈大雅〉中有詩篇曰〈假樂〉：「假樂君子，顯顯令德。宜民宜人，受祿於天。」此「假」亦為讚美詞，通「嘉」，《禮記》〈樂記〉引這句詩作「嘉樂」，即美好之義。〈大雅〉〈文王〉又有：「穆穆文王，於緝熙敬止。假哉天命，有商孫子。商之孫子，其麗不億，上帝既命，侯於周服。」其意是周文王開創以周代商的大業，是秉持「天命」，「天命」已歸於他，商朝的人都來投奔他，臣服於周。此「假哉」，有秉持、憑藉之，《尚書》〈大誥〉有「天休於寧王，興我小周邦」、〈洛誥〉中有「公不敢不敬天之休」等語，都是宣揚「天命」，因此，以「假哉天命」稱頌周文王是正大光明地得天下。《詩經》中「假」字用例不一一列舉（如〈大雅〉〈雲漢〉「大夫君子，昭假無贏」、〈小雅〉〈小弁〉「心之憂矣，

2　轉引自徐志鋭：《周易大傳新注》，齊魯書社1986年版，第242頁。

不惶假寐」等等）了，以王弼等所訓為據，與「真」對峙之義尚未見。《說文》釋「假」曰：「非真也，從人、叚聲。一曰『至』也，《虞書》曰：『假於上下。』」「假」之「非真」義，可能到較晚的時代才出現（《史記》〈淮陰侯列傳〉記韓信平定齊國後，逞其功欲稱王，派人對劉邦說：「齊偽詐多變，反覆之國也，南邊楚，不為假王以鎮之，其勢不定，願為假王。」劉邦為穩住韓信，說：「大丈夫定諸侯，即為真王耳，何以假為？」這可能是許慎釋「假」為「非真」的直接依據），所以在《易傳》與《左傳》中，當「真」還是以「情」字代用時，多見「情偽」對舉，而不見「情」與「假」相對（見本書上編第三章第一節）。

「偽」，本義就是「非真」，人為的造作，《說文》釋曰：「詐也。」這是合乎古義的，《尚書》〈周官〉記周成王告誡臣民曰：

> 恭儉惟德，無載爾偽。作德，心逸日休；作偽，心勞日拙。

孔安國說，「無載爾偽」即「無行奸偽」，作偽是「飾巧百端」。孔穎達又疏曰：「為德者自得於己，直道而行，無所經營，於心逸豫，功成則譽顯，而名益美也。為偽者行違其方，枉道求進，思念其巧，於心勞苦，詐窮則道屈，而事日益拙也。以此故，偽不可為。」崇尚自然、樸素為「真」的道家，對於巧詐之偽可謂深惡痛疾，劉勰說：「老子疾偽。」（《文心雕龍》〈情采〉）老子從一宏觀角度言，「大道廢，有仁義；智慧出，有大偽……」（《老子》〈十八章〉）當人類有了智慧有了私有財產之後，原始的自然狀態就遭受到破壞，出現了機巧、欺騙、奸詐等行為，於是有人提出「仁義」企圖矯正之、掩飾之，其實「仁義」就是「大偽」。莊子借盜跖之口，大罵孔子是「魯國之巧偽人」，孔子試圖說服他去惡從善，行仁義之道，盜跖回答說：

　　子之道狂狂汲汲，詐巧虛偽事也，非可以全真也，奚足論哉！
（《莊子》〈盜跖〉）

　　將「偽」置於與「真」完全對立的位置，後來，荀子乾脆直說「文
理隆盛」之偽，就是為掩飾人性之惡，雖然他所言人為之「偽」，對於
人為創造活動的描述並無大錯，可是對於精神方面的創造，等於提倡
情感亦可虛偽，令人難以接受，所以《樂記》的作者率先說了「惟樂
不可以為偽」的話。「偽」在從古至今的話語，一直有貶意，翻翻《辭
源》之類的辭書，以「偽」構成的貶義詞遠遠超過以「假」構成的貶
義詞，如「偽言」「偽書」「偽命」「偽學」「偽君子」等等，《國語》〈晉
語三〉記載晉惠公斬其部將慶鄭，其罪之一便是「偽言誤眾」，改為現
在通俗的說法即「說假話誤國」。

　　二、「惡」

　　「惡」，其上為「亞」，《說文》釋曰：「醜也，像人局背之形。」
而釋「惡」曰：「過也，從心亞聲。」「惡」字的構成，是以「醜」為
主導的，後來有辭書補充釋曰：「有心而惡謂之惡，無心而惡謂之過。」
（《康熙字典》引《通論》）「惡」，明顯是一個貶義詞，既有形之不正，
又有心術不正，因此，既與「善」對峙，也與「美」對峙。又讀wù，
有憎恨、討厭之義，沿用至今。老子說：「唯之與阿，相去幾何？美之
與惡，相去何若？」（《老子》〈二十章〉）將是與非、美與惡並提。「惡」
字的用法自古至今沒有歧義，但要注意的是：惡者，其心態與行為均
可歸為「醜」類，有心使壞，才是既醜且惡；而「醜」，如果僅是形體
（如背駝、羅鍋兒之類）相貌不佳而使人見而不悅，不能謂之「惡」。

　　三、「丑」（醜）

　　繁體「醜」，《說文》從「鬼」部，釋云：「可惡也，從鬼、酉聲。」

段玉裁注云：「非真鬼也。」「以可惡故從鬼。」《釋名》〈釋言語〉則云：「醜，臭也，臭穢如也。」但從本字構成看，「酉」與「酒」有關，許慎釋「酉」是「就也，八月黍成，可為酎酒。」又釋「酒」曰：「就也，所以就人性之善惡，從水從酉。」酒可測人性之善惡，而今猶謂「酒後吐真言」，內心或善或惡之意，因酒可以使人昏昏，陷入失去自覺意識的狀態，便會自然地流露出來。因此，「醜」，直觀判斷有「酒鬼」之義，酒鬼的形態是醜的，但他無心為醜，不能謂「惡」，只是令人厭惡而已。《淮南子》〈原道訓〉談到，有的人「陳酒行觴，夜以繼日」，若「罷酒徹樂，而心忽有所喪，悵然吾有所亡」，他們嗜酒如命，是「不以內樂外，而以外樂內，樂作而喜，曲終而悲」，悲喜不可自製，於是，「精神亂營，不得須臾平」，實際上是陷入了一種精神狂亂狀態。對於精神錯亂的狂者，該文有如下一段描述：

> 今夫狂者之不能避水火之難而越溝瀆之險者，豈無神形氣志哉？然而用之異也。失其所守之位而離其外內之舍，是故舉錯不能當，動靜不能平，終身運枯形於連嶁列埒之門，而蹈於污壑阱陷之中，雖生俱與人鈞，然而不免為人戮笑者。何也？形神俱失也。

此「狂者」頗有點像酒鬼之態。「形神俱失」，其態必醜，「醜」之本義，或可據此。同時也說了，這種醜態的造成是「失其所守之位而離其外內之舍」，「所守之位」指的是心，心是「神之精舍」，因此，這種醜態不是有心造成的，不可等同於「有心而惡」之醜，可謂之「過」。「醜」在不同的語境中，當然還有其他意義，《易傳》之爻象象辭中，如《觀》六三：「窺觀，女貞。亦可醜也。」意為暗中偷偷地窺視自己意中的情人，可羞啊。《大過》九五：「『枯陽生華』，何可久

也？『老婦士夫』，亦可醜也。」意為枯槁了的楊樹又開了花，哪能開得久長呢？老太婆嫁個年輕丈夫，是令人感到可羞的事。兩處言「醜」，都有「羞恥」「慚愧」之義，猶今之口語「羞煞人」「醜死人」。「醜」還有「同類」「相類」之義，如《漸》九三：「『夫徵不復』，離群醜也。」意為出徵的士卒遠離他的同類，「醜」通「儔」。與此相關，還有「比」之義，《禮記》〈學記〉有：「古之學者，比物醜類。」註：「以事相況而為之，醜，猶比也。」「醜」之義，遠比「惡」之義複雜。當然，其主要者還是人或動物、事物的外部形狀，觀之者會產生一種厭惡感，與美人美物使觀之者產生愉悅感，迥然有異。

第二節　「真」「善」「美」與對立面關係之梳理

通過以上字義辨析，「假」與「醜」呈現多義較之「惡」更複雜一些，因此，在接受中國古代美學時，不宜如接受西方美學那樣，對真—假、善—惡、美—丑作直接的對位判斷，它們之間的關係，有替代，有交錯，有倒位，呈現出相當複雜的關係，需要特別梳理一下。

一、「真」與「假」與「偽」的關係

由於「假」字具有相當於「大」等多種正面意義，因此，至少是在兩漢之前，與「真」不存在對立關係。與「真」相對的是「偽」，但「偽」又有「奸偽」（即有意弄奸使壞「飾巧百端」）與人為之「偽」（即制定「禮義法度」之所為）兩個向度，由此，又形成老莊、孔孟、荀子三種真偽觀。老莊為代表的道家崇尚自然本色之真，因此反對人的「有為」，其「疾偽」毋庸多言。這種觀點在理論上是可以成立的，並體示了美的最高境界，但是在人類社會裡，「人文」的創造是不可避免的，人有所為才能推動社會進步，人的正當創造行為，不應視為「巧

詐」之舉。絕對的「疾偽」，在實踐方面是行不通的；相對的「疾偽」，在人的精神創造領域，卻可能臻至老莊所崇尚的「真」的高境。於此，僅以詩僧皎然關於「苦思」之訓便可明了：

> 或云詩……不要苦思，苦思則喪自然之質。此亦不然。夫不入虎穴，焉得虎子？取境之時，須至難至險，始見奇句。成篇之後，觀其氣貌，有似等閒，不思而得，此高手也。(《詩式》) [3]

「苦思」實是竭力而為，人通過艱苦的創造，使最後的成果幾似天成，「至麗而自然，至苦而無跡」。人們以老莊的真偽觀為最高指導性原則，然後在精神創造領域經過「苦思」，又化解「苦思」而揮灑自如。

孔子也崇尚自然之真，但他注意到了人與物的社會性，又發明了以人為本位的「誠」與「真」相應，因此他不反對人為的文飾，不讚同「質勝文」而目之為「野」；又說「繪事後素」，「素」，亦可施之以「繪事」，不將人為之「繪事」等同於「飾巧百端」之「偽」。後來，晉代的葛洪更申言「素」而後有「繪事」的必要性：「雖云色白，匪染弗麗；雖云味甘，匪和弗美。故瑤華不琢，則耀夜之景不發；丹青不冶，則純鉤之勁不就。」(《抱朴子》〈勗學〉) 實是對荀子所言之「偽」完全的肯定。

儒家之「誠」的對立面是什麼呢？或許就是《論語》〈泰伯〉所載孔子絕對反對的三種不正之言行：

3　《文鏡秘府論》存皎然《詩議》片段，有類似一條：「或曰：詩不要苦思，苦思則喪於天真。此甚不然。固須擇慮於險中，采奇於象外，狀飛動之句，寫冥奧之思。夫希世之珠，必出驪龍之頷，況通幽含變之文哉？但貴成章之後，有其易貌，若不思而得也。『行行重行行，與君生別離』，此似易而難到之例也。」

狂而不直，侗而不願，悾悾而不信，吾不知之矣。

狂妄而不正直，幼稚無知又不樸實，裝出一副誠懇的樣子而不講信用，這是與「能盡人之性」的「誠」格格不入的。從孔子到孟子，都不反對人為之「偽」，而是反對虛而不實、巧而無信之偽。

荀子作為先秦後期儒家，他已有了法家色彩，他心目中的「真」與「誠」，又異於孔孟。他說：「性者，天之就也。」這「性」當然也具「本始材朴」之真，但又斷定，非善之真，是惡之真，人的天性就是惡，人為地抑制天性之惡，才是「善」。惡是「真」，善是「偽」，雖然肯定「真」「偽」的對立，但將它們的關係顛倒過來了：「其善者偽」是他所肯定的，天生之真的「性惡」是他所否定的，以「偽」作為行為主體去改造「本始材朴」之真，以「文理隆盛」化去「偏險悖亂」的天性，他稱之為「化性而起偽」。對此，在《禮論》中申述了一個重要理由：

天能生物，不能辨物也；地能載人，不能治人也。宇宙萬物，生人之屬，待聖人然後分也。

聖人的職能就是「化性而起偽」。其實這句話也應該倒過來：「起偽而化性」，以「偽」化「真」，與道家的「崇真黜偽」絕對地針鋒相對！

荀子的偽真觀，主要作用在政治方面，「性偽合而天下治」，歷代統治階級都在認真地奉行「起偽而化性」，並且「起偽」的方式方法也不斷地花樣翻新。取其「偽」之「人為」義，摒棄「化性」去「真」之說，「人文」創造者才可接受。

二、「善」與「惡」的關係

「惡」字之義分歧不大，有心而惡是罪惡，無心而惡為「過」、為「醜」，皆與「善」對峙，似無疑義。但本書上編第四章已論及，道、儒兩家「善」的觀念內涵、外延有所不同，因此其對立面「惡」也有所異。

道家之「善」，是順應自然規律而行之「道」所蘊涵的能動力量之源，或者說，是「真」的本質力量，則此，道家對「惡」的定義，主要是逆自然規律而動的心態與行為，極少具指屬於行為犯罪的惡行。《老子》中，出現的「惡」字，都可讀wù，理解為可惡、厭惡，前引之「上善若水……處眾人之所惡」即是。再看下面三例：

夫兵者不祥之器，物或惡之，故有道者不處。（三十一章）

人之所惡，惟孤、寡、不穀，而王公以為稱。（四十二章）

勇於敢則殺，勇於不敢則活。此兩者或利或害，天之所惡，孰知其故？是以聖人猶難之。（七十三章）

動用武器進行殺伐，孤獨寡德而不善，無道而殺人、活人，都違背自然天道，人厭惡天也厭惡。皆是以心理之「惡」（wù）與「善」對位。

儒家之「惡」，主要是指不仁不義，違反倫理道德，犯上作亂，破壞國家社會秩序等種種惡言惡行。《易傳》〈坤〉〈文言〉說：

積善之家，必有餘慶；積不善之家，必有餘殃。臣弒其君，子弒

其父，非一朝一夕之故，其所由來者漸矣！

「不善」即惡。《易》〈繫辭下〉又言：

善不積不足以成名，惡不積不足以滅身。小人以小善為無益而弗為也，以小惡為無傷而弗去也，故惡積而不可掩，罪大而不可解。

這是非常明顯的善惡對立觀，「勸善懲惡」更適應於將社會向美的領域推進，而在審美創造的領域，道家的善惡相對論，可供文學藝術家在處理內容與形式等問題時作創造性的發揮。

三、「美」與「醜」的關係

從事物的外部形狀，人的體態容貌，美與醜示人以異相，使之分別產生愉悅感和厭惡感，二者的對峙關係是非常明顯的。《詩經》中有那麼多描述美男美女的詩句，《莊子》〈天運〉篇還有這麼一個故事：

西施病心而顰其裡，其裡之醜人見而美之，歸亦捧心而顰其裡。其裡之富人見之，堅閉門而不出；貧人見之，挈妻子而去走，彼知顰美而不知顰之所以美。

這說明，古人對美與醜的形相判斷是沒有錯的。但是，還有一種相當普遍的異議引起人們的注意，那就是很多著名的美人，如商之妲己、夏之褒姒、春秋陳國之夏姬等都沒有好的名聲，而據說是黃帝之妻的嫫母、齊宣王後鐘離春等外貌奇醜的女子，卻有很好的聲譽，受到當時和後世人的贊揚。《左傳》〈昭公二十八年〉還記載這樣一件事：有個名叔向的貴族青年，準備娶夏姬的女兒為妻，他的母親堅決反

對，就因為夏姬名聲不好，以至認為有其母必有其女，「甚美必有甚惡」，並且進一步推斷，心地不好的美女，生養的孩子也「實有豕心，貪婪無厭，忿纇無期」。叔向在國君的支持下，還是把夏姬之女娶了過來，稍後生了兒子，請他母親去媳婦房裡看看孫子。這位老太太還未進房門，聽到孩子的哭聲就止住腳步，說：「是豺狼之聲也，狼子野心！……」堅決不親近小孫子。她對於夏姬之恨連及其女：「夫有尤物，足以移人，則必有禍！」

對夏姬的厭惡，當然是因這位美人的品質太壞了（據叔向之母說，她「殺三夫、一君、一子，而亡一國、兩卿」），由此而使美受到了莫大的污染。有了這些先例，人們幾乎都將外貌雖醜而內心美的人，視為美的典型，這就是莊子在「陽子之宋」故事中逆旅小子所說的：「其美者自美，吾不知其美也；其惡者自惡，吾不知其惡也。」（語見《莊子》〈山木〉，其故事本書中編第四章已述）。莊子頌揚備至的「真人」，其外貌都是醜陋不堪的，衛國奇醜之人哀駘它，竟有女子請於父母，「與為人妻，寧為夫子妾」。這簡直是美醜觀念完全易位，以醜為美，以美為醜了。

這種美醜判斷的反常現象，荀子試圖在理論上做出解釋，為此，他寫了《非相》，主旨是反對當時已流傳的「相術」，即觀人之相預測其人吉凶禍福，一開始就亮出他的觀點：

相形不如論心，論心不如擇術。形不勝心，心不勝術。術正而心順之，則形相雖惡而心術善，無害為君子也；形相雖善而心術惡，無害為小人也。君子之謂吉，小人之謂凶。故長短、小大、善惡形相，非吉凶也。

　　他在此所說的形相善惡，實指美醜；所謂「論心」「擇術」，是指考察心地美好與否，更重要的是其思想的路子正不正。心路正而為君子，貌醜亦無所謂。在荀子筆下，歷史上的偉君子，沒有一個形相是美的：「仲尼之狀，面如蒙倛；周公之狀，身如斷菑；皋陶之狀，色如削瓜；閎天之狀，面無見膚；傅說之狀，身如植鰭；伊尹之狀，面無須麋。禹跳，湯偏，堯、舜參眸子。」（《荀子》〈非相〉）沒有一個有美相，孔子竟是髮多而亂，臉相凶惡，像是戴了個驅鬼逐妖的巫師的假面。相比之下是：有名的暴君夏桀與商紂王「長巨姣美，天下之傑也；筋力越勁，百人之敵也」。像這樣的情況，孔子等人，形象不美，能憑此「辨美惡」嗎？後世言惡，必以桀、紂為典型。荀子斷言，真正的或美或醜，不能以容貌辨。其意未盡，他還寫了一段與哀駘它故事類似但效果完全相反的事：

　　　今世俗之亂君，鄉曲之儇子，莫不美麗、姚（妖）冶，奇衣、婦飾，血氣、態度擬於女子；婦人莫不願得以為夫，處女莫不願得以為士，棄其親家而欲奔之者，比肩並起。（《荀子》〈非相〉）

　　此乃今之所謂花花公子，奶油小生，無男子漢之氣概，追求變態、異相之美，較之東施「效顰」以醜為美，有過之無不及，令人更厭惡。

　　荀子關於「美」的基本觀點是「美善相兼」，將「美」與「善」融合一體，與「惡」對峙，但不與「醜」對峙；而「醜」與「善」結合，可轉化為美。這種美醜相對觀，是以它們的內在品質為依據。但我們不可忘記，他的「美」與「善」，都屬於「偽」的範疇。

　　如此來說，世界上沒有絕對的美，也沒有絕對的醜，「嫫母有所

美，西施有所醜」（《淮南子》〈說山訓〉），除了美者與醜者自身的原
因（即美者無美德，醜者有美德等）外，美與醜的接受與評價者，由
於他們自身的愛、惡觀不同，亦可以不及二者的實質而作顛倒的判
斷，這就是《呂氏春秋》中提出的「遇合無常」：

> 凡能聽音者，必達於五聲。人之能知五音者寡，所善惡得不苟？
> 客有以吹籟見越王者，羽、角、宮、徵、商不謬，越王不善；為野
> 音，而反善之。……故曰：「遇合也無常。」悅，適然也，若人之於色
> 也，無不知悅美者，而美者未必遇也。（《呂氏春秋》〈孝行覽〉〈遇
> 合〉）

對於或美或醜的接受與判斷，直觀、直覺固然是一個重要的接受
渠道，接受者的心理準備、學問修養、審美水平的高低，是更重要的
條件。南方的越王，沒有聽過北方的宮廷大樂，還不具備欣賞典雅音
樂的耳朵，所以他聽北方來客吹籟覺得不好聽、不美，而以南方山野
間的山歌野調、牧童短笛為美。這就如現在很多人聽不懂交響樂，以
為亂嘈嘈的。人們總是以自己的感覺來判斷觀聽對象，以有無愉悅感
發生來確定自己的美醜觀，適於己者，喜愛之，不適於己者，厭惡
之。呂氏還舉了一個極端的例子：「人有大臭者，其親戚、兄弟、妻
妾，知識無能與居者，自苦而居海上。海上人有悅其臭者，盡夜隨之
而弗能去。」這真如有的人喜歡吃臭豆腐，說聞來臭，吃起來香。

對美與醜的判斷，因人而異，有很大的主觀性，能夠盡量客觀地
判斷美與醜，與社會上多數人們取得共識，也是很必要的。「西施有所
惡而不能減其美者，美多也；嫫母有所善而不能救其醜者，醜篤也。」
（《抱朴子》〈博喻〉）如果硬要把嫫母說成是全美之人，那就會貽笑大

方。因此，要克服主觀上的褊狹性。據呂氏說，魯國有個長相很醜的孩子，他的父親出門見到長相很美的商咄，歸來對其鄰居說：「商咄不若吾子矣！」他「以至美不如至惡」，「尤乎愛也！」愛子之心人皆有之，主觀尤其是以一己之私的偏愛而判別美醜，是不能為別人認同的。對此，呂氏留下了一句很重要的話：

　　故知美之惡，知惡之美，然後能知美惡矣。(《呂氏春秋》〈有始覽〉〈去〉)

　　世界上無絕對的美與醜（呂氏所言之「惡」皆是「醜」之義），無永遠不變的美與醜，黃毛丫頭變成美麗的大姑娘，繼而成為齒缺髮疏皮皺的老太婆；更何況還有的是有美貌而無美德。呂不韋們清醒地意識到，構成美與醜的因素是多方面的：本色的，人為的；外部的，內部的；客觀的，主觀的；對峙的，轉化的；……總之，美之中有醜的因素，醜之中也有美的因素，只是一時的或顯與或隱而已。後來，中國戲曲中，一般都設「丑角」，以臉部、形體化妝予以醜化，但這些醜的角色大多是好心、有正義感、肯幫助人的男或女、人或神，如打鬼的鍾馗，「當官不為民做主，不如回家賣紅薯」的九品芝麻官，《玉堂春》的押解人，等等，他們讓人發笑的插科打諢，充滿了美好的情趣與智慧的幽默，讓觀眾感到可親可愛。藝術上的化醜為美，有不亞於「美之為美」的美感魅力。對美與醜各種因素，從空間和時間進行整體的、全面的、全過程的把握，「然後能知美惡」。這是審美、審醜的辯證法。
　　這個辯證法對於精神領域的創造特別重要，文學藝術是以創造美的作品為終極目的，如何才是真正的藝術美？遠不是觀照人或物之美

那麼直接、簡單，尤其是文字作品，有形的言語文字使人直觀而得，如果僅以詞藻華麗為美，那就會如王充所說的「虛妄之言勝真美」，「調文飾詞」，不能造成「奇偉之觀」，虛妄之美迅即轉化為淺薄作偽之醜矣！陸機在《文賦》屢屢提及辨別「妍蚩好惡」（「妍蚩」為美醜另一表述詞）的問題，對於美醜可以相互向對面轉化的各種因素如果處理不好，那就會出現「混妍蚩而成體，累良質而為瑕」「徒悅目而偶俗，固聲高而曲下」等因求「妍」而得「蚩」的不良效果。在文學藝術的創造中，如此這般的道理很多，此處不能細述。

以上梳理了一下真與偽、善與惡、美與醜的關係。為更明了起見，現用一圖展示，圖中實線相向箭頭→←表示對峙關係，相背箭頭←→表示可互相轉化關係，虛線單向箭頭表示荀子的觀點：

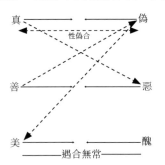

第三節　對「美」的否定傾向

道家崇尚自然美，謳歌「天地有大美」，提出了「淡然無極而眾美從之」的美學原則性命題，但反對人為之美，甚至激烈地提出「滅文章，散五采，膠離朱之目」等摒棄「人文」美的主張。從文武周公以降的政治家到孔子以降的儒家，則大力倡導「人文」的創造，鼓吹人為之美（有時用「文」代指），而其核心部分是「政事」之美，「政事」

之美的主要施行手段與表現形式又是禮、樂，由此而派生出以「文物昭德」為由頭的從宮廷建築到服飾等形形色色的「文理隆盛」。繼「無義戰」的春秋之後，七國爭雄的戰國時代，兩個半世紀間，天下愈益混亂，「仁人失約，敖暴擅強」，乃至到善惡不分、美醜不辨：「琁、玉、瑤、珠，不知佩也；雜布與錦，不知異也。閭娵、子奢，莫之媒也；嫫母、力父，是之喜也。」（《荀子》〈賦〉篇中語）在這個混亂的時代，儒家努力強化禮、樂「化成天下」的功能，但有兩位大學者——墨翟和韓非，他們的學說中貫穿了對「美」對「文」的否定傾向。墨子出現於戰國之初，韓非子出現於戰國末期，一前一後遙相呼應，給中國美學史增添了兩次回潮的波瀾。

　　墨子自稱是「賤人」，可能是出身於造車的工匠，對下層百姓苦難生活有深切的瞭解，他的政治思想的核心是「兼愛」，「天下兼相愛則治，交相惡則亂。」（《墨子》〈兼愛〉〈上〉）[4]他的經濟思想的核心是「節用」，「凡足以奉給民用則止。諸加費不加於民利者，聖王弗為。」（《墨子》〈節用〉〈中〉）統治者大凡要建樹自以為美的業績，如伍舉批評楚靈王建章華之台所說：「若於目觀則美，縮於財用則匱，是聚民利以自封而瘠民也，胡美之為？」墨子也是基於「去無用之費」而反對此等「美」的事業，他將矛頭直接指向「樂」，這個「樂」，既是與「禮」相關的聲樂，也包含了統治者奢侈淫樂之意。《墨子》〈非樂〉篇，非難神聖之「樂」，兼及否定那些於民無利可言之美事，一口氣提出「為樂非也」七條理由：

　　第一，仁者行事是「利人乎則為，不利人乎則止」，「且夫仁者為天下度也，非為其目之所美，耳之所樂，口之所甘，身體之所安，以

4　以下所引墨子之言，均據中華書局《諸子集成》版《墨子閒詁》。

此虧奪民衣食之財」。由此，墨子羅列了「非」即予以否定的四個大項：「非以大鐘、鳴鼓、琴瑟、竽笙之聲，以為不樂也；非以刻鏤華文章之色，以為不美也；非以芻豢煎炙之味，以為不甘也；非以高台、厚榭、邃野（「野」有「都邑」之義）之居，以為不安也。」這不是墨子的感覺器官遲鈍，不能感受「安」「甘」「美」「樂」，而是「上考之，不中聖王之事；下度之，不中萬民之利」，所毅然決然地予以否定。這一條似乎是總綱。

第二，為揚聲威之勢，必大造各種樂器，「必厚措斂乎萬民」，花費那麼多財力、人力、時間去造這些與民無干的東西，何不用這些財力去造於民有利的車船？「舟用之水，車用之陸，君子息其足焉，小人休其肩背焉。」各種樂器之用，於「民衣食之財」有損無益！

第三，以「撞巨鐘」「揚干戚」來顯示國家的強盛，以圖震懾「大國伐小國」「大家伐小家」「強劫弱，眾暴寡」等等天下的混亂現象，光是奏樂、跳舞而不及其他，「以求興天下之利，除天下之害，而無補也」。

第四，撞巨鐘、彈琴瑟、揚干戚而舞之類行樂之事，需要很多人參與，老年人與腦子遲鈍者不宜從事，必須調用「耳目聰明」「股肱畢強、聲之和調、眉之轉樸」的青壯年男女參與，於是「廢丈夫耕稼樹藝之時，廢婦人紡績織紝之事」占用社會勞動力，明顯是「虧奪民衣食之財」。

第五，音樂大奏，國君一個人聆聽，有何快樂？必將要「君子」與「賤人」都來聆聽。大家都沉迷樂音之中，「廢君子之所治」「廢賤人之人事」，這不是無形中又「虧奪民衣食之財」嗎？

第六，奏樂跳舞之人，「食飲不美，面目顏色不足視也；衣服不美，身體從容醜羸不足觀也」。這些從樂者，自己不能生產，反要國人用美食美衣供養他們，豈不是雙倍地「虧奪民衣食之財」！

　　第七，一個國家，如果上至王公大人，下至家庭婦女，人人都「悅樂而聽之」，那麼這個國家上無人「聽獄治政」，下無人耕田織布，統統「廢國家之從事」，其國運可想而知了。

　　墨子為否定「樂」，極言「樂」之美如何危害國家人民，可謂殫思極慮而尋找種種理由，雖有不少危言聳聽之處，卻反映了處於下層身受朝廷勞役之苦的民眾對於所謂「禮樂之治」「美政」的逆反心理。他又在〈辭過〉篇中，大講「古之民」於宮室無「台榭曲直之望，青黃刻鏤之飾」，於衣服無「錦繡文采靡曼之衣」，於飲食則僅足以「增氣充虛，強體適腹」，於舟車等日用之器則只求「全固輕利，可以任重致遠」，不搞「飾車以文采，飾舟以刻鏤」之類耗費民力的事。因此結論是：「君欲實天下之治，不可不節。」在墨子看來，在實用之外而求美，都是多餘且危國害民之事。這與儒家不倦地宣揚禮、樂之用，炫耀「誦《詩》三百，弦《詩》三百，歌《詩》三百，舞《詩》三百」，針鋒相對，因此，他也「非儒」，指斥儒家「繁飾禮樂以淫人」，直接抨擊孔子「盛容修飾以蠱世，絃歌鼓舞以聚徒，繁登降之禮以示儀，務趨翔之節以觀眾」。可見他否定「美」的觀點聚焦於禮樂文化。這種與禮樂對立的決絕之態，不如說是當時社會階級對立的表現。

　　如果說，墨家學派是從庶民立場反對儒家，否定儒家為政教功利所倡之美，那麼，戰國末期的韓非則是立於法家亦是為統治階級直接服務的立場，反對儒家之「文」，否定「文治」天下，主張「法治」天下。《韓非子》〈五蠹〉[5]說，天下之所以亂，就是：

　　儒以文亂法，俠以武犯禁。

5　引韓非語，據近代陳奇猷《韓非子集釋》，中華書局版。

他認為，儒家「修行義而習文學」，「修行義」不過為使人君「見信」，「見信則受事」；「習文學」不過是明其所師從的聖人與道理，「為明師則顯榮」，結果他們「無功而受事，無爵而顯榮」，得「匹夫之美」，於國則必亂。韓非直接反駁孔子「文質彬彬」的觀點，不理睬孔子的學生子貢回答棘子成的「文猶質也，質猶文也。虎豹之鞟，猶犬羊之鞟」（《論語》〈顏淵〉）之說，發表對立之論：

> 禮為情貌者也，文為質飾者也。夫君子取情而去貌，好質而惡飾。夫恃貌而論情者，其情惡也；須飾而論質者，其質衰也。何以論之？和氏之璧，不飾以五采，隋侯之珠，不飾以銀黃，其質至美。物不足以飾之。夫物之待飾而後行者，其質不美也。（《韓非子》〈解老〉）

質美者根本不須文飾，文飾之美不但無用而且有害於質，在《韓非子》〈外儲說左上〉中舉了兩個實例：一是「昔秦伯嫁其女於晉公子，令晉為之飾裝」，將陪嫁的侍女七十人文飾得很美，「至晉，晉人愛其妾而賤公女」，適得其反。二是著名的「買櫝還珠」的故事，「楚人有賣其珠於鄭者，為木蘭之櫃，熏以桂椒，綴以珠玉，飾以玫瑰，輯以羽翠」，可謂文飾至美矣，可是，「鄭人買其櫝而還其珠」！這兩件事，都是借田鳩回答楚王問「墨子為何言多不辯」而講的。「墨子之說，傳先王之道，論聖人之言以宣告人，若辯其辭，則恐人懷其文而忘其直，以文害用也。」美無實用價值，求美而文飾，會使人忘記功利實用目的。墨子以「虧奪民衣食之財」而否定美，韓非以「人主覽其文而忘有用」否定美，兩人否定美的層次有所不同，一為民，一為君，但指向完全一致。在《韓非子》〈外儲說右上〉中又有強調實用而「玉卮」不如「瓦器」之說：

　　堂谿公謂昭侯曰：「今有千金之玉巵，而無當，可以盛水乎？」昭侯曰：「不可。」「有瓦器而不漏，可以盛酒乎？」昭侯曰：「可。」對曰：「夫瓦器至賤也，不漏，可以盛酒。雖有千金之玉器，至貴，而無當，漏，不可盛水，則人孰注漿哉？」

　　應當說，堂谿公所舉之例是片面的，如果玉巵不漏呢？韓非不過是欲以此突出功用的實在，或美或醜可以不究。三國時代，建安七子之一的阮瑀也是在否定「文」的《文質論》中吸收這個觀點，只是稍稍變換了一下說法：「麗物苦偽，醜器多牢；華璧易碎，金鐵難陶。」但也構不成否定「麗物」的真實理由，不如墨子從製造美的東西耗財費時無補於衣食說得實在。韓非規勸人君不求美而用「朴」，從堯講起，頭頭是道：堯「飯於土簋，飲於土鈃」，普天下人「莫不賓服」；舜的食器，「斬山木而財之，削鋸修之跡，流漆墨其上」，天下人對此不滿的有「十三」（當作百分之十三，以百人計，下同）；禹作祭器，「墨漆其外而朱畫其內，縵帛為茵，蔣席頗緣，觴酌有采，而樽俎有飾」，已夠美的了，國人「不服者三十三」；再至殷商，衣食住行都講究美，「作為大路，而建九旒，食器雕琢，觴酌刻鏤，四壁堊墀，茵席雕文」，美化如此，國人「不服者五十三」（見《韓非子》〈十過〉）。客觀一點地說，從人類社會不斷進步，「人文」事業不斷發展而察，社會的上層人物所顯示的審美水準，能代表這個社會的物質文明已達到的最高程度。周的文明程度又高於殷商，孔子說：「鬱鬱乎文哉，吾從周。」孔子是從社會進步角度而觀，與韓非一代差於一代的評價截然相反。

　　韓非也同墨子一樣「非樂」，將「五音」列為導致君主亡國喪身的「十過」之一，但他又不取那樣實在的立場，而是將音樂當成一種可能

對人君造成威脅的神祕聲音。在《韓非子》〈十過〉中，編造了一個衛靈公、晉平公聽樂的故事，據故事中的師曠說，聽「清商」之音「其國必削」，人君德薄或無德，尤不能聞「清徵」「清角」之音。晉平公不信，堅持要師曠奏「清角」之音，結果是：

> 一奏之，有玄雲從西北方起；再奏之，大風至，大雨隨之，裂帷幕，破俎豆，墮廊瓦，坐者散之，平公恐懼，伏於廊室之間。晉國大旱，赤地三年，平公之身遂癃病。

他發出警告：「不務聽治，而好五音不已，則窮身之事也。」

韓非也不是「美」的絕對否定者，孔子有「五美」（本書中編第二章已引）之說，他亦有「四美」說：「身之至貴」「位之至尊」「主威之重」「主勢之隆」——「此四美者，不求諸外，不請於人，議之而得之矣！」（《韓非子》〈愛臣〉）權勢發揮到了極致就是「美」，美的內涵與外延被徹底地竄改了，並且還將「明吾法度，必吾賞罰」的法家峻刻之學，喻之曰「國之脂澤粉黛」（《韓非子》〈顯學〉），即為國增美之「法」。他像一個急於推銷貨物的商人，要「文飾」一下自己了。

韓非的政治哲學思想，在當時說來是進步的，現代的哲學史家也尊他為「唯物主義哲學家」，但是其藝術哲學卻是倒退的，取消主義的。在「文律運周，日新其業」的中國，墨子、韓非子對美的否定傾向，後世響應者寥寥，北宋理學家程顥、程頤提出「作文害道」說，是一縷遙遠的回聲，但是南宋理學大師朱熹也不接受，說「這文皆是從道中流出」（《朱子語類》一百三十九），自然之美與「人文」之美是無「法」可取消的。

第二章

在制約中尋求自由

「美是自由的象徵。」若是沒有自由的心態，人們就不能會心愜意地欣賞美，如以「比德」的理性思考面對山水，百態千姿的佳山秀水便失去了天然的美態；同樣，沒有自由的心態而進行美的創造，不能暢快地「游心」，不能縱情地「神與物游」，也就不能創造出巧奪天工的作品。南朝梁簡文帝蕭綱響亮地道出：「文章且須放蕩。」放蕩即是不受任何束縛而自由自在，身心自由，創作自由，形色與音聲並美的文章在自由的筆墨下誕生，「手持口誦，喜荷交並也」。

「天文」美，大自然山水萬物之美，毋須人工創造，但是「人文」美，即「暢於四支，發於事業」之美，必是人有所為而矢志投入。人為創造的過程中，人的主觀情志與客觀對象的交會是否暢通，是否融洽，是否能進入「化工」「化境」，關係著最終結晶的成果美的品位。探究人的審美創造如何實現創造者個人的審美理想，這是屬於創造心理學的範疇，不是本書的任務，本章將有選擇地提示一下，哪些外在

於創造者個人的因素，會對他的創造過程與結果產生制約性的影響，在不同的程度上妨礙美的自由顯現。要徹底消除或者是擺脫那些制約是不可能的，唯有在這些制約中尋求最大限度的自由，開拓出一片屬於個人自由創造的廣闊天地，美，才會向她的創造者與鑑賞者，展示無窮的魅力。

第一節　在功利的制約中……

「美」與「利」並提，是先人們觀察大自然現象又有了理性思辨之後而產生的切合實際生存生活的一種願望。《易傳》之「乾以美利利天下」，突出了一個「利」，天施利於人，但又「不言所利」（天也降災於人，則不提），是更令人崇敬的美德。與其說「不言」，不如說是自然而然的事情。人卻不同，當他有意識地從事「文」與「美」的創造時，心中便懷有某種功利目的，有的美化自己而有利於與他人交往，有的則致力於世道人心的馴化。後者作為一個社會、一個國家的「功利」，如在政教方面，倫理道德方面，有愈來愈高的要求，儒家學說成立並廣行於世，審美觀與功利觀雖然並存，但自荀子提出「美善相樂」又加之以「以道制欲」之後，「偽」的功利目的便先於重於審美目的，到了漢代，如羅根澤先生所說，「是封建功用主義的黃金時代」[1]。功利成為美的創造中的一大制約性因素，自古至今，在中國絕大多數人的心目中，已經是一個合理性存在，而進行藝術美創造的文學藝術家，有的力圖擺脫這種制約，有的則在承認這種制約的前提下，爭取最大限度的創作自由，盡量賦予美以自由的態勢。

1　羅根澤：《中國文學批評史》（一），上海古籍出版社1984年版，第71頁。

　　莊子描述過這樣一位畫家：

　　宋元君將畫圖，眾史皆至，受揖而立，舐筆和墨，在外者半。有一史後至者，儃儃然不趨，受揖不立。因之舍，公使人視之，則解衣般薄，裸。君曰：「可矣，是真畫者矣！」（《莊子》〈田子方〉）

　　畫家的思想與精神不自由，不可能去進行美的自由創造，先到宋元君面前那些畫家，「遵命」之態可掬，後至的畫家，顯然未失其傲然獨立的人格，不趨於權勢，回到畫室，竟然不顧禮貌解衣而裸，可想像他縱情恣意地揮毫的形態與神態，以至「解衣般礴」這個詞語，後來成為藝術家進入創作過程時精神狀態「任自然」的突出特徵，甚至成了作畫的代名詞。兩漢先秦的繪畫，多以人物為題材，為聖人先王立象，當然懷有明顯的政治教化目的。據《孔子家語》記載，孔子曾觀畫於明堂，「有堯舜之容，桀紂之像，而各有善惡之狀，興廢之誡焉」。還有「周公相成王，抱之負斧扆南面以朝諸侯之圖」，孔子對此圖做出的是政治評價：「此周之所以盛也！」於是他提出造型藝術的功用是：「夫明鏡所以察形，往古者所以知今。」但是，繪畫畢竟是不同於文學作品，沒有誰將它視為「經國之大業」，雖有一定的功利制約，除了為聖賢先王立像之外，畫家可以另闢蹊徑，山水畫的興起，便是繪畫尋求自由的一大創舉。前已談到「仁者樂山，智者樂水」而發出的「比德」說，這種強加的功利觀念，實際上比較容易突破，宗炳的《畫山水序》雖然一開始也講了「聖人含道應物」之類的話，但後卻是說：「暢神而已。神之所暢，孰有先焉？」中國是一個山水畫大國，為什麼歷代畫家都鍾情於山水？那就是畫山水可以擺脫政治功利的重重制約而自由地施展畫藝。北宋著名山水畫家郭熙的畫論《林泉高致》，

首篇題〈山水訓〉，根本不提董仲舒、劉向的山水論，而是説：

> 君子之所以愛夫山水者，其旨安在？丘園養素，所常處也；泉石嘯傲，所常樂也；漁樵隱逸，所常適也；猿鶴飛鳴，所常觀也；塵囂韁鎖，此人情所常厭也；煙霞仙聖，此人情所常願而不得見也。

此中有擺脱俗世功利制約很關鍵的一句話，就是為解除「塵囂韁鎖」而愛山水，畫山水。接著又説：

> 然則林泉之志，煙霞之侶，夢寐在焉，耳目斷絕。今得妙手，郁然出之，不下堂筵，坐窮泉壑；猿聲鳥啼，依約在耳；山光水色，滉漾奪目。此豈不快人意，實獲我心哉？此世之所以貴夫畫山水之本意也。

這個「本意」就是在山水間尋求人的精神自由，在畫山水時發揮藝術創造的自由，「快人意」成了創造山水美的目的，「比德」説被畫家拋到了腦後。到了元代，寫意畫興起，畫家們講求「逸筆」「逸氣」，更是追求無限精神自由和創作自由，倪瓚説：「僕之所謂畫者，不過逸筆草草，不求形似，聊以自娛耳。」又説：「余之竹，聊以寫胸中逸氣耳，豈復較其似與非，葉之繁與疏，枝之斜與直哉？塗抹久之，他人視以為麻為蘆，僕亦不得強辯為竹，真沒奈覽者何！」（《論畫》）讀中國畫論，如此自由不羈的言論甚多，迥然有異於文論，也就是説，畫家突破功利制約所獲的自由最多。

與繪畫並行的還有書法。《易傳》〈繫辭〉中有曰：「上古結繩而治，後世聖人易之以書契，百官以治，萬民以察。」創造文字的功利目

的是無可非議的，將文字作為藝術品欣賞，先秦時代似乎尚無此種意識，但當文字從甲骨、金文、篆、隸到真、草，字體逐漸演化，人們書寫的技巧越來越熟練之後，書法的審美問題也提出來了。傳為東漢蔡邕所作的《筆論》，率先談到揮毫寫字欲至妙境，須先將精神放鬆，使個人情感可以自由地運行。

　　書者，散也。欲書先散懷抱，任情恣性，然後書之。若迫於事，雖中山兔毫，不能佳也。夫書，先默坐靜思，隨意所適，言不出口，氣不盈息，沉密神采，如對至尊，則無不善矣。為書之體，須入其形，若坐若行，若飛若動，若往若來，若臥若起，若愁若喜，若蟲食木葉，若利劍長戈，若強弓硬矢，若水火，若雲霧，若日月，縱橫有可像者，方得謂之書矣。

　　先有主體精神「隨意所適」的自由，才有「為書之體」表現的自由，他所連言之「若」，正是描述所書文字形態、動態的自然之美。東漢已風行草書，草書是古文字形的一次大解放，如果説草書最初出現時也有它的功利目的，即如崔瑗《草書勢》中所謂「應時諭旨，周於卒迫，兼功並用，愛日省力」，那麼，當它向美的創造領域發展，則是書法藝術率先獲得了至高的自由，崔瑗作為創始者之一，還只描述了「方不中矩，圓不副規，抑左揚右，望之若欹」的筆下自由；唐朝的張懷瓘則從筆下的自由，「或煙收霧合，或電激星流，以風骨為體，以變化為用」，推原書法藝術家的胸懷自由：

　　或寄以騁縱橫之志，或托以散鬱結之懷；雖至貴不能抑其高，雖妙算不能量其力；是以無為而用，同自然之功……（《書法錄要》卷四

《張懷瓘議書》〈草之微妙〉）

　　草書藝術，可説是徹底擺脱了文字書寫的功利制約而至唯美唯藝術的自由王國，唐代張旭、懷素等大書法家的「狂草」，更是後人難以踰越的書法藝術之高峰。

　　魯迅先生在《魏晉風度及文章與藥及酒之關係》一文中，談到曹丕《典論》〈論文〉的「詩賦若麗」「文以氣為主」等新的理論話語時説：「他説詩賦不必寓教訓，反對當時那些寓訓勉於詩賦的見解，用近代的文學眼光看來，曹丕的一個時代可以説是『文學的自覺時代』，可説是為藝術而藝術的一派。」可否進一步地説：曹丕開闢了一個向功利主義挑戰的時代，受政教以及倫理道德功利制約最嚴最深的詩賦文章與音樂，終於有了不同程度的覺醒，開始以不同的方式進行衝擊。在文學方面，我僅舉兩個較為典型的例子。

　　一是陶淵明，採取的是較為平和的方式，但外柔而內剛。他厭倦於世俗功利，「不為五斗米折腰」，毅然決然辭官回鄉當農民。《歸田園居》第一首開始四句是：「少無適俗韻，性本愛丘山。誤落塵網中，一去十三年。」最後兩句是：「久在樊籠裡，復得返自然。」在《歸去來兮辭》小序中又表白自己：「質性自然，非矯厲所得。」因此，他的「返自然」不僅僅是回到自然田園之中，更重要的是在為官十三年之後，終於從紛紜的功利塵網中返歸自己的自然本性，從此他可以不受任何羈束，如莊子所説，「獨與天地精神往來」。在自我寫照的《五柳先生傳》中言曰：「閒靜少言，不慕榮利。好讀書，不求甚解；每有會意，便欣然忘食。……嘗著文章自娛，頗示己志。忘懷得失，以此自終。……黔婁之妻有言曰：『不慼慼於貧賤，不汲汲於富貴。』其言茲若人之儔乎？銜觴賦詩，以樂其志。無懷氏之民歟？葛天氏之民歟？」

這裡兩次提到「志」，不再是〈詩大序〉中有關風教之「志」，「頗示己志」不過是「自娛」，「以樂其志」樂的是在山水田園中做個自自然然的真人。忘懷個人得失，置政治的得失於身外，再不以「明得失之跡」為己任，這是對儒家政教、詩教委婉的拒絕！擺脫了功利制約的陶淵明，暢快地飲酒而「既醉之後，輒題數句以自娛」，留下了流傳千古的《飲酒》詩，留下了「采菊東籬下，悠然見南山」的不朽佳句，留下了不染任何功利污跡、純淨、自然而真美的詩情，成為中國詩史上第一位偉大的田園詩人而垂範後世；其似不經意提出的「自娛」說，則成為此後與傳統功利說相對峙的新話語。宋代陳師道云：「淵明不為詩，寫胸中之妙爾。」（《後山詩話》）葉夢得云：「淵明正以脫落世故，超然物外為意，顧區區在位者，何足累期心哉？且此老何嘗有意欲以詩自名？」（《石林詩話》）這就是說，陶淵明連有意作詩的動機也沒有，只是興到便寫，「適意而為」，自然而妙。

　　二是以梁簡文帝蕭綱為代表的「宮體詩」派。蕭綱與他的侍臣、詩友，不但大作對他的朝廷毫無實用功利的輕豔綺靡的唯美詩篇，還用激烈的言辭抨擊宣揚「王化」的詩教，《與湘東王書》是他跟儒家詩教決裂的宣言，也可作為「宮體」詩派的理論綱領。現以該文為主，結合其他文章，將蕭綱具有叛逆性的文學審美觀，試歸納為三點：

　　（一）抨擊當時以堅持儒家正統的裴子野等人的「京師文體」，他們那些為政治教化服務的詩文「懦鈍殊常」「既殊比興，正背風騷」，尤其是裴子野，「乃是良史之才，了無篇什之美」。那些詩文內容陳腐，引經據典，以示學問，蕭綱斥曰：「若夫六典三禮，所施則有地；吉凶嘉賓，用之則有所。未聞吟詠情性，反擬〈內則〉之篇；操筆寫志，更摹《酒誥》之作；遲遲春日，翻學《歸藏》，湛湛江水，遂同《大傳》。」這樣的詩文，與「遠則揚、馬、曹、王，近則潘、陸、顏、謝」

等歷代才人的「遣辭用心」相比，「了不相似」，若説裴子野之流的文章堪稱典範，「則古文為非」，若才人們的佳作可稱，「則今體宜棄」。他反對為功利而文的態度是非常堅決的，在《答張纘謝示集書》中，矛頭直指曾説過「辭賦」是「彫蟲小技，壯夫不為」的揚雄、説過「辭賦小道，固未足以揄揚大義，彰示來世也。……豈徒以翰墨為勳績，辭賦為君子哉」的曹植：「不為『壯夫』，揚雄實小言破道；非謂『君子』，曹植亦小辯破言。論之科刑，罪在不赦。」簡直到了仇恨欲殺的地步。

（二）針對功利主義，張揚「為藝術而藝術」的唯美主義。他認為在「京師文體」流毒之下，人們被弄得美醜不能辨，「玉徽金銑，反為拙目所嗤；巴人下裡，更合郢中之聽。陽春高而不和，妙聲絕而不尋，竟不精討錙銖，核量文質。有異巧心，終愧妍手。是以握瑜懷玉之士，瞻鄭邦而知退；章甫翠履之人，望閩鄉而嘆息」。他認為美文不為人們所識，由於儒學思想影響的頑固，有才華的詩人還受「鄭風淫」所桎，不敢抒寫男女之間的愛情，有生花之筆的作家，面對一片蠻荒之地無從施展。蕭綱在此為他寫男女之情的宮體詩張目，在《答新渝侯和詩書》中，評價他一位堂弟（蕭暎）作三首描述女子美態情思的詩，更坦白地表示他們不再遵奉儒家「非禮勿視」的道德教條，大膽向美的尤物投去熱切的目光：「雙鬢向光，風流已絕；九梁插花，步搖為古。高樓結怨，結眉表色；長門下泣，破粉成痕。復有影裡細腰，令與真類；鏡中好面，還將畫等。此皆性情卓絕，新致英奇。……」由此他稱讚新渝侯「跨躡曹、左，含超潘、陸」，真是愛屋及烏也！他認為描繪和欣賞女子體貌神情之美，喜怨哀樂之色，抒發男女眷戀之情，皆出自人的本性，體會愈深，描繪愈工，性情便表現得愈卓絕。「性情卓絕，新致英奇」，正是蕭綱關於宮體詩的美學觀，與〈詩大序〉

「發乎情，止乎禮義」，唱的完全是反調，難怪他能道出「文章且須放蕩」那樣的驚世駭俗之語。

（三）提出建立一種與功利批評對抗的以審美為準則的批評。他說「服膺裴氏，懼兩唐之不傳」，即如果都聽信裴子野那樣以功利為標準的說教，今世的才人都會被淹沒不為人知；「煙墨不言，受其驅染，紙札無情，任其搖蔑」，結果是懦鈍之文「橫流」。因此，要有「英絕」之人指點文壇。「辨茲清濁，使如涇渭；論茲月旦，類彼汝南。朱丹既定，雌黃有別，使夫懷鼠知慚，濫竽知恥。」這就是說，美與不美，要有一個明確區分的標準，確立了一種審美的尺度，就能使那些毫無美感可言的東西被摒棄於文學王國之外，使那些缺少文學才華又唯功利是圖、死抱儒家文統不放的人，知慚自恥。

「宮體」詩的出現，不但在詩歌史上而且在美學史上都有重要的意義。南朝前期出現的「形似」說，還只就「模山范水」而用，直至「宮體」詩中對女子形象體態的精描細寫，才從自然景物轉向人，破除儒家戒律，對人類自身進行酣暢淋漓的審美觀照，這完全是功利其外的成果。魏晉南北朝三百餘年間，中國美學思想、文學思潮形成了第一次解放、開放的形勢，以突破一個審美禁區——「鄭邦」——為最後的標誌。令人感到驚奇的是，千年之後，即明代中後期出現的第二次文學解放思潮，其間最響亮、最富反叛性的「情在理亡」說，最後也定格在一個女子——杜麗娘身上。當然，湯顯祖的《牡丹亭》有大大超過「宮體」詩的思想藝術成就，《詩經》中所反覆詠唱的「彼美淑姬，可與晤歌」，到「宮體」詩中描寫的「性情卓絕，新致英奇」的麗人，終於通過湯顯祖的大手筆，創造出了一個豐滿生動最富藝術魅力的「生者可以死，死可以生」的中國女子形象，在中國和世界文學經典型象的長廊，永遠煥發著美的光彩。說句題外的話：「美」字所蘊含的中國

人原初美意識，如果確屬「性美學」的話，那麼，這兩次審美觀念的大突破，豈不正是為這一意識脈絡所聳動的美之精靈——粲然地顯現！

第二節　在傳統的制約中……

「學古」「仿古」「擬古」「法古」「復古」等諸如此類的語詞，在中國的文學史和藝術史中，不時可以遇到。「古」，古人心目中的傳統也。孔子首先提出對傳統的重視：「述而不作，信而好古，竊比於我老彭。」（《論語》〈述而〉）孔子不是第一個好古者，他是以商代一位「信古而傳述」的大夫為榜樣，以傳述者而不以創作者自任。上古時代的中國人，極少言「怪、力、亂、神」者，在階級與私有財產出現並給社會造成種種不平現象之後，他們總是去追溯去想像遠古時代那種平等、和諧、安樂的群居生活，美之曰「先王之澤」。「古」，是一個時間觀念，也是一個空間觀念，人們的理想社會不在未來而在遠古，那是一個至真至美的世界。這種思想觀念代代相傳，又形成另一些傳統觀念：「貴遠賤近」「是古非今」。待到有了「人文」創造，「作，非聖人不能」（朱熹注「述而不作」語），最早的創造者都被尊為「聖人」，聖人的一言一行都被奉為千古不易的經典，成為人們精神財富的來源，成為創造的範式。依此類推，又形成一個假設：大凡前人創造的東西，即使不是總體，也有某些部分或是個別，優於後人、今人。

傳統是一條河，它的力量是巨大的，人們會不自覺地被它推著走，尤其是在儒家思想占據統治地位的時代。當這種統治思想發展到極致，受到社會上先進人士反省、反撥乃至衝擊而稍微消歇之後，疑古、非古乃至反古的思潮也會湧現。這樣的思潮第一次出現於魏晉時

期。曹操率先對漢代的「獨尊儒術」進行瞭解構，魯迅先生説，曹操「尚通脱」，「通脱即隨便之意，此種提倡影響到文壇，便產生多量想説什麼便説什麼的文章。更因為思想通脱之後，廢除固執，遂能充分容納異端和外來的思想，故孔教以外的思想源源引入。」[2]繼而就有了曹丕對「貴遠賤近，向聲背實」的批評，晉代的葛洪更乾脆地説，「今勝於古」：「且夫《尚書》，政事之集也，然未若近代之優文詔策軍書奏議之清富贍麗也。《毛詩》者，華麗之詞也，然不及《上林》《羽獵》、《二京》《三都》之汪博富也。」他認為古人所獲之美不如今人所創造的美，因為社會在進步，人變得越來越聰明，「且夫古者事事醇素，今則莫不雕飾，時移世改，理自然也」。可説就從這時開始，自我創造意識強烈的人開始在傳統的制約中尋求創作的自由。南朝齊代的張融，勇敢地發出了「變」的呼聲：

　　吾文體英絕，屢變而屢奇，既不能遠至漢魏，故無取嗟晉宋。（《戒子書》）

　　他所説的「文體」，不是指詩、賦等體裁，而是文體內在的東西，如思想感情及至言語方式、表達手法等，均不師法前人，而是師自己之「心」。在為他的子侄輩所作的「問律」自序曰：

　　吾文章之體，多為世人所驚，汝可師耳以心，不可使耳為心師也。夫文豈有常體，但以有體為常，政當使常有其體。丈夫當刪《詩》、《書》，制禮樂，何至因循寄人籬下。……吾之文章，體亦何異，何嘗

2　魯迅：《魏晉風度及文章與藥及酒之關係》，收入《而已集》。

顛溫涼而錯寒暑，綜哀樂而橫歌哭哉？政以屬辭多出，比事不羈，不
阡不陌，非途非路耳。然其傳音振逸，鳴節竦韻，或當未極，亦已極
其所矣。（《南齊書》〈張融傳〉）

世上文章沒有一成不變的文體，有「體」是一般規律。正當的現
像是常常有新的文體出現。連《詩》《書》都可刪，還有不可變之文體
嗎？張融不肯遵循古人的文體規矩，要自辟新路，「別復得體者，吾不
拘也」，宣佈自己是：「吾無師無友，不文不句」，他所向往的是「孤神
獨逸」「性入清波」（以上引語均見《問律自序》），即自由自在的美。
張融其人如其詩：「紆緩誕放」（鍾嶸《詩品》語），是一位以其好「奇」
敢「變」而自負的人，《南史》本傳載有他「不恨我不見古人，所恨古
人又不見我」的驚世之語，可見其反傳統的氣概。他善草書，也是他
好自由的表現，齊高帝欣賞他標新立異的書法又有感不足，曾對他說：
「卿書殊有骨力，但恨無二王法。」（即王羲之、王獻之父子之法），他
狂傲地答道：「非恨臣無二王法，亦恨二王無臣法。」他這些話被後來
的藝術革新家奉為經典名言。

在傳統的制約中尋求自由，魏晉而後蔚然成風，《世說新語》記載
了很多人物的「捷悟」「豪爽」「任誕」「簡傲」等等的事蹟，反映到
審美創造的領域則是「霞蔚而飆起」，劉勰試圖在理論上對這種勢不可
遏的新變作出規範，在《文心雕龍》中特立〈通變〉篇。

「通」與「變」，本來在《易傳》中就提出來了，其詞序是「變通」：
「化而裁之存乎變，推而行之存乎通，神而明之存乎其人。」還有「窮
則變，變則通」「變通以趨時」等語。其曰「變」是指明卦象爻象之變
與對卦爻辭作出圓通的解釋，非指「古」與傳統之事。劉勰面臨的是
如何對待傳統的問題，因此煞費苦心地將字序變動了一下：「通變」。

先通而後變，先有與傳統的溝通，對古代的文化遺產通過刻苦學習，而後在自己的創作實踐中融會貫通。

是以規略文統，宜宏大體：先博覽以精閱，總綱紀而攝契；然後拓衢路，置關鍵，長轡遠馭，從容按節，憑情以會通，負氣以適變，采如宛虹之奮鬐，光若長離之振葉，乃穎脫之文矣。若乃齷齪於偏解，矜激乎一致，此庭間之回驟，豈萬里之逸步哉？

對傳統毫無瞭解的人，「反傳統」只是一句空話。要在自己的創作中求變，必須以「通」為前提，先要知道傳統有多大的空間，自己在這空間中的位置，傳統中有哪些關鍵性的東西必須牢牢地把握，憑著自己真實的理解去接受，而後找到進行新的發揮新的創造的契機。如果對傳統「齷齪於偏解」，在博大的空間只侷促於一隅，哪能獲得自由而縱橫馳騁呢？「萬里之逸步」，是劉勰對於先「通」而後「變」、馳出傳統制約之外一種精神狀態的描述。〈通變〉篇似乎是呼應了張融的「文體」之變，因為一開始便說：「夫設文之體有常，變文之數無方」，而「變」的是「文辭氣力」，又說：「通變無方，數必酌於新聲；故能騁無窮之路，飲不竭之源。」但是他沒有張融那樣開放，強調「還宗經誥」，雖然也承認因變而奇，卻又規定：「望今制奇，參古定法。」沒有前者「恨二王無臣法」的氣概。

在中國文學史上，有兩次很有影響的文學運動都打過「復古」的旗號。第一次是以韓愈、柳宗元為旗手的「古文」運動，但主要是思想原則上的復古，即「志在古道」，從南朝文學背離儒家傳統，回歸到文武周公孔孟之道，韓愈曾反覆申說：「然愈之所志於古道者，不惟其辭之好，好其道焉耳。」(《答李秀才書》)「愈之所為古文，豈獨取其

句讀不類於今者耶？思古人而不得見，學古道而欲兼通其辭。通其辭者，本志乎古道者也。」（《題歐陽生哀辭後》）文章的思想精神回歸到儒家之道，但不是亦步亦趨古人之法，「通其辭」而已。在文章體裁形式方面，「古文」是針對南朝駢文形式提出來的。駢文是對秦漢古文的反動，曆數百年到韓愈時代，也成了一種傳統文體。這種文體講究文辭綺麗，駢偶對仗，對於表達重大題材，論說議對，反有種種束縛。提倡「古文」，散語成文實是文體形式的一大解放，但又不是回到秦漢古文，韓、柳憑他們傑出的文學才華，在「古道」的制約下卻又獲得了行文的自由。而這種自由，來源於個人藝術創造精神的自由。既然「志乎古道」，何來精神自由呢？原來他們是通過長期的研習，將「聖人之志」完全內化於自己的精神，「如是者有年，然後浩乎其沛然矣」，化成了自己的生命之氣：「氣，水也；言，浮物也。水大而物之浮者大小畢浮。氣之與言猶是也。氣盛則言之短長與聲之高下者皆宜。」（以上引文見《答李翊書》）韓愈能在傳統思想的制約中獲得行文的自由，這在當時確是一大奇蹟，晚清劉熙載在《藝概》中說：「韓文起八代之衰，實集八代之成。蓋惟善用古者能變古，以無所不包，蓋能無所不掃也。」還是有個「變」字在其中。「古文」運動是「以復古為通變」的一個典型，在傳統思想嚴密控制的中國，找到了實現有限度自由的一種可能性，韓愈的經驗後人吸收利用，沿用至今。

明代前、後「七子」的復古運動，本書上編論「真」一章已經言及，李夢陽等「復古」的取向與「古文」運動有重大之異，他們雖然有反對當時以理學為核心的統治思想的傾向，對「台閣體」之類侍從文學表示厭惡，但不是在「台閣體」之外另闢一片天地自由馳騁，卻抬出古人的「格調」與之對抗，「文必秦漢，詩必盛唐」，「復」的只是古人既成的「格調」，恰恰忘記了「文辭氣力」變則無方。「格調」，主

要是在藝術表達方面，思想欲求自由卻在表達欲出時又設置一個限制自由表達的模式，適得其反。難怪王叔武批評説，失去「天地自然之音」，只是「韻言」而已。

前已説過，繪畫藝術較之文字藝術更為自由。從傳統而言，以理論話語表述的繪畫傳統，直到魏晉才開始形成，沒有受到「獨尊儒術」思想的滲透，倒是喜遇「通脱」思想與稍後玄學的洗禮。因為繪畫直接面對觀者的欣賞，畫家運用的技巧法則便成為繞不開的傳統，其中被後來畫家奉為「古法」經典的便是謝赫《古畫品錄》中的「圖繪六法」。謝赫對「六法」言之不詳，到底是指繪畫的六種「法相」如鍾嶸《詩品》所言的三品九等的品位，還是單純的技巧法則？於是以「六法」為核心而展開的理論闡釋一代代積累，與傳世的作品一道，使繪畫傳統日益深厚。後人接受和繼承這個傳統，實質就聚焦於一個「法」字，技巧法則，既代表傳統，也是畫家個人功底的外現，是繪畫獲得觀賞性價值必要的手段。因此，如果説「法」也是一種制約的話，那麼，畫家一方面要主動接受並適應這種制約，一方面要在制約中尋求可以展現個性風格的筆墨自由。

「氣韻生動」，到底是作為客觀法則還是主觀法則？唐代張彥遠《論畫六法》將它視為客觀法則，他説：「象物必在形似，形似須全其骨氣，骨氣形似皆本於立意而歸乎用筆。」因而認為，畫那些「台閣樹石車輿器物無生動之狀可擬」，唯有畫鬼神人物，「有生動之狀可擬，須神韻而後全。若氣韻不周，空陳形似，筆力未遒，空善賦采，謂非妙也」[3]。他將「氣韻生動」全歸之於畫家筆下的客觀對象，似乎只有人物畫可以運用此法。宋代著名山水畫家郭熙之子郭思反對這種看

3　沈子丞編：《歷代論畫名著彙編》，文物出版社1982年版，第36頁。

法，專作「論氣韻非師」以辨：「六法精論，萬古不移，然而『骨法用筆』以下五法可學而能，如其『氣韻』，必在生知，固不可以巧密得，復不可以歲月到，默契神會，不知然而然也。」他將其視為主觀法則，歸之畫家「人品」修養：

> 人品既已高矣，氣韻不得不高；氣韻既已高矣，生動不得不至，所謂神之又神而能精焉。凡畫必周氣韻，方號世珍，不爾，雖竭巧思，止同眾工之事，雖曰畫而非畫。（《畫論》〈論氣韻非師〉）[4]

山水畫也可以實現氣韻生動，與宗炳同時代的青年畫家王微便已談道：「眉額頰輔，若晏笑兮；孤岩鬱秀，若吐雲兮。橫變縱化，故動生焉，前矩後方，而靈出焉。」張彥遠將「氣韻生動」作為人物畫的專利是片面的，郭思（或郭若虛）認為，有無生動氣韻取決於繪畫創作的主體，人品與藝術修養均高的畫家下筆即可得之，否則便是畫匠。他將「六法」之首項作為主觀法則論列，在「法」的制約中取得了繪畫創作自由的主動權。

繪畫發展到明末清初，出現了以王原祁為代表的擬古、仿古、復古主義的「四王」（王時敏、王鑑、王翬、王原祁）畫派，以他們（主要是王原祁）的畫論與同時代的石濤的畫論比較一下，甘受制約與超脫制約便斬然有別。

「四王」都特別強調承「師法」，特別遵崇宋代的董源與巨然，認為他們「規矩準繩大備」（王原祁），「董、巨逸規，後世競宗」（王時敏），「畫自有董、巨，尤書之有鐘、王，舍此則為外道」（王鑑）。他

4　沈子丞編：《歷代論畫名著彙編》，第84頁。此文亦見於郭若虛《圖畫見聞志》。

們不是師董、巨之心，純粹是師其「法」「師其跡」。王原祁是王時敏之孫，以畫供奉宮廷，官至吏部左侍郎，是受康熙皇帝寵愛的御用畫家。他「弱冠時」得其父指授，「了明董、巨正宗法派」。他畫山水，不是向大自然學習得山水「自然之勢」，而是以「古法」為準則，向「古人真本」學。請看他在畫論《雨窗漫筆》中所道：

作畫但須看氣勢輪廓，不必求好景，亦不必拘舊稿。若於開合起伏得法，輪廓氣勢已合，則脈絡頓挫轉折處，天然妙意自出，悟合古法矣。

不求好景，完全是紙上作業，且以所謂「天然妙意」得自「古法」，自然的「天然妙意」何在？又說：

臨畫不如看畫，遇古人真本，向上研求，視其定意若何，結構若何，出入若何，偏正若何，用筆若何，積墨若何，必於我有出一頭地處，久之自與吻合矣。

觀古人真本揣摩其中祕妙，於學畫當然有啟迪、有幫助，以此作為創作之本、畫藝之源，則是本末顛倒。並且以古人「出一頭地處」與「我」吻合，難道就不能超過古人再出一頭地？他也曾到過不少地方，見過不少真山水，但是在他這位仿古、擬古者眼裡，於北方伊洛的山石中發現的是元代黃公望的筆法，於陝西終南山見到的是「范華元筆意」，於南方豫章途中又見「梅道人筆」……有此「收穫」，回到北京「海淀寓窗」，大作仿古畫。據他的《麓台畫跋》所載五十一則題跋，小題中皆赫然置一「仿」字（如《仿黃子久筆》《煙巒秋爽仿荊關》

《題仿董北苑》）[5]，可謂他獲得了「仿」的自由，但完全失去了自我，筆下失去了真山水的自然之趣。

自稱「苦瓜和尚」的石濤，他的繪畫觀與「四王」擬古派截然相反，特別強調繪畫藝術就是「借筆墨以寫天地萬物，而陶詠乎我也」。他批評王原祁等人：「動則曰：『某家皴點，可以立腳。非似某家山水，不能傳久；某家清淡，可以立品；非似某家工巧，只足娛人。』」若如此，就是「我為某家役，非某家為我用也。縱逼似某家，亦食某家殘羹耳。」這對王原祁的「仿」某某古人而言，真是一針見血之論。他痛恨那些「知有古而不知有我者」，毫無顧忌地張揚「我」的個性、情趣、神氣在自己作品中的顯現：

　　我之為我，自有我在。古之鬚眉，不能生我之面目；古之肺腑，不能安入我之腹腸。我自發我之肺腑，揭我之鬚眉，縱有時觸著某家，是某家就我也，非我故為某家也。天然授之也，我於古何師而不化之有？（《苦瓜和尚畫語錄》〈變化章第三〉）

這響錚錚的自我宣言，正是對前「氣韻非師」的最好發揮，也是張融「所恨古人又不見我」的異代同志。這不是講技法，而是在宣佈要入「我」於畫中，明代對立的兩個文學派別都悟到了「有真我而後有真詩」，石濤也悟到了有真我而後有真畫。此時的石濤，不是開悟前的石濤，那時他的畫僅「能貫山川之形神」，「代山川而言」（這也比王原祁之輩強），山川脫胎於他的筆下；而現在，「予脫胎於山川也，搜盡奇峰打草稿也，山川與予，神遇而跡化也，所以，終歸之於大滌也」

5　引王原祁論畫語，均見沈子丞編：《歷代論畫名著彙編》，第376-398頁。

（《山川章第八》）。意即山川現在成了我的母體，我成了山川的新身，我以山川為本而畫我自己，一切奇峰只是表現我自身的「草稿」，山川之神與我之神不期而遇，融會於我筆下，畫幅上所呈現不知是我，是山川，現實空間山川已無跡可尋，現實生活中的「我」亦無跡可尋，它們同歸「脫胎於山川」的新身，終歸之於我大滌子（石濤另一個別號）！這果然是本色道地的真我真畫，紙上作業的王原祁們相比之下，顯得多麼委瑣而可憐！

　　石濤關於「法」的高見，筆者在本叢書第一輯的《文質彬彬》〈藝與道〉中已有所論，在此，還有必要就未言及的和已言及的再綜合一下，要點列出：第一，「太古無法，大朴一散而法立矣」。這就是「無法生有法」，「有法」即人世之法，畫之法不過是「有法貫眾法」的一種法，是畫家自立的，比起「太朴不散」之「無法」，是等而下之的作「器」之「法」（他實據老子「朴散則為器」而言），非神聖不可變易。第二，「有法必有化」。「法」不是死的，它如「乾旋坤轉」變化不居。「一知其經，即變其權；一知其法，即功於化。夫畫，天下變通之大法也，山川形勢之菁英也，古今造物之陶冶也，陰陽氣度之流行也，借筆墨以寫天地，陶詠乎我也。」如果像王原祁們那樣，將「法」認作死理，是「人之役法於蒙」，「雖攘先天後天之法，終不得其理之所存。所以有是法不能了者，反為法障之也」。「法」成了畫家自由創造的障礙，等於沒有法，非法；「法無障，障無法」，化去其障才「畫道彰矣，一畫了矣」；如何去「障」，「畫可從心畫，從心畫而障自遠矣」。第三，「我自用我法」。古人能立法，為什麼我不能立法？「古人未立法之前，不知古人法何法？古人既立法之後，便不容今人出古法。千百年來，遂使今之人不能出一頭地也。」他認為，今人不能立今法，是因今人「師古人之跡而不師古人之心」，只師法古人已有的創作成果，不師

古人的創造精神。「法無定相，氣概成章耳！」我有我的氣概，我就能立我法。他的心與一千二百年前的張融相通：「畫有南北宗，書有二王法。張融有言：『不恨臣無二王法，恨二王無臣法。』今問南北宗，我宗耶？宗我耶？一時捧腹曰：我自用我法。」第四，「無法而法，乃為至法」。我法也不是一定之法，「氣概成章」有何法可依？「無法則於世無限焉，是一畫也，非無限之也，非有法而限之也」，法有限，世界無限，因此，「太古無法」「至人無法」，無人為之法而「道法自然」。石濤屢言「吾道一以貫之」，又說：「自一以分萬，自萬以治一。化一而成絪，天下之能事畢矣。」[6]所說「一」即道，這三「一」道境，就是石濤——苦瓜和尚——大滌子的「我法」——「至法」所指向的至高藝術境界。

　　在傳統的制約中尋求創作自由，實現最大限度的突破，文學家不如畫家。文學家有功利、傳統、形式的三重制約，正如禪宗云門緣密所言：「這頭蹋著那頭掀。」清代有一批置身於主流意識形態之外的畫家，與石濤同時的還有朱耷（八大山人），他們之後又有「揚州八怪」，即金農、鄭板橋等人，用現代話來說，他們都是思想自由的藝術家，他們的作品在中國畫壇上獨放異采，他們的繪畫美學思想（惜本節不能一一論及）置於現代美學中也毫不遜色。期待有好之者對之進行全面深入的研究。

第三節　在形式的制約中……

6　以上綜述所引石濤之語，見《一畫》《了法》《變化》《絪》《山川》各章。沈子丞編：《歷代論畫名著彙編》，第364-369頁。

「在天成象，在地成形」（《易傳》〈繫辭〉），大地上的人與萬事萬物，都各有其形狀與存在的方式，眼見之輪廓為「形」，模樣規格為「式」，較之「形象」，「形式」已有抽象意義。語言、聲音、動作、線條、色彩、形狀、結構等等，都可歸之於形式。中國文字是象形、象聲不同的形式符號，詩、賦等文體是文字組合不同的形式。在世界上，形式是普遍存在的，誰也不能不以一定的形式而存在，列寧說過：「形式是具有內容的形式，是活生生的實在的內容的形式，是和內容不可分離的連繫著的形式。」（《黑格爾〈邏輯學〉一書摘要》），但形式並不一定都是美的，存在於現實生活中絕大多數的形式，要轉變成視覺、聽覺皆以為美的形式，還有相當的距離。比如「聲」，這是人和動物皆可從喉腔發出使耳可聞並相互響應的形式，但要化成悅耳的音樂，還要經過「聲相應，故生變；變成方，謂之音」，音有「清濁、大小、短長、疾徐、哀樂、剛柔、遲速、高下、出入、周疏以相濟」，才有音樂之美。

「形式」是創造美的基本要素，或者說是元件，俄國作家高爾基說過：「我所理解的『美』，是各種材料——也是聲調、色彩和語言的一種結合體，它賦予藝人的創作——製造品——以一種能影響情感和理智的形式，而這種形式就是一種力量，能喚起人對自己的創造才能感到驚奇、驕傲和快樂。」[7]晉代的陸機在《文賦》也有一段話，描述形、色、音等材料結合創造美文：

其為物也多姿，其為體也屢遷。其會意也尚巧，其遣言也貴妍。暨音聲之迭代，若五色之相宣。雖逝止之無常，固崎錡而難便。苟達

7　《高爾基文學論文選》，人民文學出版社1959年版，第263頁。

變而識次，猶開流以納泉。

運用這些材料創作，不是輕而易舉的，「崎錡而難便」，也就是說要受到種種制約。但是中國古代的才人，他們亦如高爾基說的那樣，樂於從事這種可以確證自己創作才能的「大業」。

因此，形式的制約不能等同於功利與傳統的制約，形式的制約之於創造者，本質上不是對立的，而是合作的關係，明代的王世貞便說出了「合作」的話：

人物以形模為先，氣韻超乎其表；山水以氣韻為主，形模寓乎其中，乃為合作。（《弇州山人四部稿》〈藝苑卮言〉附錄四）

所說「形模」，也就是存在的形式，「氣韻」本於創造者，是他賦予有形式的對象，使對象轉化為有生命的形式，美的新形式。創造者與對象「合作」，對象向他提供種種物質的形式，他向對象投放種種精神的形式，由此說來，創造者不像對待功利與傳統的制約，努力向外突破而尋求創作的自由，而是在對象形式內，努力突破其物質硬殼，使對象的形式軟化，使之有可塑性，可與創造者的精神形式互參、融合，然後既有物質的又有精神的新形式就誕生了！普通的文字要成為書法藝術，署名王羲之的《題衛夫人〈筆陣圖〉後》便描述了這一過程：

夫欲書者，先乾研墨，凝神靜思，預想字形大小、偃仰、平直，振動令筋脈相連。意在筆前，然後作字。若平直相似，狀如算子，上下方整，前後齊平，此不是書，但得其點畫爾。

　　文字中那些橫、直、點、鉤等固定的結構形式，如果不通過書法家「凝神靜思」而以其「意」預先軟化，使其在「振動」中「筋脈相連」，那麼，寫出來的還是原型的「點畫」之字。衛夫人將字的構件，以其意想全部軟化與活化：「一，如千裡陣雲，隱隱然其實有形」「、，如高峰墜石，磕磕然實如崩也」「｜，萬歲枯藤」「乀，崩浪驚雷」等等，經過了這樣的軟化──活化、動化，對象原有的形式發生了蛻變，與書法家之「意」合作了，互參、融合而成「書意」。王羲之又說：「須得書意，轉深點畫之間皆有意，自有言所不盡得其妙者。」（《自論書》）書法中的草書，可作為對象被軟化（蔡邕《九勢》有語：「惟筆軟則奇怪生焉。」）的典型之例，唐代「草聖」張旭以「狂草」令世人驚嘆，釋皎然有《張伯高草書歌》，請看其中一段：

　　先賢草律我草狂，風雲陣陣愁鐘、王。須史變態皆在我，象形類物無不可。閬風游雲千萬朵，驚龍蹴踏飛欲墮。更睹鄧林花落朝，狂風亂攪何飄飄。有時凝然筆空握，情在寥天獨飛鶴。有時取勢氣更高，憶得春江萬里濤。……

　　狂草亦得讓觀者識得其原形之字（不然就成了鬼畫符），但原字已進入無盡變態之中，張旭（字伯高）的狂草產生了原形之字遠不可得的爆發性美感，因此激發了詩人無限的想像。張旭在原有的形式中獲得極大的自由，以軟化了的筆畫重塑全新的形式美。

　　繪畫藝術亦是如此，對象的形式絕不可無，否則便如韓非所說的：畫鬼魅易，「鬼魅，無形者，不罄於前，故易之也」（《韓非子》〈外儲說左上〉）。畫家也是要將對象形式軟化、活化，在總體把握的前提下，作不違反原有形式規律的重塑。以山水畫為例，山之高，水之

長，地之廣，如何入畫？我們讀顧愷之的《畫雲台山記》，發現他對山勢景物描繪得很細緻，似乎受對象形式的制約較多，謝赫說他「格體精微，筆無妄下，但跡不逮意」，可能就是指其於對象形式（「體」）的表現過於精細，這對畫個體之人尚可（如他畫裴叔則，「頰上益三毛」，說畫三根毛正是對象的「識具」），畫高山遠水則不可。宗炳長期在山水間盤桓，從視覺映像得到了啟發：崑崙山那麼大，人的眼睛又那麼小，站在距山很近的地方看山，「則其形莫睹」；在數裡之外看，則可看到整個山的形狀；距之更遠視野更開闊，則見山小了！由此，宗炳對於山這樣巨大的對象形式，找到了表現的方法：

今張絹素以遠映，則昆、閬之形，可圍於方寸之內。豎劃三寸，當千仞之高；橫墨數尺，體百裡之遠。是以觀畫圖者，徒患類之不巧，不以制小而累其似，此自然之勢。如是，則嵩、華之秀，玄牝之靈，皆可得之於一圖矣。

他還特別說明：看畫的人，只怕畫得不像，對象的形式失真；畫得小但沒有走樣，反而畫出了山的「自然之勢」。「自然之勢」就是山的氣韻，進入了畫家的眼中，於是畫家可與之「合作」了。張彥遠說，台閣、樹石皆無氣韻可言，那是視它們為死的形式；郭熙則說：「山之樓觀以標勝概」「山無林木則不生」「石者，天地之骨也，骨貴堅深而不淺露」，死的形式活化，需要畫家有一雙善於發現美的眼睛。如何表現山水「自然之勢」，郭熙可能高出宗炳一著：

山欲高，盡出之則不高，煙霞鎖其腰則高矣。水欲遠，盡出之則不遠，掩映斷其派則遠矣。蓋山盡出，不惟無秀拔之高，兼何異畫碓

觜？水盡出，不惟無盤折之遠，兼何異畫蚯蚓？（《林泉高致》〈山水訓〉）

如果對對象存在的形式作如實的生硬的處理，在畫幅上反而醜化了對象。他也不認為遠觀才出山水自然之勢，遠觀近尋結合，才更有符合對象立體存在的形式感：

正面溪山林木，盤折委曲，鋪設其景而來，不厭其詳，所以足人目之近尋也。傍邊平遠，嶠嶺重迭，鈎連縹緲而去，不厭其遠，所以極人目之曠望也。（《林泉高致》〈山水訓〉）

畫家把握與處理如「山，大物也」那樣對象形式，創造了令人神往的山水之美，給了詩人很大的啟發。以「清遠」而言「神韻」的清代詩人王士禎說：「予嘗聞荊浩論山水而悟詩家三昧矣。其言曰：『遠人無目，遠水無波，遠山無皴。』又王楙《野客叢書》有云：『太史公如郭忠恕畫天外數峰，略有筆墨，意在筆墨之外。』詩文之道，大抵皆然。」（《蠶尾續文》）

說到詩人，詩人似乎特別鍾愛形式所釀造的美。詩的文體是詩人自己製作的形式，並且不斷制定新的形式，一個比一個要求嚴格的形式。所謂文體，其實就是文字組合的一定格式。最早的常規格式四字一句，即以「《詩》三百」為代表的四言體，而後出現六言為主加「兮」字的楚辭體，東漢出現了五言體，還有隨樂曲而定詞的五言或雜言的「樂府」體。這些詩體除了要求隔句押韻和言句整齊外，比較自由。但是，後世多才的詩人們似乎嫌這些文體簡樸，不足以體現可讓人驚嘆的「創造才能」，到「為藝術而藝術」進入高潮的南朝，以沈約為代表

的一班詩人，特意新創了一個「永明」體，對五言體中每一句都提出了嚴格的聲律要求。沈約在《宋書》〈謝靈運傳論〉中寫道：

> 若夫敷衽論心，商榷前藻，工拙之數，如有可言。夫五色相宣，八音協暢，由乎玄黃律呂，各適物宜，欲使宮羽相變，低昂互節，若前有浮聲，則後須切響。一簡之內，音韻盡殊；兩句之中，輕重悉異，妙達此旨，始可言文。

詩、賦的「聲文」，雖然在漢代就已經明確了，但尚無嚴格的要求，五言詩比四言詩多了一個字，音節的變化複雜了。若讀音不同的字運用不當，便會犯「蕪音累氣」之病，所以沈約又說：「作五言詩者，善用四聲，則諷詠而流靡；能達八體，則陸離而華潔。」（《答甄公論》）所謂「四聲」，就是「平、上、去、入」；「能達八體」，則是在「四聲」的運用中避免犯八種毛病：平頭、上尾、蜂腰、鶴膝、大韻、小韻、旁紐、正紐。又稱「八病」（具體如何用，恕此不論）。在「永明」體詩人心目中，精心地選字用韻，沒有犯上述八種毛病，其詩則「工」；若犯了八種中的一種，其詩則「拙」。這樣的要求，實際上將詩的聲律音韻之美提高到詩歌形式美的首要地位，強化了形式的難度，沈約還無不自得地說：「自靈均以來，多歷年代，雖文體稍精，而此秘未睹。」但也有反對者，鍾嶸便是一個：「千百年中，而不聞宮商之辨，四聲之論。……務為精密，襞積細微，專相陵架。故使文多拘忌，傷其真美。」（《詩品》）鍾嶸不是詩人，不理解詩人那種好在形式制約中顯示自己才華、追求詩美益精的創造慾望。「永明」體成為唐代近體詩之先聲。

唐代新創的五、七言律詩、絕句，被後人稱為「近體」，除了接受

稍加改造「四聲八病」說，從而形成更具普遍意義的聲律音韻理論，還增加限制律詩絕句的句數和字數、平仄格式和八句中的中間四句（即「頷聯」和「頸聯」）要對仗工整等新的規則。清代詩論家趙翼說：「至唐初沈（佺期）、宋（之問）諸人，益講求聲病，於是五七律遂成一定格式，如圓之有規，方之有矩，雖聖賢復起，不能改易矣。善事之出於人為者，大概日趨於新，精益求精，密益加密，本風會使然。故雖出於人意，其實即天運也。」（《甌北詩話》卷十二）要說「天運」那就是漢語言已發展得愈成熟愈完美，詩的發展有了悠久的歷史，古詩各種文體都有難以踰越的佳作而成為以往各個歷史時代的標誌，如果不在文體方面創新，便難以取得超越前人的成就，造就一代文學的新標誌。杜甫，是唐一代最有此種自覺意識的偉大詩人，他一方面「轉益多師」，一方面以「凡今誰是出群雄」而自勵。近體詩中，形式制約最嚴的是五、七律，他於此下的功夫最大，寫的詩最多，尤其是到了晚年，「晚節漸於詩律細」，「遣詞必中律」，「語不驚人死不休」[8]。運用律詩的技巧法則臻至於爐火純青，在形式嚴格的制約中完全可以自由地馳騁。明代詩歌文體專家胡應麟評杜甫的五律說：「氣象嵬峨，規模宏遠，當其神來境詣，錯綜幻化，不可端倪。千古以還，一人而已。」（《詩藪》內編卷四）又說，「近體之難，莫難於七律。」他「以杜為主，參之李頎之神，王維之秀，岑參之麗」，對七律美的特徵，作了精闢的概括性描述：

　　五十六字之中，意若貫珠，言如合璧。其貫珠也，如夜光走盤，

8　　《遣悶戲呈路十九曹長》《橋陵詩三十韻》《江上值水如海勢聊短述》。據許總在《杜詩學發微》中以《讀杜心解》統計：杜詩總數1458首，近體為1054首。「晚節」即入川、出川這段時期所作近體904首。近體中的律詩有916首。

而不失迴旋曲折之妙；其合璧也，如玉匣有蓋，而絕無參差扭捏之痕。綦組錦繡，相鮮以為色；宮商角徵，互合以成聲。思欲深厚有余，而不可失之晦；情慾纏綿不迫，而不可失之流。肉不可使勝骨，而骨又不可太露；詞不可使勝氣，而氣又不可太揚。莊嚴，則清廟明堂；沉著，則萬鈞九鼎；高華，則朗月繁星；雄大，則泰山喬岳；圓暢，則流水行雲；變幻，則淒風急雨。一篇之中，必數者兼備，乃稱全美。故名流哲匠，自古難之。（《詩藪》內編卷五）

　　七律形式最複雜，難度最大，詩人能於其重重制約之中施展自如，創造出不可多得的藝術珍品（如杜甫的《秋興八首》），豈不是令詩人自己，更令一代代為這樣的詩美傾倒的讀者，對如此高超的創造才能「感到驚奇、驕傲和快樂」！

　　近體詩，尤其是其中的七律，或可說是中國古人審美創造各領域中，形式制約最多最嚴的一種體式（此後還有詞、曲，亦是格式化，但不是齊言體，且詞、曲牌很多，可供詩人自由選擇），也是最能確證詩人超凡入聖才能的一種體式。毛澤東曾對嘗試作律詩的陳毅談到作律詩之難，「因律詩要講平仄」，不講平仄，即使你的大作「大氣磅礡」，也非律詩。他並非自謙地說：「我偶寫過幾首七律，沒有一首是我自己滿意的。如同你會寫自由詩一樣，我則對於長短句的詞學稍懂一點。」在《詩刊》創刊時他致信臧克家等：「詩當然應以新詩為主，舊詩可以寫一些，但是不宜在青年中提倡，因為這種體裁束縛思想，又不易學。」[9]新詩是以白話自由體詩發其端的，流行不了幾年，就有新詩人對這種自由得毫無制約的文體感到不滿，提出要有現代格律

9　《毛澤東詩詞集》，中央文獻出版社1996年版，第224、264頁。

詩。聞一多先生說：「恐怕越有魄力的作家，越是要戴著腳鐐跳舞才跳得痛快，跳得好。只有不會跳舞的才怪腳鐐礙事。只有不會作詩的才感覺到格律的束縛，對於不會作詩的，格律是表現的障礙；對於一個作家，格律便成了表現的利器。」[10]於是新格律體詩在中國新詩史上占有了一席之地，聞一多具有「建築美」「繪畫美」「音樂美」的《死水》《口供》《靜夜》《春光》等詩作，為新詩的讀者津津樂道。看來，寫詩的人和讀詩的人，都不能忘懷形式的制約對於詩美創造相反相成的特殊作用。

大凡歸屬於「人文」的審美創造，形式的制約都是相反相成的，它確實是激發人們創造慾望的一種力量。形式也可以受功利的制約，但受功利制約的贗品（如科舉考試中的試帖詩），因其作者的思想精神被制約，不可能創造出「神來境詣，錯綜幻化」被一代代鑑賞者珍愛的傑作；也可能受傳統的制約，當傳統的形式被用得爛熟已無制約感可言，探索、創造新的形式，便成為新一代才人「再領風騷」的壯舉，以新形式取代舊形式是「天運」即歷史發展的必然。不斷創造新的形式又在新的形式制約中大顯身手，新的美也就不斷地被創造出來，「天工人巧日爭新」，天地之間有形式的世界也越來越美。

10　轉引自陳衛著：《聞一多詩學論》，廣西師範大學出版社2000年版，第137頁。

第三章

審美接受與審美創造之間

　　受「美」與「利」、「美」與「善」相關聯意識的影響，上古時代的中國先人接受美的事物、美的作品，接受的視點首先不在於其美若何，而在於其利若何，由所得其利而贊其所美，或只言其利而不言其美，或贊其於利有所增益的美。西元前五四四年吳公子季札到魯國觀周樂，他對樂、舞評論便是典型之例。可以說，現代接受美學所強調的「積極接受」的思想，在中國很早就產生了，可還談不上是審美的接受，主要是實用接受與有關政教功利的接受，直到莊子出世，不計較功利與實用的美感接受才開始出現。由於重利的接受觀，使很多人為創造之美不能被人們盡情地欣賞，被「利」之所求而淡化或掩蓋，及至原初的美意識被扭曲，直到東漢，「美」被界定為「羊大則美」「與善同意」，便從此成了「經典」的表述。

　　但是，先人們有創造「人文」之美的潛在經驗，詩、歌、舞「三者本於心」，「本於心」的創造必然導致「本於心」的接受，當接受趨

至極端的時代過去，再是「人文」美創造的種類與樣式有了明確分工（如「經國」之用與「自娛」之用的分別），「本於心」的審美接受便發達起來。

　　從「文學的自覺時代」開始，審美接受的自覺也隨之而至，中國式的接受美學應運而生。所謂「中國式接受美學」，自魏晉而至明清近兩千年間，並未建立什麼理論體系，只是歷代的文人雅士，大多熱衷於品評前人或同代人的作品，如南朝人就發明了「品」作品之「味」，品評當然是一種接受的方式，並且是一種感性接受的方式，得之於心，一切精神領域創造的產品，由此而受到嚴格的檢驗。「遇合無常」的問題普遍地存在，美或不美，美之品位或高或低，有用或無用，又進入新一輪衝突與調和之中。本章試將在「遇合無常」中發生的尚無理論體系的接受觀，歸納為三，分別述之。

第一節　「余取所求」的實用接受觀

　　從「利」的角度並有知性、理性參與的接受，我們的先人最早的接受目標便是詩、歌、舞，由此而產生了相應的接受術語。在吳公子季札到魯國觀周樂的前一年（前545年），與魯為鄰的齊國有一小臣盧蒲癸，因受齊國有權勢的慶舍所寵，慶舍以女妻之。慶氏與盧蒲氏皆本姜姓，同宗，同宗姓本不應通婚，因此，有人對盧蒲癸說：「男女辨姓，子不避宗，何也？」答曰：「宗不餘避，余獨焉避之？賦詩斷章，余取所求焉，惡識宗？」（《左傳》〈襄公二十八年〉）慶舍將女妻盧蒲癸，是培植自己的親信，為奪取其父慶封（齊景公之左相）的權力作準備，盧蒲癸亦知慶舍的野心，不得已而從之（後來他伺機將慶舍殺了）。他說「賦詩斷章，余取所求」，可以肯定地說不是他的發明，說

出此話的場合也不是在談論詩，而是用以比喻一場政治聯姻，聯姻的雙方各取其「所求」。盧蒲癸隨口說出這句話，表明此話已是當時流行很廣的一個成語，有自覺意識地用《詩》，已經擴展到政治、社會生活各個方面。

「賦詩」，遠在春秋早期，就如鄭玄所說，有兩個意義：「賦者或造篇，或誦古。」「造篇」指創作，「誦古」指吟誦前人作品。春秋早期，現存於「《詩》三百」中的作品，還在不斷地創作出來，如見於《左傳》記載的《衛風》〈碩人〉（隱公三年，前720年）、《鄘風》〈載馳〉（閔公二年，前660年）、〈鄭風〉〈清人〉（時間同上）、〈秦風〉〈黃鳥〉（文公六年，前621年）等作品。《左傳》〈隱公三年〉：「衛莊公娶於齊東宮得臣妹，曰莊姜，美而無子，衛人為所賦〈碩人〉也。」此「賦」即創作之意。「誦古」，則是「古人所作，今人可援為己詩，彼人之詩，此人可贗為自作，期於『言志』而止。」（勞孝輿《春秋詩話》卷一）實質上這就是一個接受過程，將古人詩接受過來為自己所用，只要加個「《詩》曰」，就無抄襲之嫌了，至於原詩本義與自己接受之義是否完全符合，那就不管了，只要能有助於在某特定場合為自己所言之志（事）增加可信度和權威性即可，這就相當於後來文人們慣用的引經據典。據《左傳》記載的「誦古」之例，首次出現於桓公六年（前706年，在此之前，傳中有「君子曰」云云實為後人之評說而引《詩》，不計）：

> 齊侯欲以文姜妻鄭大子忽，大子忽辭。人問其故。大子曰：「人各有耦，齊大，非吾耦也。《詩》云：『自求多福。』在我而已，大國何為？」

這位大子忽，對大國齊侯欲以女嫁他，頗有政治上的警惕性，與

權勢結親於己未必是福，他引〈大雅〉〈文王〉第六節第四句：「無念爾祖，聿修厥德。永言配命，自求多福。……」這本是說牢記祖先教導，自修美德繼承祖宗偉業，遵順天命而不違，自主自強得到屬於自己的幸福。大子忽僅引其中一句，他的意思是不借大國的強勢，不靠與齊國聯姻而獲得蔭庇，憑自己的努力而求「多福」。僅引一句，就顯示了他很有根底的見識和拒絕齊侯拉攏的力度。

　　大子忽僅引一句，實已開「斷章取義」之先，在他，可能是偶爾用之。自他以後，逐漸形成風氣，在君臣之間，在外交場合，用《詩》而「賦」成為重要禮儀項目，如果對《詩經》不精通，不是背誦得滾瓜爛熟，就簡直不能與別人進行對話、交流。西元前六三七年（《左傳》〈僖公二十三年〉），長期流亡在外得到過秦國庇護的晉公子重耳，準備回國接掌政權，一天秦穆公設宴招待他，實是試探他回國後的心思和動向，重耳隨從親信之一子犯說：「吾不如衰之文也，請使衰從。」其意是他對《詩經》不精通，而另一隨從趙衰知《詩》，有文采，讓趙衰隨重耳一道赴宴，在宴會上：

　　公子賦《河水》，公賦《六月》。趙衰曰：「重耳拜賜！」公子降，拜，稽首。公降一級而辭焉。衰曰：「君稱所以佐天子者命重耳，重耳敢不拜？」

　　整個宴會，就是客、主各賦一詩，重耳所賦〈河水〉（即〈小雅〉〈沔水〉），此詩第一章：「沔彼流水，朝宗於海。彼飛隼，載飛載止。嗟我兄弟，邦人諸友，莫肯念亂，誰無父母？」重耳以第一二句暗示自己希望回國，返國之後還當以秦國為宗，敬事穆公。後六句暗表在外流亡之苦，欲以「誰無父母」感動主人，望其憐憫而送己歸去。秦

穆公作為回答而賦〈小雅〉〈六月〉，其詩第一節有「王於出徵，以匡王國」，第二節有「王於出徵，以佐天子」，第三節有「共武之服，以定王國。」表示希望重耳歸國為君，使晉國強盛，以輔佐周天子平定天下。趙衰對此詩經秦穆公之口誦出，頗為敏感，覺察到穆公表面上預先給重耳戴了一頂高帽，實是對重耳歸國頗不放心，擔心他以其雄才大略，可能成為諸侯的霸主，對秦國構成威脅。趙衰馬上讓重耳降一等拜賜、稽首，表示在秦國面前一定會俯首「朝宗」，又不露聲色地對穆公說：您以輔佐天子的大事賜命重耳，豈能不拜？其深意是：即使有一天重耳能率領諸侯輔佐周天子，也是尊您之命。將高帽子還給了對方，讓秦穆公不得不放重耳回國。設想，如果讓少「文」的子犯隨從，對方賦〈六月〉後不及時作出反應，恐怕宴會的結局就不一樣了。就是這位趙衰，在重耳回國果然稱霸之後，他還特別強調用人要考察其文化教養。西元前六三三年，晉文公（即重耳）欲選拔一位討伐曹、衛以解楚圍宋之危的三軍統帥，他推薦一位名叫郤縠的將軍，推薦理由是：

　　臣亟聞其言矣，說禮、樂而敦《詩》《書》，《詩》《書》，義之府也；禮、樂，德之則也；德、義，利之本也。

　　他不將《詩經》視為審美之書，而與政治性的《尚書》並列，都屬義理之籍，用《詩經》同用《尚書》一樣，可以讓人獲得利益，最重要的當然是政治方面利益。

　　《左傳》「用《詩》」的記載，主要見於上層人物的活動，君臣之間、同僚之間，外交場合各方之間，往往以所誦之《詩》顯示自己的身分和受教養的程度，或表達難以直言的心事、願望和情感，或委

婉、曲折地批評對方不當之處，或用以佐證某種事理，等等。雖然不將原詩所表述的情感意蘊、形象意象、比喻象徵當作美的東西來欣賞，但實際上已普遍地視《詩》為語言的藝術，所以後來孔子說：「不學《詩》，無以言。」

並且引古《志》之「言以足志，文以足言」，又發揮說：「不言，誰知其志？言之不文，行而不遠。」實際都與《詩經》有關。由此可以說，《左傳》時代的上層人士，已有語言美在其他美之先的意識。前已提及的慶舍，他的父親慶封雖官至齊國左相，於《詩經》卻一竅不通，是粗俗之人，有一次坐一輛華美的車子出使魯國，魯國大臣孟孫、叔孫大概已知他的底細，對他頗為輕視。孟孫對叔孫說：「慶季之車，不亦美乎？」叔孫說：「豹聞之：『服美不稱，必以惡終。』美車何為？」一個人的衣著、車馬、裝飾雖美，不與其人相適應，必得惡果。慶封不知禮，不知《詩》，叔孫一試，果然讓他露了本相：先是僅以便宴接待，慶封在席上沒有表現出客人應有恭敬態度，可能還有出格的撒野行為，叔孫又為他賦〈相鼠〉，詩中有「人而無儀，不死何為」「人而無止（恥），不死何俟」「人而無禮，胡不遄死」斥責之句，慶封「亦不知也」，不知叔孫在借《詩》罵他，羞辱他，對詩歌語言的感受如此遲鈍，落下千古笑柄！

《左傳》中人們對《詩》的接受，重點落在「余取所求」，即以個人接受為主，當時已有「賦《詩》觀志」之說，即聽者通過你所誦之詩，來揣測觀察你的心意志向，這就取決於「誦古」者對所誦之詩如何理解和運用。前面談到重耳在秦穆公面前所誦「沔彼流水」一詩，這首古人之作表達的內容與重耳的處境有相似之處，正可借用言說重耳心中的痛苦，其中一句「朝宗於海」既可表述他欲東歸於晉的心情，也可解釋為尊重秦國之意，這可能是趙衰精心為重耳選擇的，委婉、

含蓄地讓穆公明其東歸之志。其實這首詩本來的主旨是憂亂畏讒而告誡朋友，第二節有「念彼不跡，載起載行」（你做事沒有準則，讓我坐立不安而徬徨），第三節有「民之訛言，寧莫之懲？我友敬矣，讒言其興」（民間謠言紛起，你不去制止讓其流行，我的朋友你要警惕，傷害人的讒言將更屬害），設想，如果重耳不斷章而吟誦了全詩，等於在告誡或埋怨秦穆公，其效果勢必適得其反。實質上，任何一首古人已成之詩，很難與眼前的現實場景完全吻合，這就憑「余取」的機智和「斷章」取捨的技巧。魯僖公二十二年（前638年），邾人進犯魯國，僖公以侏是小國，不足畏而「不設備御之」，其臣臧文仲諫曰：

> 國無小，不可易也。無備，雖眾，不可恃也。《詩》曰：「戰戰兢兢，如臨深淵，如履薄冰。」又曰：「敬之敬之，天惟顯思，命不易哉！」先王之明德，猶無不難也，無不懼也，況我小國乎！君其無謂邾小，蜂蠆有毒，而況國乎！（《左傳》〈僖公二十二年〉）

臧文仲這段話說的是要提高警惕，不能麻痺輕敵的道理。但所引二詩的本義皆不為此，前為《詩經》〈小雅〉〈小旻〉末節最後三句，該詩諷刺周幽王聽任小人，錯誤決策國事，最後又表露詩人恐懼禍殃加身，有如臨深履薄的心情。後引《詩經》〈周頌〉〈敬之〉首節前三句，周成王自誡並告誡群臣謹遵天命天意而執政。臧文仲卻從兩詩各引出三句發揮出一種國防決策，如果不顧全詩，倒也言之成理。但也有這樣的情況，「斷章」引出之後，賦者所闡發的意思與原詩之意完全相反，《左傳》〈宣公十六年〉記「晉國之盜逃奔於秦」的事，有個叫羊舌職的對此評論說：「吾聞之，『禹稱善人，不善人遠』，此之謂也夫。《詩》曰：『戰戰兢兢，如臨深淵，如履薄冰』，善人在上也。善人

在上，則國無幸民。……」所謂「幸民」，就是僥倖、冒犯罪之險的
人；而原詩說「不敢暴虎，不敢馮河，人知其一，莫知其他」而「戰
戰兢兢」，是由於不善人（周幽王）在上所造成的。羊舌職卻說是「善
人在上」，老百姓才會「戰戰兢兢」小心謹慎而不墮為「幸民」，可見
他「取所求」全然不顧及原詩語境。

　　像這樣的引《詩》之例，《左傳》中出現很多。在政治、外交場合
中，本來多引〈雅〉〈頌〉詩（以現存《詩經》三百零五篇計，〈大雅〉
三十一首被用十九首，〈小雅〉七十四首被用四十一首，〈頌〉四十首
被用十七首，〈風〉一百六十首被用四十二首），〈風〉是民間詩歌尤其
是其中的情歌，似乎不宜出現在莊肅典重的場合，可是在鄭國兩次大
的外交宴席上，像〈野有蔓草〉這樣男女野合時唱的情歌，居然被用
來表示鄭國與他國大臣之間情誼：一次是「鄭伯享趙孟」的垂隴之宴，
鄭子大叔給晉大夫趙孟賦〈野有蔓草〉，詩中「有美一人，清揚婉兮，
邂逅相遇，適我願兮」「有美一人，婉如清揚，邂逅相遇，與子偕臧」，
明顯是表敘男女之情，可是子大叔卻用來代表他與趙孟相遇之後的友
情，趙孟也居然愉快地接受：「吾子之惠也！」不計對方讓他處於情人
的地位，大概是「有美一人」的讚美使他飄飄然了吧（見《左傳》〈襄
公二十七年〉）。二十年後，又有「鄭六卿」送別晉大夫宣子（韓起）
於郊，宣子說：「二三君子請皆賦，起亦以知鄭志。」年齡最小的一位
鄭大夫出口即賦〈野有蔓草〉，宣子竟讚揚說：「孺子善哉，吾有望
矣！」（見《左傳》〈昭公十六年〉）如果執著於原詩之意，不將他們視
為同性戀才怪呢！

　　當然，「余取所求」在某種特定的場合，也會講究「歌詩必類」，
所謂「類」，就是二者情景類似，不能違背禮制、德義，天子、諸侯、
大夫所賦之詩，要符合各自的身分。《左傳》〈文公四年〉記衛寧武子

出使魯國、《左傳》〈襄公四年〉記魯國穆叔（叔孫豹）出使晉國，魯
文公、晉悼公在宴會上所賦的詩，不符合在周天子之下的諸侯王身
分，懷有政治野心而含僭越之意。穆叔是善《詩》的，在晉悼公的宴
會上出現頗富戲劇性的場面：「金奏〈肆夏〉之三，不拜；工歌〈文王〉
之三，不拜；歌〈鹿鳴〉之三[1]三拜。」為何有此表現？宴會之後穆叔
才對晉人說明：「〈三夏〉，天子所享元侯也，使臣弗敢聞；〈文王〉，
兩君相見之樂，使臣不敢及。〈鹿鳴〉，君所以嘉寡君也，敢不拜嘉？
〈四牡〉，君所以勞使臣也，敢不重拜？〈皇皇者華〉，君教使臣曰『必
咨於周』。臣聞之：訪問於善者為咨，咨親為詢，咨禮為度，咨事為
諏，咨難為謀。臣獲五善，敢不重拜？」奏〈肆夏〉、歌〈文王〉都是
「不類」，因為不符合晉悼公和穆叔的身分，有僭越之嫌；歌《鹿鳴》
等三詩才算「類」，符合相應的外交禮節和對使臣的教導。穆叔對「類」
與「不類」的接受，都以禮制與道德的原則來衡量。同樣，衛國寧武
子不接受魯文公為他賦〈小雅〉〈湛露〉和〈小雅〉〈彤弓〉，均「不辭，
又不答賦」，他認為前者是「諸侯朝正於王，王宴樂之」所賦之詩，是
「天子當陽，諸侯用命」之意（「湛湛露斯，匪陽不晞」，寧武子認為
「陽」是喻天子）；而〈彤弓〉是諸侯敵王所愾，為王前驅，於是天子
有賜「彤弓」「彤矢」之宴。文公賦此二詩，寧武子覺察到此公有僭天
子之命，也別有用心地抬高了他的身分（以諸侯之禮待他），因而聲明
他不敢「干大禮以自取戾」。此事過了一百多年後，還得到孔子的讚
揚：「寧武子邦有道則知，邦無道則愚；其知可及也，其愚不可及也。」
（《論語》〈公冶長〉）所謂「愚」，就是他在魯文公面前明知其不合於

1　「〈文王〉之三」，指《詩》〈大雅〉中〈文王〉〈大明〉〈綿〉三篇。「〈鹿鳴〉之三」，
　　指《詩》〈小雅〉中〈鹿鳴〉〈四牡〉〈皇皇者華〉三篇。

禮而佯裝不知，以沉默示不苟同。

諸侯以下的大夫等人賦《詩》「不類」，那就可能給國家和自己招致禍災，《左傳》〈襄公十六年〉記晉平公「與諸侯宴於溫」，齊國只派一特使高厚與會，宴席間晉平公「使諸大夫舞，曰『歌詩必類』」。不知是齊侯事先指使還是高厚自己用《詩》「斷章」不當，有違大會主旨，剛誦出就被參與宴會的魯、晉、宋、衛等國大夫斥曰：「齊高厚歌詩不類！」（《左傳》未記他所誦何詩），晉大夫荀偃更怒目斷喝：「諸侯有異志矣！」與會諸侯盟曰：「同討不庭！」

按《左傳》注家之說，「《左傳》記賦詩」始於僖公二十三年秦穆公與重耳之宴，「而終於定公四年秦哀公之賦《無衣》。始於此，非前此無賦《詩》者，蓋不足記也。終於定公四年者，蓋其賦《詩》之風漸衰，後竟成絕響矣」[2]。我以為，起始應前推到桓公六年（前706年）鄭大子忽之用《詩》，而到僖公二十三年（前637年）後形成風氣，至定公四年（前506年），前後約兩百年，形成了中國詩歌文化史上第一個接受《詩》的高潮。歷時兩世紀的接受過程，大致形成三個特點：

一是以個人實用為目的，因此也以個人為接受主體。「賦《詩》」者不管何種場合之下，根據自己對某詩理解、把握而予以「斷章」，以求最恰當地在別人面前表達自己的心意，言己之志，即使是服從於某一政治目的，選詩是自主的，「斷章」是自由的。對於他人所賦之詩，可以自由地評論，不合於己意的可以拒絕接受，尚未發現對某首詩、某類詩（如〈大雅〉〈頌〉一類政治詩）形成統一接受的模式。

二是基於個人接受，賦《詩》者聽《詩》者都可以根據自己的理解加以發揮或作自以為是的解釋，在他們心目中，「不存在對某文本的

2　楊伯峻：《春秋左傳注》第一冊，中華書局1990年版，第410頁。

難以更改的絕對性閱讀，也不存在獨一無二的意義」；他們的即席賦詩
與評論，已與現代接受美學關於「積極接受」的觀點完全符合，即「創
造性地接受文本」並把「重點放在共時的尺度上」（對〈野有蔓草〉的
接受就是如此）；「一切的解釋，只要文本中找到相應的理由，便或多
或少是合理的；因此，一切解釋都是相互補充的，即使它與最初的解
釋相對立。」[3]「余取所求」不就基本符合這一原則嗎？臧文仲與羊舌
職接受〈小雅〉〈小旻〉並解釋所取「戰戰兢兢」章，各取所求，可謂
典型之例。從這個意義上說，《左傳》所反映、所表現出的接受現象和
接受觀念，幾乎可以認定是現代西方接受美學的東方前驅。

　　三是對於文詞美妙的《詩經》的接受，尚無鑑賞、審美意識參與，
只限於理性的、思辨的接受，是歷時兩百年熱熱鬧鬧的接受現象中最
顯著的缺憾，但也可視為一個特點。「文以足言」，引詩斷章以助言，
著眼在實用目的的實現，審美尚在潛意識中。記吳公子季札「觀周
樂」，其評論遍及〈風〉〈雅〉〈頌〉，也有「美哉」連連的評語，但僅
僅是對樂曲的評價，重在樂曲的風格給他什麼的審美感受，再聯及其
政教功利的價值。對文學作品缺乏審美意識的接受觀之形成，使孔子
從接受角度提出的「興」「觀」「群」「怨」等新觀念，審美的指向也
是含糊的，甚至當子夏提到〈碩人〉中描寫莊姜之美的詩句（「巧笑倩
兮，美目盼兮……」）亦以「繪事後素」而言他。這使對文學美的接受
遠遠落後於音樂美的接受（詳見本章第三節）。

　　魯定公四年以後至戰國時期，賦《詩》之風並未「漸衰」，而是從
政治、外交場合轉向學術界，從君、臣賦《詩》轉向學者述《詩》。孔

3　以上引語，均出自意大利接受美學家弗‧梅雷加《論文學接受》，譯文載《文藝理論
　　研究》1983年第3期。

子與他的學生經常有關於《詩》的討論。「賜也，始可與言詩矣，告諸往而知來者。」「起予者商也，始可與言《詩》已矣！」子貢與子夏都是《詩經》的積極接受者而得到孔子的讚揚。孟子對於《詩》接受提出「以意逆志」的新說，是對「余取所求」的隨意性接受一個重要修正；「不以文害辭，不以辭害志，以意逆志，是為得之。」（《孟子・萬章》）鄭重提出了要尊重《詩》作者本意的問題。當然這還是屬於思辨的理性接受。孟子與稍後的荀子，更善於斷章斷句引《詩》以加強說辭、文章的權威性和說服力，荀子的文章用《詩》頻率很高，並且形成了一個固定的模式：每當對某個論題論述結束時，便見「《詩》曰：『……』。此之謂也」的特殊句型。《詩經》作為古代神聖經典的地位，實從荀子開始正式形成。

第二節　「王化本焉」的政教接受觀

南朝梁武帝的大臣裴子野說：「古者四始六藝，總而為《詩》，既形四方之風，且彰君子之志，勸美懲惡，王化本焉。」（《彫蟲論》）詩關「王化」，在春秋時代人們爭相「斷章」用《詩》時，似乎還沒有這樣籠統的觀念（僅限於有些宴享的詩，諸侯不能用），孟子說：「王者之跡息而《詩》亡，《詩》亡，然後《春秋》作。」（《孟子》〈離婁下〉），難道是說「《詩》亡」就意味王化「失本」？他繼承孔子的事業，就是為天下的「王化」而奮鬥不息啊！

繼「賦詩斷章，余取所求」的實用接受觀之後，的確出現了一個「王化本焉」的政教接受觀，這個接受觀的始作俑者，是荀況。

在荀子的心目中，抽象的「禮義」有比《詩經》更高的地位，禮義是「王化」之本，「聖人、百王之道」的載體，而《詩經》《尚書》，

只是「道」（此道非老莊的「自然之道」）與「禮義」的理性或感性的體現。他將《左傳》中「賦《詩》觀志」「《詩》以言志」作了徹底的改造，將「誦古」而言己之志，轉換成《詩》本於聖人百王之志。如果是「誦古」，只能是張揚聖人百王之志，而非言個人一己之志，由此，他把「志」與「聖人、百王之道」連繫在一起，對「志」的內涵作出明確的界定和規範。《荀子》〈儒效〉篇寫道：

聖人者，道之管也。天下之道管是矣，百王之道一是矣；故《詩》《書》《禮》《樂》之歸是矣。《詩》言是，其志也；《書》言是，其事也；《禮》言是，其行也；《樂》言是，其和也；《春秋》言是，其微也。故〈風〉之所以為不逐者，取是以節之也；〈小雅〉之所以為〈小雅〉者，取是而文之也；〈大雅〉所以為〈大雅〉者，取是而光之也；〈頌〉之所以為至者，取是而通之也。天下之道畢是矣。

照荀子的說法，《詩》三百，篇篇皆有聖人之道在，其作者們都是聖人的門徒，〈風〉詩中那些言男女之情的詩歌，也是「以道制欲」的典範，所以又說：「〈國風〉之好色也，《傳》曰：『盈其欲而不愆其止。』其誠可比於金石，其聲可內於宗廟。」其「誠」即是「道」的體現。〈小雅〉中多怨詩，怨亦有「道」：「不以於污上，自引而居下，疾今之政，以思往者，其言有文焉，其聲有哀焉。」（《荀子》〈大略〉）如此說來，《詩》三百所言之志，皆是聖人之志的標準範本，個人不能隨意斷章取義而滿足一己之「所求」。《荀子》三十二篇，幾乎篇篇引《詩》，他引《詩》從不用來表現自己的懷抱、志向，而是為他「隆禮義」提供佐證，增加說服力，《詩》曰……「此之謂也」，「此」——皆是他所言之禮義大道理。從另一種意義來說，《詩》在荀子手中只有一

種作用——「隆禮義」——工具，孔子講的「可以興」「可以觀」「可以群」「可以怨」的四大作用，都被他減省了（他說的「法後王，一制度，隆禮義而殺《詩》《書》」，便可作如此理解。「殺」，割削、減省也）。

《詩》，本於「王化」，為「王化」而用是其獨一無二的職能。荀子這樣的觀點，到了漢代被董仲舒等和治《詩》的博士們接受，正式形成了為政治教化所用的大一統接受觀。

漢武帝時代的大儒董仲舒，在《春秋繁露》〈精華〉中寫下了具有接受理論意義的幾句話：

> 《詩》無達詁，《易》無達占，《春秋》無達辭。

「無達詁」，本來是指適應詩有多義特點而可靈活地接受，應該說是一句很通達的話，但是董仲舒道出此語的動機與本意不是這樣。先秦已有斷章取義，各取所求在前，他不能否定前人對《詩》這樣或那樣的接受，前人對《詩》各有所「詁」，但尚無明確的「王道」「禮義」之「詁」。董仲舒發揮了荀子的《詩》言聖人之道而「是其志」的觀點，具體化為：「禮之所重者在其志。」又說：「《詩》道志，故長於質」，「志為質，物為文；文著於質，質不居文，文安施質？質文兩備，然後其禮成。」（《春秋繁露》〈玉杯〉，在他之前，賈誼所著《新書》也有「《詩》者，志德之理而明其指，令人緣之以自成也。故曰：《詩》者，此之志也」之說）他要將《詩》之「志」，避開前人的成說（如孟子的「以意逆志」說），「詁」到「禮」上來，「無達詁」，實為強調政治功利之「詁」掃清了道路。

「無達詁」，在「罷黜百家，獨尊儒術」的思想統制和中央集權的

政治體制下，導向大一統之「詁」，對《詩》三百來說，施以強制性的「達詁」，而「達詁」的執行者，是那些治《詩》的博士們。

西漢傳《詩》有四家：魯之申培公，齊之轅固生，燕之韓嬰，趙之毛萇。前三家皆立於學官，為「博士」；毛萇為河間獻王博士。四家又各有一批弟子，他們都是「皓首窮經」治《詩》，將《詩》的主旨與作用定位於「美」「刺」「諷」「教」四個基點上，他們之間的「無達詁」，可能就在於某首詩定位於某一基點有所不同。以〈關雎〉為例：

〈魯詩〉：後夫人雞鳴佩玉去君所，周康後不然，詩人嘆而傷之。

〈齊詩〉：周室將衰，康王晏起，畢公喟然，深思古道。感彼關雎，德不雙侶，願得周公妃，以窈窕防微杜漸，諷諭君父。

〈韓詩〉：詩人言關雎貞潔慎匹，以聲相求，必於河之洲，隱蔽於無人之處。故人君退朝，入於私宮，後妃御見，去留有度，應門擊柝，鼓人上堂，退反宴處，體安志明。今時大人內傾於色，賢人見其萌，故詠關雎，說淑女，正容儀，以刺時也。[4]

〈毛詩〉：關雎，後妃之德也，風之始也，所以風天下而正夫婦也。故用之鄉人焉，用之邦國焉。風，風也，教也。風以動之，教以化之。……周南、召南，正始之道，王化之基，是以〈關雎〉樂得淑女以配君子，愛在進賢，不淫其色；哀窈窕，思賢才，而無傷善之心

4　以上三則，轉引自羅根澤：〈中國文學批評史〉第一冊，上海古籍出版社1984年版，第73頁。

焉。是〈關雎〉之義也。(《詩》〈大序〉)

　　四家者將〈關雎〉這首來自民間的情歌「詁」而提升為人君後宮之詩。雎鳩小鳥因雌雄情意專一成為後妃之德的象徵，一位鄉村的「窈窕淑女」具有了後妃的「容儀」更是美的象徵，四家有一致的「達詁」，但深入到作品意蘊層面的「達」就不一致了。〈魯詩〉之意是，為了讓君王不誤早朝，後夫人在凌晨雞鳴之時就應離開君王的寢宮，可是周康後到時卻不離開，耽誤了周康王治國大事，因此詩人為周康後無「從王事」之美德而嘆惜，於是作〈關雎〉以示後妃應有之美德。〈齊詩〉則明確認為其主旨是「諷諭」，委婉地批評周康王得到「窈窕淑女」後，「從此君王不早朝」。〈韓詩〉將重點落在「今時大人內傾於色」，因此主旨是「刺時」。《毛詩》則將〈關雎〉定為「風之始也」，即美、美德、美教化之始也，又將「樂得淑女以配君子」意旨加以延伸：「愛在進賢」「思賢才」，是用於上至邦國人君、下至鄉村平民的啟迪、教化詩，最後落腳點在「教」。請看，漢儒接受功利觀的幾項主要指標──「美」「諷」「刺」「教」，〈關雎〉全具備了，不能不說他們的接受實在「積極」得很！為了鞏固這樣大一統的接受並增加其權威性，還將此種接受原理的發明權歸於孔子，韓嬰虛構了一段子夏與孔子的對話，子夏問：「〈關雎〉何以為〈國風〉始？」孔子前面的答詞合於中國古人性意識（本書上編第一章已引），但最後上升到「王道之原」。同樣，〈齊詩〉的傳人匡衡也以「綱紀之首，王教之端」昇華其意義，〈毛詩〉則乾脆說「王化之基」。這些就是後世正統儒家如裴子野之輩，將《詩》之全體都說成是「王化本焉」的理論依據。

　　這種以服從政教功利需要的大一統接受觀，是從春秋時代實用主義接受觀的倒退，「余取所求」的自由沒有了，孟子說以自己之意去迎

合詩人之志（「以意逆志」）的主客體真實地溝通也取消了。更有意思的是，四家解《詩》，雖然總的「達詁」一致，但對於各詩主旨的落實又有不一致，因此，魯、趙、韓三家《詩》可能是強調正面的「教化」方面稍遜於《毛詩》而逐漸亡佚。「天無二日，國無二君」，《毛詩》成為絕對權威而流傳，百千代人誦讀的教科書，科舉考試的標準答案等，這就是更純粹的大一統接受！請看《毛詩》對〈卷耳〉的「達詁」：

〈卷耳〉，後妃之志也。又當輔佐君子，求賢審官，知臣下之勤勞，內有進賢之志，而無險詖私謁之心，朝思夕念，至於憂勤也。

將一邊采野菜一邊懷念遠行丈夫的鄉村女子所唱的歌，也說成是「後妃之志」，不是「詁」得太無邊際了麼？但是，這一「詁」，與〈關雎〉「思賢才」之說銜接起來了，統一了，並且因「內有進賢之志」「朝思夕念」更進了一層。再看鄭國之臣兩次在晉國使者面前以表示親密友誼而誦的〈野有蔓草〉，《毛詩》詁曰：

〈野有蔓草〉，思遇時也。君子之澤，不下流民，窮於兵革，男女失時，不期而會焉。

這首熱烈相戀而至野合的情歌，怎麼會牽扯到「窮於兵革」去呢？男女由相戀而野合，有「桑林之會」，當時的民俗如此，孔子也是其父與一女子野合而生呢！此一「詁」，男女相親相悅之情沒有了，有了沉重的「刺時」！為了使此「詁」更穩當，非孤證，又將下一首描寫男女約會並且有歡快對話（「女曰：『觀乎？』士曰：『既且。』『且往觀乎！』洧之外，洵且樂。」）的〈溱洧〉，也詁為：「〈溱洧〉，刺亂也。

兵革不息，男女相棄，淫風大行，莫之能救焉！」詩中實實在在地描寫「維士與女，伊其相謔，贈之以勺藥」，明明是男女相親相愛之狀，怎麼變成了「男女相棄」呢？怎能以漢朝的禮教婚姻去批評上古代男女自由戀愛之風呢？如此古板僵化的評詁，連宋代提倡「滅天理，存人欲」的理學家朱熹也不同意，他說：

> 大率古人作詩，與今人作詩一般，其間自有感物道情，吟詠情性，幾時儘是譏刺他人？只緣序者之例，篇篇要作美刺說，將詩人意思盡穿鑿壞了。……必欲如序者之意，寧失詩人之本意不恤也，此是序者大害處。（《詩序辨說》）

這位理學家敢與《毛詩》唱唱對台戲，〈鄭風〉〈山有扶蘇〉小序說：「刺忽也」。他則說：「淫女戲其所私者。」〈鄭風〉〈狡童〉小序又說：「刺忽也。不能與賢人圖事，權臣擅命也。」他則說：「此為淫女見絕而戲其人之詞。言悅己者眾，子雖見絕，未至於使我不能餐也。」……朱熹雖然厭言〈鄭風〉，說「多是婦人戲男子，所以聖人猶惡鄭聲也」，又將追求戀愛自由的少女都誣為「淫女」，但多少還原了這些情詩的本來面目。

立足於政治功利的接受觀，最嚴重的害果是對詩的篡奪，對美的扼殺。文學批評史家羅根澤先生，在《中國文學批評史》中寫道：

> 兩漢是封建功用主義的黃金時代，沒有奇蹟而只是優美的純文學書，似不能逃出被淘汰的厄運，然而《詩經》卻很榮耀地享受那時的朝野上下的供奉，這不能不歸功於儒家的送給了它一件功用主義的外套，做了他的護身符。……自從有人受著功用主義的驅使，將各不相

謀的三百首湊在一起，這功用主義的外套便有了圖樣；從此，你添一針，他綴一線，由是詩的地位逐漸崇高了，詩的真義逐漸汩沒了。

這段話後他又說了：

我們已說過，周秦諸子的詩說是染有濃厚的功用主義色彩的。但那僅是站在功用的觀點，使詩有了文學以外的價值；或者是「斷章取義，予取所求」。漢代便不同了，他使《詩經》的每一首詩有了聖道王功的奇蹟，使《詩經》每一句話有了裁判一切禮俗政教的職責與功能。[5]

羅根澤先生對功利主義大一統接受觀的危害及與實用主義接受觀不同之處，作了非常準確的論定。這種接受觀絕對排斥審美，並完全無視於原創作品客觀存在，真詩「汩沒」了。偏重於個人實用的接受觀，雖然也無審美意識，但表示「余取所求」，承認原創作品的實際存在，只是有求於其外，延伸展開其使用價值。

「王化本焉」的政教接受觀，盛行於兩漢，而後受到有「文學自覺」意識的魏晉南北朝作家、批評家抵制，梁代「宮體詩」詩人群，更是青睞於「鄭、衛之風」情詩之美，裴子野見此現象只能發出孤獨的哀鳴。這種接受觀的陰魂也只能永遠附在《毛詩》之上，離開了《毛詩》，除了在執行政教命令的領域或有傚傚之輩，文學藝術領域基本沒有它的位置（北宋理學家程顥、程頤、邵雍欲重振其威，連南宋理學家朱熹也不響應）。對於現代接受美學，它是一個遙遠的反面存在。

5 　羅根澤：《中國文學批評史》第一冊，上海古籍出版社1984年新1版，第71頁。

第三節　「無言而心悅」的審美接受觀

　　日本美學家今道友信在《東方美學》一書中，兩次論及《莊子》〈天運〉篇中的「咸池樂論」。他說：「莊子借名於黃帝，說偉大的音樂即咸池之樂，會給聽者帶來恐懼、懈怠和迷惑的情感，這是打破日常的心緒和行為走向超越的不安，是掙脫世俗的糾葛，走向精神解放的自由，是遠離塵世的超越的思索。這種明顯的反功利的、對非社會的自我覺醒的憧憬……是道家美學的特色。」現將莊子論「咸池之樂」一段全錄如下：

　　北門成問於黃帝曰：「帝張咸池之樂於洞庭之野，吾始聞之懼，復聞之怠，卒聞之而惑，蕩蕩默默，乃不自得。」帝曰：「汝殆其然哉！吾奏之以人，徵之以天，行之以禮義，建之以大清。四時迭起，萬物循生。一盛一衰，文武倫經。一清一濁，陰陽調和，流光其聲。蟄蟲始作，吾驚之以雷霆。其卒無尾，其始無首。一死一生，一僨一起，所常無窮，而一不可待。汝故懼也。吾又奏之以陰陽之和，燭之以日月之明。其聲能短能長，能柔能剛，變化齊一，不主故常。在谷滿谷，在阬滿阬。塗郤守神，以物為量。其聲揮綽，其名高明。是故鬼神守其幽，日月星辰行其紀。吾止之於有窮，流之於無止。子欲慮之而不能知也，望之而不能見也，逐之而不能及也。儻然立於四虛之道，倚於槁梧而吟：『目知窮乎所欲見，力屈乎所欲逐，吾既不及。已夫！』形充空虛乃至委蛇。汝委蛇，故怠。吾又奏之以無怠之聲，調之以自然之命。故若混逐叢生，林樂而無形，布揮而不曳，幽昏而無聲。動於無方，居於窈冥，或謂之死，或謂之生；或謂之實，或謂之榮。行流散徙，不主常聲。世疑之，稽於聖人。聖也者，達於情而遂

於命也。天機不張而五官皆備。此之謂天樂，無言而心悅。故有焱氏為之頌曰：『聽之不聞其聲，視之不見其形，充滿天地，苞裹六極。』汝欲聽之而無接焉，而故惑也。樂也者，始於懼，懼故祟；吾又次之以怠，怠故遁；卒之於惑，惑故愚；愚故道，道可載而與之俱也。

　　需要先說明一下的是，這段論述因為與儒家的功利思想距離較大，可能是漢儒在其中插入了一些他們的話語，「吾奏」四句下原接有「夫至樂者，先應之以人事，順之以天理，行之以五德，應之以自然，然後調理四時，太和萬物」三十五字，唐寫本予以刪除，「應之以人事」云云實在是與莊子的本論太不相洽了。筆者以為，尚未刪除乾淨，「行之以禮義」「文武倫經」兩句也是與老莊思想相牴牾的，《莊子・馬蹄》有云：「道德不廢，安取仁義？性情不離，安用禮樂？」老子反對人為的文飾，亦反對以武力取天下，「以道佐人主者，不以兵強天下」（《老子》〈三十章〉），「兵者，不祥之器」（《老子》〈三十一章〉），怎麼會借黃帝之口說文道武而與己意悖離呢？

　　「咸池」，本是古代神話中的東方大澤之名，傳說為「日浴」之處，相傳黃帝所作樂曲亦以「咸池」為名（又相傳為「堯樂」，或說是堯增修而沿用），給人以神祕、神聖之感。莊子則不過是借此遠古無從實證的樂曲來表述他的音樂觀。「五聲亂耳，使耳不聰」，好像他原是反對音樂的，但他欣賞大自然的音樂，稱為「天鈞」「天籟」，他給「天籟」下的定義是：「夫吹萬不同，而使其自已也，咸其自取，怒者其誰邪？」這就是說，大自然界之風，吹入千萬個孔穴發出不同的聲音，又自然而然地停止，都是自身的運行或止息，不受誰的喜怒之情主宰。莊子對「天籟」的接受欣賞是「無聽之以耳而聽之以心，無聽之以心而聽之以氣」。「咸池之樂」或許就是他理想中的音樂。他借北門

成之口，提示了凝神靜氣的聆聽過程中浮現的三種感覺狀態：「懼」「怠」「惑」。

所謂「懼」，實是音樂旋律與節奏對聽者的強刺激所引起強烈的感情，並產生不同程度的神經緊張。以現代音樂為例，貝多芬《第五交響曲》樂曲一開始便出現命運的敲門聲，使聽者不由自主而驚懼。「咸池之樂」的旋律，「蟄蟲始作，吾驚之以雷霆」，即微小的蟲子發出微細的生命之聲，我賦予它以驚天動地的雷霆之聲（實為「道」之宏音，《莊子》中有道「在螻蟻」「在稊稗」之說），這種無聲聽而有聲、細聲聽而宏音，來無影，去無蹤，生死不可測，起跌不能定，常態變態不可辨，一切都不可預料，你還能「不懼」？貝多芬說過：「音樂當使人類的精神爆出火花。」「懼」，或許就是那火花的突然閃現！

所謂「怠」，由「懼」而放鬆，緊張感消失，繼之而有精神自由散漫之態，這是因為音樂旋律節奏隨音樂家的情緒發生了變化，由「雷霆之聲」而化為「陰陽之和」，剛柔相適，變化有度，如「道」在惟恍惟惚地運行，「大而逝，逝而遠，遠而返」。人與道俱，「止之於有窮，流行於無止」，這時候，進入了「無為」無所為的境界，慮而不知，望而不見，「儻然立於四虛之道」。貝多芬又說過，詩因為可以兼有繪畫的描寫，其表現領域不像音樂領域那樣受限制，「但另一方面，我的領土在旁的境界內擴張得更遠；人家不能輕易達到我的王國」。一旦達到這個王國，也就是進入了精神無限愉悅、無限自由的自由王國。羅曼‧羅蘭曾這樣描寫聆聽貝多芬《第九交響樂》至《歡樂頌》即將出現時那種類似「怠」的感受：「當歡樂的主題初次出現時，樂隊忽然中止；出其不意地一片靜默；這使歌唱的開始帶著一種神祕與神明的氣氛。……這個主題確是一個神明。歡樂白天而降，包裹在現實的寧靜中間，它用柔和的氣息撫慰著痛苦，而它溜滑到大病初癒的人心坎中

時，第一下撫摩又是那麼溫柔……」這不正是莊子說的「形充空虛，乃至委蛇（逶迤）」（心境虛無一物，外部情態形態舒緩而寬閒）嗎？

所謂「惑」，是謂理性、知性消遁無跡而迷茫不知所之，在悠揚優美的音樂中沉醉了，在純粹的精神遨遊之域，忘我、忘物，「達於情而遂於命」，「充滿天地，苞裏六極」。這時是「無言而心悅」。今道友信先生說：「那種不可言傳的天樂，是高蹈於與天渾然一體的境地的。若從世間注重知性的立場看，它不過是迷惑罷了。怠和惑如果意味著超脫世俗的羈絆，那麼，應該把音樂看作是靈魂的淨化而實現的神遊。」[6] 在這裡將羅曼·羅蘭描述聆聽《第九交響樂》最後一個樂章《歡樂頌》的感受錄出，或可比較一下，雖然該樂章的激情高潮與莊子描述的「咸池」可能迥然有異，但使聽者所產生的沉醉，似乎又有所同：

……慢慢地，「歡樂」抓住了生命。這是一種徵服，一場對痛苦的鬥爭。然後是進行曲的節奏，浩浩蕩蕩的軍隊，男高音熱烈急促的歌。在這些沸騰的樂章內，我們可以聽到貝多芬的氣息，他的呼吸，與他感應的呼喊的節奏，活現他在田野間奔馳，作著他的樂曲，受著如醉如狂的激情鼓動，宛如大雷雨中的李爾老王。在戰爭歡樂之後，是宗教的醉意；隨後又是神聖的宴會，又是愛的興奮。整個的人類向天張著手臂，大聲疾呼地撲向「歡樂」，把它緊緊地摟在懷裡。[7]

羅曼·羅蘭是在音樂廳聽了貝多芬的交響曲演奏之後，寫下他如醉如狂的感受，而我們的莊周是聽不到「咸池之樂」演奏的，他憑自

6　以上引今道信友語，分別見《東方美學》，三聯書店1991年版，第18、26頁。

7　以上引貝多芬、羅曼·羅蘭語均見《貝多芬傳》，人民音樂出版社1978年版。

己「聽之以心，聽之以氣」的虛聽、幻聽，竟然將自己的審美感受描述得與兩千三百多年後羅曼・羅蘭對於曠代音樂大師貝多芬樂曲的審美接受有相近之感，真令人驚嘆！特別是「無言而心悅」一語，簡直是審美接受的點睛之筆！

　　中國古代的審美接受，於音聲之美較為自由，對此，心靈的審美感覺也較為敏銳，由此而形成的審美語彙也較為豐富。雖然對音樂也有政教功利之求，但與《詩經》比較，往往是將文字文本與音樂分開而論。前已說過，吳公子季札「觀周樂」，主要是對樂、舞進行評論，「美哉」「泱泱乎」「渢渢乎」「蕩乎」「熙熙乎」，皆是美的描述語與形容語。孔子實在是有欣賞音樂的耳朵。他聽魯國大樂師師摯奏〈關雎〉之樂，讚嘆說：「洋洋乎盈耳哉！」（《論語》〈泰伯〉）孔子自己也喜歡唱歌，「子與人歌而善，必使反之，而後和之」（《論語》〈述而〉）。別人的歌唱得好聽，他要求人家再唱，然後與之唱和，可見他對於音樂的審美判斷力很強，有自己不如人家唱得好的比較。這裡要特別提到的是，他欣賞盡美盡善的〈韶〉樂，竟「三月不知肉味」，還說：「不圖為樂之至於斯也！」今道友信對此話特別評論道：音樂「把孔子引到一個意想不到的優美幻境。這句話意味著人的精神的解放，意味著精神離開大地到了更為高妙的地方」。詩的藝術，可使人超越「平凡的日常性」，超越「實用性和定義的概念的界限」；「禮」的藝術，「由於精神和肉體一起打破了內在的意識進入了行動的世界，所以超越了意識的限界，同時由於從祭神的事務性工作中把自己解放了出來，又使精神漂浮在彼岸性與此岸性之間的領域裡」。音樂使人獲得的精神超越又「超越」了詩與禮：「受到了音樂藝術的感染，精神就基本上獲得了自由，實現了純粹的超越，完成了從大地的解放，這種精神上的自由——沉醉，才是孔子關於藝術的目的。」音樂為什麼會使人的精神

沉醉？今道友信又引《論語》〈八佾〉中孔子對魯國太樂師所說的一段話：「樂其可知也。始作，翕如也；從之，純如也，皦如也，繹如也，以成。」他解釋這段話的意義是：孔子非常注意音樂的旋律、節奏等形式美的基本要素，樂師調好音準、調式，開始鳴奏，其後就發出和諧、純粹、節奏分明的聲音，連續不斷地演奏下去，直到結束，要注意精神上的和諧、純正、清楚、連續。「在音樂上，時間能改變節奏的分節，空間能改變旋律形態，就是說，音樂可因時間和空間而獲得改變了的形態。這樣，音樂就包括了屬於這個世界的基本範疇（Category）的時間和空間，從這種意義說，這個世界就包括在音樂裡。」今道友信從被我們本國學者忽略了的孔子語中，發掘了孔子音樂觀更深刻的意義，他結論性指出：「孔子的學說是：只有音樂才能使人的精神超越這個世界，只有音樂才能使人的精神沉醉，也只有沉醉，才能使人的精神在這渺茫的世界獲得完全的自由。……所謂音樂的現實態，就是精神上升的完成，也就是沉醉。」如此說來，孔子的音樂審美觀與莊子大有相通之處，可惜，孔子「沒有把對超越進行解釋的可能性歸諸於詩的藝術」，今道友信認為這是「孔子學說的弱點」，為此，又設專節作「批判的考察」[8]，在此我不贅述了。

相傳是孔子再傳弟子公孫尼子所作的《樂記》，雖然對音樂的政教功利作用有較多的論述，但是對音樂的審美接受有明確的意識，並且首次提出了音樂審美的一個重要標準，那就是音樂作品是否表達了人的感情，「情動於中，故形於聲；聲成文，謂之音」，從而「比音而樂之」，最美的音樂是「情深而文明，氣盛而化神，和順積中而英華發外」；又談到旋律節奏之美：「屈伸俯仰綴兆舒疾，樂之文也。」《淮南

8　以上引文，均見《東方美學》，第105-107頁。

子》各「訓」中，也有關於音樂美和議論，亦強調樂曲作者和歌唱者均須有發自內心之情，「不得已而歌者，不事為悲；不得已而舞者，不矜而麗。歌舞而不事為悲麗者，皆無有根心者」（〈詮言訓〉）。還以唱歌為例說歌唱者須調動自己心中之情，才能把歌唱好，那些「不知音」的唱歌人，「濁之則郁而無轉，清之則燋而不謳」，而那些「善歌」的歌唱家，如「韓娥、秦青、薛談之謳，侯同曼聲之歌」，他們都是：「憤於志，積於內，盈於發音，則莫不比於律，而和於人心。何則？中有本主，以定清濁，不受於外，而自為儀表也。」以充沛的感情發於歌唱，就能自如地把握樂曲的旋律節奏，抑揚頓挫表現自然，聽起來就感覺很美。

音樂不同於詩，有更獨特的形式美。詩用表意的文字發出明白無誤的情感信息，音樂則以飄忽不定的音符發出沒有明白表意的信息，因此，對音樂的接受更依賴於聽者的主觀感受，也就是莊子所說「無聽以耳而聽之以心」。強調音樂與政教功利關係密切的後世儒家學者，亦如說《詩》是言「聖人之道」，認為任何音樂也是「聲音之道，與政通」，由此發明「治世之音安以樂，其政和；亂世之音怨以怒，其政乖；亡國之音哀以思，其民困」的音樂審評標準。將音樂作品與文字作品等同看待，限制了對音樂作品的接受自由與審美自由，與莊子的音樂接受觀背道而馳了。三國曹魏時代的詩人音樂家嵇康，意識到了基於政教功利的音樂觀有否定音樂形式美的危害性，特作《聲無哀樂論》而辯之，對莊子的音樂審美觀作了全面、深入的發揮並特別地予以強化。

嵇康的「聲」有特定的內涵，那就是大自然之聲，文中兩次引用莊子「吹萬不同，而使其自已」之語，可明確判斷，他心中的音樂就是「天籟」。他展開論述的主要不是人的音樂創作，「無哀樂」是對「天

籟」或雖是人所創作但超越了世俗功利的音樂而言。文中設「秦客」
與「主人」對話，詰難與駁難交替進行。「秦客」基於「人籟」的創作
與功利的接受，「夫治亂在政，而音聲應之」，質問嵇康「聲無哀樂，
其理何居」，在嵇康反覆的駁難中，中國音樂理論史上第一篇（也可能
是唯一的一篇）徹底超功利、實現精神超越的中國式接受美學專論，
輝煌地誕生了。

　　首先，嵇康對「天籟」與「人籟」，做出了本體與變體的區分：「夫
天地合德，萬物資生，寒暑代往，五行以成。章為五色，發為五音。
音聲之作，其猶臭味在乎天地之間，其善與不善，雖遭濁亂，其體自
若而無變也。豈以愛憎易燥，哀樂改度哉？」這是樂之本原、本體，
是天地音聲之文，自然而發，自然流動是其樂律，不受任何感情意志
的主宰，如莊子所反問的：「怒者其誰邪？」天地音聲之文為人所傚
傚，於是乎有「人籟」：「及宮商集比，聲音克諧，此人心之至願，情
慾之所鍾。古人知情不可恣，欲不可極，故因其所用，每為之節，使
哀不至傷，樂不至淫。因事與名，物有其號：哭謂之哀，歌謂之樂，
斯其大較也。」人是有理智有感情的動物，將天之樂經過一番改造而成
人之樂，且給自己灌注於其中的感情狀態命名，於是説有「哀」「樂」
之聲。前者，「聲音自當以善惡為主」，即好聽不好聽，悅耳還是刺
耳，「無關於哀樂」；後者「哀樂自當以情感而發」，情感不等於是聲
音，「和聲無象而哀心有主」，聲音本於天然，哀樂是由人而生（「夫
哀心藏於內，遇和聲而後發」），怎能以末代本，以人的哀樂去取代
「吹萬不同，而使其自已」的無象之「和聲」呢？嵇康並不反對「人籟」
音樂，而是告訴「秦客」，「人籟」之上還有「天籟」，不能以「人籟」
有像的審美尺度去衡量「和聲無象」的天樂、至樂。很明顯，「和聲無
象」的天籟，是嵇康心目中至高的音樂，也是他的音樂創作和演奏所

欲臻至的理想境界，豈能用世俗的哀樂將其沾染？

「目送歸鴻，手揮五弦。俯仰自得，游心太玄。」（《兄秀才公穆入軍贈詩》）正是他心無哀樂、精神超越而沉醉於「時間和空間都獲得改變了的形態」的音樂世界。

其次，嵇康對人之音樂有無「哀樂」作了進一層的分析。先人所作《咸池》《六莖》《大章》《韶》《夏》等「動天地、感鬼神」的人間「至樂」，作曲者們各以其內心的節奏應和著自然的節奏而發出的樂音，誰能斷定哪些音聲是悲是哀，哪些音聲是樂？他們內心的聲音，像身體裡面的液體，擠壓著就出來了，並不表示什麼哀、樂。擠壓的方式不同，好像濾酒或用袋子或用篩子，但擠出來的都是酒，酒味不變。打個比方，人吃了辛辣的東西與大笑，煙熏了眼睛與哀哀哭泣，都會出眼淚，「使易牙嘗之，必不言樂淚甜而哀淚苦」，怎能憑淚水判斷或哀或樂？再打個比方：「和聲之感人心，亦猶釀酒之發人性」，酒以甘苦為主味，喝醉酒的人則有喜有怒，他們的喜怒因酒的刺激而發，難道能說酒本身有喜怒之情嗎？嵇康反覆說明這樣一個接受的道理：所謂聲有「哀樂」，不過是由聽者自己感覺出來的：「至夫哀樂，自以事會，先遘於心，但因和聲而後顯發。」「然人情不同，各師所解，則發其所懷。」一首樂曲，如果「以平和為體」，受其感染的人情緒就沒有一定的類型，每個人各有自己的主見、心意，便各有不同之「顯發」（若果是哀聲，就只能感動心有悲哀的人），因此，「聲之與心，殊途異軌，不相經緯。焉得染太和於歡戚，綴虛名於哀樂哉？」被接受的聲音與接受者的心情不能等同，接受者不能說其「聲」所表現的就是他個人的「歡戚」，從而斷定其聲有哀樂。不獨音樂，任何達到了較高審美境界的文藝作品，都是多義而和，有不可窮盡的意味和難以言說的藝術魅力，接受者可以「仁者見仁，知者見知」，如果僅以一己所感受的情

調而界定其或哀或樂，那便是一種狹隘淺薄的接受。嵇康説的這些道理，完全適應於接受那些高檔次的文藝精品。

再次，批判「聲音之道與政通」。「秦客」執著於「亡國之音哀以思」，列舉「師曠吹律，知南風不競，楚師必敗」和「羊舌母聽聞兒啼，而知其喪家」等例而説：「推此而言，則盛衰吉凶，莫不存乎聲音矣。」嵇康駁前例説：師曠是晉國的樂師，「請問師曠吹律之時，楚國之風邪，則相去千裡，聲不足達；若正識楚風來入律中邪，則楚南有吳、越，北有梁、宋，苟不見其原，奚以識之哉？」此種「前言往記」，本身就很荒謬，風自千裡之外的南方吹來，南方之地大得很，怎能斷定就是「發自楚廷」？「今以晉人之氣，吹無韻之律」，怎能説是「楚風」入其中「與為盈縮」而知「楚師必敗」？師曠當時若果説過楚國有危機，不過是他「博物多識，自有以知勝敗之形，欲固眾心，而托以神微」，與他「吹律」毫不相干！後一例是《左傳》〈昭公二十八年〉記晉國叔向（羊舌氏）娶夏姬之女的故事的延續（本編第一章第二節所引），叔向之母因不同意兒子娶夏姬之女遷怒於剛剛生下的孫子，氣憤之下説孫子的哭聲是「豺狼之聲」，他們家族將喪於他。後來，這個孫子（名伯石）被晉侯所殺，羊舌氏滅族。叔向的母親果然是從孫子的哭聲預知未來之禍嗎？嵇康反問「秦客」説：是那老婦人「神心獨悟」到孫子哭聲中的隱語，還是曾聽到過別人家剛生下小孩有類似哭聲，後來亡身敗家？若是如此，那就要以彼啼聲與此啼聲進行比較；更重要的是小兒啼哭只是「激氣為聲」，怎能與琴瑟竽籟之聲相比呢？……以小兒啼聲不使她高興而後來果然敗家，純屬偶然之事，以此來證「聲音之道與政通」實在荒謬。嵇康還對什麼孔子聽奏《文王之操》而「睹文王之容」「師涓進曲而子野識亡國之音」等皆據理力駁，説：「此皆俗儒妄記，欲神其事而追為耳……夫推類辨物，當先求

自然之理；理已足，然後借古義以明之耳。今不得於心，而多恃前言以為談證，自此以往，恐巧歷不能紀耳！」他尖銳地揭露那些音樂有關政治得失論的欺騙性。

最後，他特別對所謂「仲尼有言：『移風易俗，莫善於樂』」（其實此話首見於《荀子》〈樂論〉，後來出現的《孝經》將其移於孔子名下）和孔子的「放鄭聲」，做出「人籟」音樂都須合於「太和」之道的結論。「夫言移風易俗者，必承衰弊之後。」的確，一個國家政紀民風敗壞了，才面臨移風易俗的重任，為了造成「君靜於上，臣順於下，玄化潛通，天人交泰，枯槁之類浸育靈液，六合之內沐浴鴻流」的良好氛圍，此時的音樂應有「和心足於內，和氣見於外」，不將哀樂之情參入其中，因而就能「感之以太和，導其神氣，養而就之，迎其情性，致而明之，使心與理相順，氣與聲相應，合乎會通，以濟其美」，如此才是人人都能接受的音樂，就能使「萬國同風，芳榮濟茂，馥如秋蘭，不期而信，不謀而成，穆然相愛，猶舒錦布采，燦炳可觀也」，突出地表現了「和」，必然取得移風易俗最佳的效果。如果僅以哀樂動人，「八音會諧」，就失去了根本。他認為「鄭聲」之所以不好，就在於其淫樂誤人，「耽槃荒酒，易以喪業，自非至人，孰能御之」。要改造它就需「具其八音，不瀆其聲；保其太和，不窮其變」，意即淡化、消斂其淫樂之情，使其「托於和聲，配而長之，誠動於言，心感於和，風俗壹成，因而名之。然所名之聲，無中於淫邪也」。嵇康不免將「太和之樂」的社會作用過於理想化，他不能迴避這個問題，表明他也沒有完全擺脫功利觀念的糾纏。

嵇康「聲無哀樂」的命題，否認音樂包含有哀樂的情感內容。這一否認的前提，就是否定了音樂繫於「治世」「亂世」「亡國」的儒家功利觀，他要將純正音樂徹底擺脫與政治的關係，因此，他所言之「哀

樂」都是特指的，有政治內涵，而不是否定自然而真的哀樂之情（如莊子說的「真悲無聲而哀」，「真親未笑而和」），換句淺顯的話說，他是反對音樂為朝廷政治的得失而哀而樂。在音樂的接受方面，他並未否認音樂能夠引起人的哀樂之情，那是聽者「自以會事，先遘於心，但由和聲以自顯發」。後來，唐太宗李世民接受了嵇康的觀點，據《舊唐書》〈音樂志〉載，他與大臣們討論音樂時說：「禮樂之作，蓋聖人緣物設教，以為樽節，治之隆替，豈此之由？」御史大夫杜淹卻說：「前代興亡，實由於樂。陳將亡也，為《玉樹後庭花》；齊將亡也，而為《伴侶曲》，行路聞之，莫不悲泣，所謂亡國之音也。以是觀之，蓋樂之由也。」將亡國之由歸咎於音樂，作為政治家的李世民貿然反對，他說：

> 夫音聲之能感人，自然之道也，故歡者聞之則悅，憂者聽之則悲。悲歡之情，在於人心，非由樂也。將亡之政，其民必苦，然苦心所感，故聞之則悲耳。何有樂聲哀怨，能使悅者悲乎？今《玉樹》《伴侶》之曲，其聲俱存，朕當為公奏之，知公必不悲矣。[9]

這個觀點大體是正確的，尤其是那些無詞之樂，「無標題」音樂，所引發聽眾的感情沒有定指，如聽《二泉映月》，有的聽者可據其標題所示，感受清泉月華相映的冷清之美，有的聽者知道瞎子阿炳的身世而生人世悲涼之感。魏徵聽了唐太宗的話後，補充說：「樂在人和，不由音調。」他所言「和」，實指人的接受，同一曲，同一音調，各人接受不同而已。

9　轉引自陳良運主編：《中國歷代詞學論著選》，百花洲文藝出版社1998年版，第1頁。

　　在禮、樂並重的時代，將音樂從重重的功利圈中解脫出來，強調超功利的審美接受，莊子與嵇康有不朽之功。超功利的音樂審美觀在接受理論的出現與確立，中國的接受美學正式誕生了。更具代表性、作用更廣泛的文學領域的接受美學，以對詩的接受為突破點，也突破了實用主義的接受觀和一統的政教功利接受觀。著者在《周易與中國文學》與《中國詩學批評史》兩書中各有專章（《「詩無達詁」──「仁者見仁，知者見知」的接受鑑賞論》《唐代詩選家的審美鑑賞批評》）[10] 作了較為系統詳細的論述，本節只選取兩個最能代表中國文學的審美接受理論的命題──「味」與「味外」，略加紹述。

　　「味」，是中國古人用來表示對文學作品──首先是詩──審美接受第一個確定的語詞，從而形成一系列的接受鑑賞語彙：「滋味」「意味」「品味」「韻味」……這個從口舌之感借用過來的字，可說是與一切功利絕緣，因為如果將「味」與「餓」與「飽」（生理、生存的功能）連繫起來，就有點煞風景；而用於文學接受之「味」，純粹屬於通感性質，眼、耳、心的感覺與接受藉助口的感覺予以表示；與生理性味覺、味蕾無關，因而也與實用性接受劃清了界線。

　　最早使用「味」且賦予其接受意義，是孔子和老子。孔子聽〈韶〉樂「三月不知肉味」，即是說〈韶〉樂有遠勝於「肉味」的難以具體言說之「味」。老子反對人們沉迷於口舌之味：「五味令人口爽。」「爽」，敗壞也。但他不否定「味」的存在，說過「道之出口，淡乎其無味」「味無味」，將「淡」和「無味」稱之為精神體驗性的「至味」。最早將「味」引入文學理論領域，見於陸機《文賦》：「或清虛以婉約，每除煩而去

10　陳良運：《周易與中國文學》，百花洲文藝出版社1999年版，第392-415頁；《中國詩學批評史》，江西人民出版社2001年版，第301-316頁。

濫，缺大羹之遺味。」此屬比喻性說法。葛洪《抱朴子》〈尚博〉有「偏嗜鹹酸者，莫能知其味；用思有限者，不得其神」之語，由口味而及精神體悟，將「味」與「神」連繫起來了。前已論及的嵇康《聲無哀樂論》，將樂曲耳聽之「和」轉化為「味」：「夫曲用每殊，而情之處變，猶滋味異美，而口輒識之也。五味萬殊，而大同於美；曲變雖眾，亦大同於和。美有甘，和有樂，然隨曲之情，盡於和域；應美之口，絕於甘境。」文學審美用「味」，直接從音樂審美導引而來，劉勰在《文心雕龍》中，頻頻用「味」來表述他對詩文品鑑欣賞的特殊感受：

張衡怨篇，清典可味。（〈明詩〉）

繁采寡情，味之必厭。（〈情采〉）

物色雖繁，而析辭尚簡；使味飄飄而輕舉，情曄而更新。（〈物色〉）

深文隱蔚，餘味曲包。（〈隱秀〉）

聲畫妍蚩，寄在吟詠；吟詠滋味，流於字句。（〈聲律〉）

他用「可味」「味飄飄」「餘味」「滋味」，已遍及作品的意、象、言等幾個方面，而在〈知音〉篇中更是全面地論述了接受鑑賞，提出「觀文者披文以入情」「入情」後而層層深入「深識鑑奧」，最後就可以獲得極大的審美滿足：「心歡然而內懌，譬春台之熙眾人，樂餌之止過客。」

「樂」，美聲也；「餌」，美食也。三句描寫，正合於莊子所說「無言而心悅」。專以「味」品詩是稍後的鍾嶸，他將「味」定格於五言詩的審美，他在《詩品》中首先說西晉以來盛行的玄言詩「理過其辭，淡乎寡味」；接著說五言詩較之四言詩「居文詞之要，是眾作之有滋味者也」；然後說，五言詩將興、比、賦「酌而用之，干之以風力，潤之以丹采，使味之者無極，聞之者動心，是詩之至也」。他將晉代一位並不很出色的詩人張協列入上品，就因為其詩「巧構形似之言……詞采蔥菁，音韻鏗鏘，使人味之亹亹不倦」；列應璩之詩於中品，也有「華靡可諷味」的贊語。自鍾嶸而後，「滋味」說便在詩的品評鑑賞中流行。其實，鍾嶸還只說到五言詩「指事造形，窮情寫物」，即詩人善構「形似之言」，形象鮮明生動可感，最有「滋味」，因此，他所言的是形而下之「味」，屬於「五味」的範疇，與嵇康所言「絕於甘境」之味尚有一段距離。

「味」論向形而上提升，始於唐代。唐代詩人不再以「物色」「形似之言」視為「味」之本。王昌齡說，詩人在詩中「若空言物色，則雖好而無味」。又說：

　　詩貴銷題目中意盡，然看當所見景物與意愜者相兼道。若一向言意，詩中不妙及無味；景語若多，與意相兼不緊，雖理道亦無味。[11]

在他之後，著名的沙門詩人釋皎然亦說：

　　夫詩工創心，以情為地，以興為經，然後清音韻其風律，麗句增

11　引王昌齡、皎然語，均見《文鏡秘府論》〈南卷〉，中國社會科學出版社1983年版。

其文采。如楊林積翠之下，翹楚幽花，時時間發。乃知斯文，味亦深矣。[12]

　　二位詩人雖然都是從創作角度立言，但將「味」的審美內涵擴展延伸了，「情」「意」「景」「音韻」「麗句」都是生「味」之要素，這對接受而言，無疑是重要的提示。值得注意的是，唐人不但以「味」言詩，還以味言散文。柳宗元評韓愈之文，發揮老、莊的「至味」說：

　　大羹玄酒，體節之薦，味之至者。而又設以奇異小蟲、水草、楂梨、橘柚，苦鹹酸辛，雖蜇吻裂鼻，縮舌澀齒，而成有篤好之者。文王之昌蒲菹，屈到之芰，曾晳之羊棗，然後盡天下之味以足於口，獨文異乎？韓子之為也，亦將弛焉而不為虐歟？息焉、游焉而有所縱歟？盡六藝之奇味以足其口歟？（《讀韓愈所著毛穎傳後題》）

　　韓愈之文，其素材古今雜燴，鉅細不遺，苦鹹酸辛之異味，經他一番「烹調」，使成為「大羹玄酒」之「至味」。這段話，後來蘇軾以「鹹酸雜眾好，中有至味永」（《送參寥師》）作了精練的概括。

　　「味外」之說的出現，是「味」形而上提升的明顯標誌。其源可上溯到六朝時代已出現的「象外」說。魏國有位叫荀粲的學者，他認為，言不盡意，立象也不可以盡意：「蓋理之微者，非物像之所舉也。今立象以盡意，此非通於意外者也；繫辭焉以盡言，此非言乎系表者也。斯則像外之意，系表之言，固蘊而不出矣。」（《魏書》〈荀彧傳注〉引何劭《荀粲傳》）他是從哲學的角度言，認為哲學的論述以「立象」明

12　引王昌齡、皎然語，均見《文鏡秘府論》〈南卷〉，中國社會科學出版社1983年版。

理是不行的，因為「理之微」象不能盡，由此，「象外之意」則「蘊而不出」。但是，文學藝術不以說「理」為其職，而是要抒情表意，文藝家用「象」，如果見象而意盡，那就太表淺了，他們正要追求「象外之意」。這句話，首先由畫家說出，見於謝赫在《古畫品錄》中鑑賞張墨、荀勖的畫作的評語：「風範氣候，極妙參神，但取精靈，遺其骨法。若拘以體物，則未見精粹；若取之象外，方厭膏腴，可謂微妙也。」唐代，「詩有三境」說出現，「境」較之「景」，有「虛」而非實的特點（即意中之境，情之境），詩人創造的藝術境界在「物色」之外，方是好詩。劉禹錫說：「詩者，其文章之蘊耶！義得而言喪，故微而難能；境生於象外，故精而寡和。」（《董氏武陵集紀》）「味外」說正是承「象外」說而來，司空圖的《與李生論詩書》中開宗明義寫道：

> 文之難，而詩之難尤難。古今之喻多矣，而愚以為辨於味而後可以言詩也。

他從人的口味言：有的地方的人好吃醋、吃鹽，好鹹酸之味，他們以此種味道的飯菜充腹療飢，不知「其鹹酸之外」還有「醇美者」，養成了習慣就不可能再分辨其他味道了。詩，不止一兩種味，「諷喻、抑揚、渟滀、淵雅，皆在其中矣」，每個詩人都可「直致所得，以格自奇」。王維、韋應物的詩「澄淡精緻，格在其中」，顯然是味在鹹酸之外。而賈島的詩，「誠有警句，然視其全篇，意思殊餒，大抵附於蹇澀，方可致才，亦為體之不備也」，其味僅在鹹酸之中。他先出「韻外之致」一語：

> 噫！近而不浮，遠而不盡，然而可以言韻外之致耳。

　　接著他連舉自己二十四聯詩，自負尚有「醇美」之味，還說：「此外千變萬狀，不知所以神而自神，豈容易哉！」李生寄了詩向他請教，讀過之後，看來皆是鹹酸之作，不便說好，給予勉勵：

　　倘復以全美為上，即知味外之旨矣。

　　司空圖以「澄淡精緻」（在《與王駕評詩書》中又說「趣味澄复，若清風之出岫」）的詩為醇美，有「味外之旨」，顯然是承老子「道之出口，淡乎其無味」和莊子「淡然無極而眾美從之」，亦與嵇康「聲無哀樂」而「隨曲之情，盡於和域；應美之口，絕於甘境」相通。至此，詩的審美接受，終於與音樂的審美接受，站到一條水平線上來了。

　　「味」與「味外」之說，不沾染功利思想和實用主義的塵埃，啟迪人們不斷提升審美接受的層次。宋代的蘇軾更精於此道，他的鑑賞水平更高於司空圖。後人為他編集的《東坡詩話》有一則云：「司空表聖自論其詩，以為得味外味。『綠樹連村暗，黃花入麥稀。』此句最善。又云：『棋聲花院閉，幡影石壇高。』吾賞獨遊五老峰，入白鶴觀。松陰滿地，不見一人，惟聞棋聲，然後知此句之工也。但恨其寒儉有僧態。若杜子美云：『暗飛螢自照，水宿鳥相呼』，『四更山吐月，殘夜水明樓』，則材力富健，去表聖之流遠矣。」蘇軾品出杜甫詩的「味外味」遠勝司空圖自詡之作，司空圖「烹調」的材力本領遜於杜甫。蘇軾評韓愈、柳宗元的詩，先有個比較：「柳子厚詩，在陶淵明下，韋蘇州

上。退之豪放奇險則過之，而溫深麗靖不及也。」[13]然後他對「味外味」有個新的說法，即所謂「枯淡」（參見本書上編第二章有關論述），並不是整體的枯而淡，而是外見其淡，其內蘊豐美，枯淡與豐美相表裡才是真正的「至味永」。蘇軾引佛語「如人食蜜，中邊皆甜」，是說不會辨味的人只以甜味為悅，不知「味」也要有所對比，有差別有比較，「邊」之「枯淡」別有其味，「中」之「甜」方更顯其豐美。當然，一味的淡，「味外之旨」從何來？「中」之豐美有味，「邊」之枯淡亦有味，善辨味者，既知其「中」的豐美之味，亦識其「邊」的枯淡之味，「中」與「邊」，互為味外之味，也就是「太和」之味。蘇軾將「味」與「味外」說，作了由表及裡的啟迪性闡釋，由音樂而詩的審美接受觀更完善了。

　　以「辨於味」為基點的審美接受觀，是中國古典接受美學的寶貴遺產，唐宋而後至於現代，常見於人們的鑑賞品評言論之中（毛澤東就很講究「詩味」，在《致陳毅信》中就說：宋人詩「一反唐人規律，所以味同嚼蠟」），清代的詩評家黃子云，意識到「味」說本來就具有眼、耳、口、心聯合審美的通感性質，他更推及嗅覺器官的「臭味」：

　　　　學古人詩，不在乎字句，而在乎臭味。字句，魄也，可記誦而

13　以上引蘇軾語，見《中國歷代詩話選》（一），岳麓書社1985年版，第208、205頁。從蘇軾此評中，可見他對司空圖在《與李生論詩書》自詡的二十四聯詩評價並不高，因此，他在《書黃子思詩集後》說司空圖「蓋自列其詩之有得於文字之表者二十四韻，恨當時不識其妙」，「二十四韻」當不是指此二十四聯詩，可能確指「二十四詩品」。且所舉「最善」的「綠樹連村暗」一聯，司空圖是在「遠陂春早滲，就有水禽飛」之後僅標「上句云」，附錄性的，沒有算在他「竊嘗自負」的二十四聯之內。如果依蘇軾所言，則「二十四韻」之數也不準確。一此說供否定《二十四詩品》是司空圖所作者參考。

得；臭味，魂也，不可以言宣。當於吟詠之時，先揣知作者當日所處境遇，然後以我之心，求無象於窅冥惚怳之間，或得或喪，若存若亡，始也茫然無所遇，終焉元珠垂曜，灼然畢現我目中矣。(《野鴻詩的》)

一個「味」，可以將五官感覺都調動起來，繼而又「以我之心」積極參與。整個審美接受過程，由形而下而形而上，由五官而心靈。這充分表明，審美鑑賞也是生命的投入，生命的體驗，生命的接受。

餘論

第一章

書法藝術對中國美學的特殊貢獻

　　中華民族自有文字以來，創造了豐富得難以窮盡的文學藝術作品，從這些作品又提升出創作與鑑賞的經驗而形成深透精闢的理論著述，富有民族特色的中國美學，其主幹就是文學藝術諸種理論思想與觀念的精萃匯合。書法藝術自兩漢以來開始發達，較之詩、樂、舞、繪畫，本來算是晚出者，但也奇怪，它一出現，對於原來工具性質的文字及其書寫，就有了革命性的變化，並且隨之有理論的表述；而種種理論表述較之已有千年積淀的語言文學與造型藝術理論，顯示出明顯的超越姿態。系統地閱讀和比較自東漢歷六朝至盛唐的書法、詩文、繪畫理論資料，清理一下諸種文學藝術觀念發展、演變的脈絡，你會驚奇地發現：書法藝術在這一段「文學的自覺」「為藝術而藝術」（魯迅語）的「衢路」（劉勰語）上，竟然起著「導夫先路」（屈原語）的作用，對於詩歌、繪畫藝術走向成熟、攀登高峰，做出了特殊貢獻。

第一節　草書興起引發的審美觀念變革

中國第一部音樂理論著作《樂記》，在〈樂象〉篇特標詩、歌、舞「三者本於心」之說，但是在「獨尊儒術」的漢代，「心」是被壓抑的、被控制的，「發乎情」必須「止乎禮義」；「情」也是被規範的，若非「溫柔敦厚」則失之於「愚」（《禮記》〈經解〉）。寫字，本來純屬一種記憶性、知識性、技術性操作，與「心」與「情」關涉不多，如後來虞世南所說，「文字，經世之本，王政之始也」，由倉頡「立六書」、經戰國「書文個別」、秦之「約為八體」，從來「不述用筆之妙」。[1]漢代以「今文」隸書而變秦之小篆，可能是書紙工具和材料的進步，西漢末期，推動文字書寫走向藝術的議論出現了，那就是揚雄《法言》中所云：

> 聖人矢口而成言，肆筆而成書；言可聞而不可殫，書可觀而不可盡。（〈五百〉）

> 言不能達其心，書不能達其言。難矣哉！惟聖人得言之解，得書之體。……故言，心聲也；書，心畫也；聲、畫形，君子小人見矣。聲、畫者，君子小人之所以動情乎。（〈問神〉）

揚雄是文字學家，也是文學家，他的文學作品好用奇字，在他之前《易傳》〈繫辭〉已有「書不盡言，言不盡意」之說，「書」——「言」——「意」是遞進關係，而此時他將「言」與「書」並列，同時與「心」與「情」發生關係，是否一筆一畫很規矩的隸書寫法已有所改變呢？據說，由隸而草是漢元帝（前48—前33年）時史游所創，那麼

1　《唐虞世南筆髓論》，《佩文齋書畫譜》卷五。以下引虞世南文均出此，不再注。

揚雄（前53-18年）生活的時代草書已開始流行了，許慎《說文解字‧序》明確寫道：「漢興，有草書」，更提到「學童十七以上，始試諷籀書幾千字，乃得為史。……書名不正，輒舉劾之。」晚生於揚雄一個多世紀的崔瑗（揚雄與其曾祖父崔篆同事王莽新朝）在《草書勢》[2]一文中，記述了草書產生的原因：「書契之興，始自頡皇。寫彼鳥跡，以定文章。爰暨末葉，典籍彌繁。時之多僻，政之多權。官事荒蕪，剿其墨翰。惟作佐隸，舊字是刪。草書之法，蓋又簡略。應時諭旨，周於卒迫。兼功並用，愛日省力。純儉之變，豈必古式？」據他所說，漢隸已是對「舊字」（大篆、小篆）的刪繁就簡，但書寫方式還是相當規範，寫字速度快不了，尤其是有時朝廷的公文要得很急，一時難以寫就，於是只得以再次簡略的書寫而「應時」。這是「兼功並用」並省時的事，是從複雜向簡單、從繁多向儉省之變，「草書」完全擺脫了「古式」。接著他說：

　　觀其法象，俯仰有儀。方不中矩，圓不副規；抑左揚右，望之若崎；竦企鳥跱，志在飛移；狡獸暴駭，將奔未馳。

　　如此看來，崔瑗的草書已完全突破了前人書寫的格式，「志在飛移」一語，已涉及書寫者下筆時的情感狀態；將筆下之字視為「狡獸」所現之勁健筋骨，具欲馳奔之動勢，顯然又有想像在起作用。崔瑗是東漢第二位著名的草書家，他之前有杜度（漢章帝時人），他之後有張芝（字伯英）。張芝取法於杜、崔，「轉精甚巧，凡家之衣帛必書而後練之，臨池學書，池水盡黑」。張芝如此苦練，可見他已自覺地將草書

2　《草書勢》，見《晉書》卷三六《衛瓘傳》。

視為一門藝術，因此被尊為中國書法史上第一位「草聖」。與他同時的還有羅叔景、趙元嗣「見稱於西州」，又有一班弟子如韋仲將、張文舒、姜孟穎、梁孔達、田彥和等（見《晉書》〈衛瓘傳〉），可見當時草書的聲勢頗大，震驚了書壇文壇，於是對草書的異議也出現了，最具代表性的是漢靈帝時代趙壹的《非草書》。趙壹因見同郡的梁孔達、姜孟穎皆以草書為「秘玩」，以至「後學之徒」競相慕習，「皆廢倉頡、史籀」，他說：

夫草書之興也，其於近古乎？上非天象所垂，下非河洛所吐，中非聖人所造。蓋秦之末，刑峻網密，官書煩冗，戰攻並作，軍書交馳，羽檄紛飛，故為隸草，趨疾速耳，示簡易之旨，非聖人之業也。但貴刪難省煩，損復為單，務取易為易知，非常儀也。故其贊曰：「臨事從宜。」

看來，趙壹並非絕對反對草書，而是將此視為一種簡易的書寫方法，卻又有違古制，但他也發現，自張芝以來，愈來愈「近於矜伎」，當作一種藝術來用功了。他一方面讚揚杜度、崔瑗、張芝是「超俗絕世之才」，他們「博學餘暇，游手於斯」，「後世慕焉」者如梁、姜之輩「專用為務」，那就不值得讚揚了。但筆者注意到，趙壹無意之中道出了善草書者須有特殊的精神氣質：「凡人各殊氣血，異筋骨。心有疏密，手有巧拙，書之好醜，在心在手，可強為哉？」又說：「且草書之

人，蓋伎藝之細耳。」[3]此説雖然將草書價值界定為「鄉邑不以此較能，朝廷不以此科吏……」無關個人功名之用，但也從反面證實了「草書」已成為一門藝術，此「伎藝」正在擺脱政教功利的制約，有自由發展的趨勢。

趙壹從「非」的角度，不自覺地道出了從正面解讀很有價值的意見，與他同時代的蔡邕，則非常明確地提出，作為一個書法藝術家，必須有精神的自由，有主體意識的強化，方能「佳也」。

書者，散也。欲書先散懷抱，任情恣性，然後書之。……夫書先默坐靜思，隨意所適，言不出口，氣不盈息，沉密神采，如對至尊，則無不善矣。為書之體，須入其形，若坐若行，若飛若動，若往若來，若臥若起，若愁若喜，若蟲食木葉，若利劍長戈，若強弓硬矢，若水火，若雲霧，若日月，縱橫有可像者，方得謂之書矣。(《筆論》)[4]

蔡邕肯定是不「非」草書的，文中對「為書之體」的描述，顯然有草書形態在其中，頗如崔瑗《草書勢》中對草書美感形態的描寫（詳後論），尤其是從「志在飛移」悟到了書法家的「任情恣性」，又借作崔瑗首用之「勢」字，有《篆勢》《九勢》之作，將「勢」之作用於書法藝術的特徵突出來了（詳後論）。「中國的書法藝術，一方面追求著一種純形式美，另一方面又有著表現情感的高度自由」，從崔瑗到蔡邕，前後不過百年間，書法美學已基本成型，並且「已產生了相當系

3　以上引趙壹《非草書》文，據王向峰主編：《中國古代文藝理論元典》（先秦兩漢卷），遼海出版社2001年版，第384-385頁。

4　王向峰主編：《中國古代文藝理論元典》（先秦兩漢卷），第393頁。

統的理論」[5]，出其不意地走到了詩文繪畫理論的前面！

　　蔡邕去世（192年）四年後，文學史上著名的「建安」時代才開始，寫出象徵「文學的自覺時代」到來的《典論》〈論文〉的作者曹丕才九歲；一百多年後才有陸機的《文賦》和葛洪「今勝於古」的言論相繼出現；又過一百多年後，才有顧愷之、宗炳等較有系統的畫論問世。追溯一下這些後起的詩文繪畫理論中湧現的新思想、新觀念，原來有不少是從東漢的書法理論中引申出來的。

　　（一）崔瑗的「純儉之變，豈必古式」，首先破除了人們頭腦中長期存在的「古」的神聖感與神祕感；曹丕反對「貴遠賤近，向聲背實」的傳統習見，「他說詩賦不必寓教訓，反對當時那些寓訓勉於詩賦的見解」，開啟了「一個文學的自覺時代」（魯迅語）[6]。其後，葛洪《抱朴子》一書的〈鈞世〉〈尚博〉等篇中，屢斥「文章不及古」的保守之論，力申「今詩勝古詩」之說，其云：「且夫古者事事醇素，今則莫不雕飾。時移世改，理自然也。」（《抱朴子》〈鈞世〉）更說後世出之於「碩儒之思、成才士之手」的好作品，「方之古人，不必悉減也。或有汪濊玄曠，合契作者，內辟不測之深源，外播不匱之遠流，其所祖宗也高，其所紬繹也妙，變化不繫滯於規矩之方圓，旁通不凝閡於一途之逼促。……」（《抱朴子》〈尚博〉）豈不是《草書勢》中「方不中矩，圓不副規」的有力發揮？思想的解放促使此後的文學藝術不斷發生新變，以至劉勰在《文心雕龍》〈通變〉的「贊曰」道出了：「文律運周，日新其業。變則可久，通則不乏。趨時必果，乘機無怯。望今制奇，參古定法。」

5　李澤厚、劉綱紀：《中國美學史》第一卷，中國社會科學出版社1984年版，第585頁。

6　魯迅：《魏晉風度及文章與藥及酒之關係》，收入《而已集》。

（二）崔瑗説「志在飛移」，蔡邕説「先散懷抱，任情恣性」「默坐靜思，隨意所適，言不出口，氣不盈息」，乃至趙壹所説「凡人各殊氣血，異筋骨，心有疏密，手有巧拙」，較之曹丕的「文以氣為主，氣之清濁有體，不可力強而致。……至於引氣不齊，巧拙有素，雖在父兄，不能以移子弟」，顯然是先發之論，亦與陸機《文賦》中「緣情」「會意」等説相貫通；後來謝赫在《古畫品錄》標舉「氣韻」第一；宗炳在《畫山水序》説「夫以應目會心為理者類之成巧，則目以同應，心亦俱會。應會感神，神超理得……聖賢瑛於絕代，萬趣融其神思」，皆可説是崔、蔡、趙之説更富創作實踐意義的發揮，直通《文心雕龍》的〈神思〉與〈體性〉，文學藝術創作主體意識的自覺，終於擺脱了東漢以前唯政教功利是「務」的工具意識。

（三）崔瑗論草書而重之以「勢」，蔡邕作《九勢》而對「勢」作了定義性表述：「夫書肇於自然，自然既立，陰陽生焉；陰陽既生，形出矣。藏頭護尾，力在字中，下筆用力，肌膚之麗。故曰：勢來不可止，勢去不可遏，惟筆軟則奇怪生焉。」[7]所言之「勢」，是自然之勢而非人為造勢，啟迪了東晉至南朝崛起的山水畫家，宗炳將「自然之勢」寫進了《畫山水序》：「今張絹素以遠映，則昆、閬之形，可圍於方寸之內。豎劃三寸，當千仞之高；橫墨數尺，體百裡之迴。是以觀畫圖者，徒患類之不巧，不以制小而累其似，此自然之勢。」王微在《敘畫》中亦説：「夫言繪畫者，竟求容勢而已。」他心目中的「容勢」是：「眉額頰輔，若晏笑焉；孤岩鬱秀，若吐雲焉；橫變縱化，故動生焉；前矩後方，而靈出焉。」[8]文學理論家劉勰更在《文心雕龍》中立專章

7　王向峰主編：《中國古代文藝理論元典》（先秦兩漢卷），第393頁。

8　所引宗炳、王微文之語，見沈子丞主編：《歷代論畫名著彙編》，文物出版社1982年版，第14-16頁。

曰〈定勢〉，其對「文章體勢」的描述，實本於蔡邕而有創造性的「轉換」：「夫情致異區，文變殊術，莫不因情立體，即體成勢也。勢者，乘利而為制也，如機發矢直，澗曲湍回，自然之趣也。圓者規體，其勢也自轉；方者矩形，其勢也自安；文章體勢，如斯而已。」他將《九勢》中所列「落筆結字……使其形勢自相映帶，無使勢背」及「出於啄磔之中，又在堅筆緊趯之內」之「疾勢」、「在於緊戰行之法，橫鱗豎勒之規」的「澀勢」，都轉化在其中了，成了文章學理論中一個重要的組成部分，作家走筆行文時不可或缺的寫作法則。

　　僅述以上三端，足可證明東漢草書藝術的興起，引發了自魏晉而後文學藝術觀念重大的變革，書法理論在審美意識領域發揮了不容置疑的先導作用。

第二節　書法藝術推動各門類藝術全面「新變」

　　草書藝術是各體書法中最為自由的藝術，在詩、文、音樂、繪畫尚未獲得自由的時代（受「發乎情，止乎禮義」等等的限制），僅僅是作為文字形態的草書有了一片自由的天地，是令人欣羨的。美與自由相隨，或說自由是美的靈魂，因此草書之美對於文學藝術各個門類、各種體式的審美追求、審美創造有著啟迪、示範的作用，產生廣泛而又深遠的影響；草書藝術發展的各個階段，對於同時代或以後文學藝術的新變，起著推波助瀾的作用。

　　杜度、崔瑗的草書尚是初級階段，後人稱之為「隸草」「章草」，每個字尚獨立而不連寫，還可見隸書筆畫的形跡，崔瑗在《草書勢》中如此描述：

……狀似連珠，絕而不離。蓄怒怫鬱，放逸生奇。或凌邃惴慄，若據高臨危。旁點邪附，似蜩螗揭枝。絕筆收勢，余糾結。若杜伯揵毒緣巇，騰蛇赴穴，頭沒尾垂。是故遠而望之，焉若沮岑奔崖；就而察之，即一畫不可移。纖微要妙，臨事從宜。[9]

文字本來是讓人靜觀，而崔瑗言「草書」又添一「勢」字，且全是描寫草書的動態，而「蓄怒怫郁，放逸生奇」是具有情感性的動態，又以「蜩螗」「騰蛇」等動物之態、江河流水之態，一一狀之，充分展現了草書的動態美。這種美感，實在是通過書法家的藝術運作，將文字還原於自然之態，無意之中將中國美學一個大命題──「自然」，重新提出來了。自老、莊提出這一命題，在「獨尊儒術」的漫長歲月裡受到壓抑，此時卻從草書字裡行間重新抬頭，這對於自兩晉至南朝山水畫、山水詩的興起，陶淵明「返自然」的田園詩創作，有無潛移默化的作用呢？

杜、崔之後的張芝，他的草書有了新變，雖然還保留隸書筆畫形跡，但上下字之間的筆勢牽連相通，且偏旁相互假借，自由度更大，後人稱之「今草」。西晉的索靖是張芝的姐姐的孫子，傳其草法又變其形跡，「今草」美感態勢有何變化？索靖撰寫了篇幅頗長的《草書狀》，摘引一段如下：

草書之為狀也，婉若銀鉤，漂若驚鸞，舒翼未發，若舉復安，蟲蛇虯蟉，或往或還。……騏驥暴怒逼其轡，海水窊隆揚其波，芝草葡

9　此處引文參照郭丹主編：《先秦兩漢文論全編》，江蘇教育出版社2001年版，第735-736頁。

蜀還相繼，裳棣融融載其華。玄熊對距於山岳，飛燕相追而差池，舉而察之，又似乎和風吹林，偃草扇樹，枝條順氣，轉相比附……[10]

他描寫的空間，顯然比崔瑗的局部空間更大，駿馬奔馳，海水揚波，飛燕追逐，和風吹林，喻示的動物由小而大，自然景象宏闊地展開，表現了書法家的心靈空間在不斷擴大。在此段文字中我們已感受到「神與物游」的情狀，「眉睫之前，卷舒風雲之色」（《文心雕龍》〈神思〉語）先行在草書家心中筆下實現了。索靖還有一段話，對由晉而南朝文學領域的文體新變，具有啟迪作用：

多才之英，篤藝之彥。役心精微，耽此文憲。守道兼權，觸類生變。離析八體，靡形不判。去繁存微，大象未亂。

他講的是書體之變，對崔瑗「純儉之變，豈必古式」在道理方面有了新的發揮。大凡有才之士，都熱衷於「觸類生變」，兩百年後沈約在《宋書》〈謝靈運傳論〉中「接著說」的是：「文以情變」「自漢至魏，四百餘年，辭人才子，文體三變」。可見書體之變與文體之變早已相互呼應。南齊既是書法家也是文學家的張融，在寫給子侄輩的《問律自序》云：「文豈有常體，但以有體為常，政當使常有其體。丈夫當刪《詩》、《書》，制禮樂，何至因循寄人籬下？」認為上古代的詩文，文體少變化，「尺寸相資，彌縫舊物」。他積極回應索靖所說「守道兼權，觸類多變」：「吾之文章，體亦何異，何嘗顛溫涼而錯寒暑，綜哀樂而歌哭哉？政以屬辭多出，比事不羈，不阡不陌，非途非路耳。」張融的書法作品，必定有強烈的個性化色彩，當齊高帝對他說：「卿書殊有骨

10　《草書狀》全文，見《晉書》卷六○《索靖傳》。

力，但恨無二王法。」他答道：「非恨臣無二王法，亦恨二王無臣法。」
在《戒子書》中對自己的文章則説：「吾文體英絕，變而屢奇，既不能
遠至漢魏，故無取嗟晉宋。豈吾天挺，蓋不家聲。」[11]由此可説，到張
融的時代，索靖的「觸類生變」已全面展開了，稍後蕭子顯在《南齊
書》〈文學傳論〉中説：「習玩為理，事久則瀆，在乎文章，彌患凡舊，
若無新變，不能代雄。」由魏晉而齊梁，古文變而為駢文，漢之大賦變
而為寫景抒情之小賦，五言詩愈變愈有「滋味」，人物肖像畫變而為
「暢神」的山水畫，不拘一格的筆記體散文小説也不斷湧現……六朝的
政治形勢無可稱譽，而文學藝術確為代代之「雄」。

　　草書發展到唐代，理論方面更加成熟，不少具有相當系統的論著
已上升到美學的高度，適應於指導文學藝術各個門類的創作與鑑賞，
比如《虞世南筆髓論》〈釋草〉説：「草即縱心奔放」「或體雄而不可抑，
或勢逸而不可止，縱於狂逸不違筆意也。」虞世南是初唐人，用這幾句
話來觀評盛唐李白「飄逸」的詩歌，不是非常切合嗎？盛唐時的張懷
瓘，談到草書之「微妙」，如果將前後幾句（「草與真有異……」「方
知草之微妙」）截去，完全可視為論詩與繪畫的絕妙文章：

　　以風骨為體，以變化為用。有類雲霞聚散，觸遇成形；龍虎威
神，飛動增勢。岩谷相傾於峻險，山水各務於高深；囊括萬殊，裁成
一相。或寄以騁縱橫之志，或托以散鬱結之懷；雖至貴不能抑其高，
雖妙算不能量其力。是以無為而用，同自然之功；物類其形，得造化

11　引文均見《南齊書》卷四十一《張融傳》。

之理，皆不知其然也；可以心契，不可以言宣。[12]

　　作詩的感悟，繪畫的情懷，意象的思維，藝術的至理，乃至美感的攝取，鑑賞的妙道，都在這精短的篇幅中蘊藏著。盛唐的詩人畫家忙於創作，尚少於精深的理論建設，而詩人畫家們大多也擅長書法藝術，這樣的精言妙旨肯定能會心地接受並在創作實踐中付諸實現。在這樣的理論推動下，書法藝術勢必先要登上藝術的高峰，果然，超越「今草」的「狂草」出現了，時稱「顛張醉素」的張旭與懷素，率先成為草書藝術高峰之上的雙子星座，引起了當時傑出詩人們的注目。李白長懷素二十四歲，當他在某年秋天看到「少年上人」懷素在「酒徒詞客滿高堂」而揮毫疾書時，寫下了同樣熱情奔放的《草書行》，先出「墨池飛出北溟魚，筆鋒殺盡中山兔」的驚人之句，接著為後人留下懷素草書狂態稍瞬即逝的歷史鏡頭：

　　宣州石硯墨色光，吾師醉後倚繩床。須臾掃盡數千張，飄風驟雨驚颯颯，落花飛雪白茫茫。起來向壁不停手，一行數字大如斗。怳怳如聞神鬼驚，時時只見龍蛇走。左盤右蹙如驚電，狀同楚漢相攻戰……（王琦輯注《李太白全集》卷八）

　　李白憑他詩人狂放的豪情，不但稱湖南少年懷素為「吾師」，也一筆掃盡前代和同代書法名家：「王逸少，張伯英，古來幾許浪得名，張顛老死為足數」，雖不免於偏激，但也有清醒的判斷：「我師此義不師

12　張懷瓘書法理論著作有多種，北京大學哲學系美學教研室編《中國美學史資料選編》作了系統的編排。此段引文見該書第253-267頁，中華書局1980年版。本文引張氏之文均據此，以下不再注。

古。」在他心目中，懷素的狂草已臻至前無古人的最高藝術境界，是天才的獨創。[13]其實懷素繼承和發揚了「張顛」的狂草風格，中唐著名詩僧皎然無倖見到張旭揮毫，但一首《張伯高草書歌》（張旭字伯高）亦使我們如見其人其書：

　　伯英死後生伯高，朝看手把山中毫。先賢草律我草狂，風雲陣發愁鐘王。須臾變態皆自我，象形類物無不可。閬風游雲千萬朵，驚龍蹴踏飛欲墮。更睹鄧林花落朝，狂風亂攪何飄飄。有時凝然筆空握，情在寥天獨飛鶴。有時取勢氣更高，憶得春江千裡濤。張生奇絕難再遇，草罷臨風展輕素。陰慘陽舒如有道，鬼狀魑容若可懼。黃公酒壚興偏入，阮籍不嗔嵇亦顧。長安酒牓醉後書，此日騁君千裡步。[14]

　　書法家「草狂」激發了詩人的靈感，詩人激情的想像隨書法家之筆「須臾變態」而飛翔。皎然從張旭的狂草中悟到了很多作詩的道理，他的詩學專論《詩式》《詩議》中就有關於「象形類物」等方面「精思一搜，萬象不能藏取巧」的種種闡述；而於「有時取勢氣更高」，在《詩式》中將「明勢」列入開卷首條，說高手作詩「氣勝勢飛，合沓相屬，或修江耿耿，萬里無波，欻出高深重複之狀。古今逸格，皆造其極矣」。其後又有「氣象氤氳，由深於體勢」等說[15]，將「勢」這一審美觀念正式引進到詩歌理論。

13　比懷素小七歲的戴叔倫亦有《懷素上人草書歌》，最後四句是：「心手相師勢轉奇，詭形怪狀翻合宜。人人細問此中妙，懷素自言初不知。」《全唐詩》第686頁，上海古籍出版社1986年版。

14　《全唐詩》，上海古籍出版社1986年版，第2013頁。

15　李壯鷹：《詩式校注》，齊魯書社1987年版，第3、14頁。

　　唐詩中以書法藝術為題材的作品不少，對於狂草藝術家自由揮灑的精神尤其讚譽[16]；唐代詩人憑著一個時代的自由精神走向詩歌藝術的高峰，書法藝術豈不大有推動之力！至於繪畫，元代「寫意」畫的興起，更是直承草書藝術而來。不言「畫」而言「寫」，倪瓚説：「僕之所謂畫者，不過逸筆草草」「余之竹聊以寫胸中逸氣耳……」（《論畫》）[17]。「寫意」畫，自元代而至明清的朱耷、石濤與「揚州八怪」，亦登上了中國古典繪畫藝術的高峰。

第三節　書法理論中的美學範疇

　　列寧説：「範疇是區分過程中的梯級，是幫助我們認識和掌握自然現象之網的網上紐結。」又説：「思維的範疇不是人的用具，而是自然的和人的規律性的表述。」[18]筆者長期研究中國詩學範疇，進而研究美學範疇，並且將那些範疇（如詩學領域的「志」「情」「象」「境」「神」）的起源上溯到「六經」。哲學、政治、道德倫理諸領域發生的那些蘊含美的意味的話語、觀念，經過一段漫長的輾轉過程，轉到詩、畫、音樂、書法領域，才成為真正的美學範疇。有些重要觀念，首先轉到哪一領域，發生了怎樣的變化，然後又如何普及到其他領域，需要進行追蹤式的多方位考察。如「情」，首先轉向詩是無可置疑的，但是「情」

16　杜甫在《飲中八仙歌》中對張旭的描述是：「張旭三杯草聖傳，脱帽露頂王公前，揮毫落紙如雲煙。」晚年在夔州，此時張旭已去世，杜甫還寫了《殿中楊監見示張旭草書圖》有「嗚呼東吳精，逸氣感清識」之贊。盛唐另一著名詩人李頎亦有《贈張旭》詩。

17　元代以「寫」言畫的還見於湯垕《畫鑑》、柯九思《論畫竹石》，見沈子丞編：《歷代論畫名著彙編》，第201、204、205頁。

18　《黑格爾〈邏輯學〉一書摘要》，《列寧全集》第二版，第55卷，第78、75頁。

越出「止乎禮義」的規矩而自由地表達，過去只以陸機《文賦》中「詩緣情而綺靡」一語為標誌（朱自清先生在《詩言志辨》說是「第一次鑄成」的「新語」），殊不知早於陸機一百多年的蔡邕，就在書論中揮灑出「任情恣性」這樣更具個人「自我」意識的話語。再如，「境」或「境界」一詞，自《淮南子》〈修務訓〉出「無外之境」說，到唐代經王昌齡等的轉換發揮，成為中國詩歌、繪畫美學的核心範疇。在此之前，「境」已進入到藝術領域嗎？筆者早已發現南齊王僧虔在評「謝靜、謝敷善寫經」，有「亦入能境」之語，引申「能境」就是美的境界，卻不知蔡邕的書論《九勢》中就出現了「妙境」一詞：「……此名『九勢』，得之雖無師授，亦能妙合古人，須翰墨功多，即造妙境耳。」初唐孫過庭《書譜》中又有「冀酌希夷，取會佳境」之語[19]，言「妙境」「佳境」且前置一「造」字、「會」字，後來王昌齡言「搜求於象，心入於境，神會於物，因心而得」，與釋皎然言「造境」[20]，可能均直本於此。前已言及「勢」這個美學範疇，在書法理論中就已發育成熟；下面，筆者再檢出兩個重要的美學範疇及其延伸，驗證它們無不經歷過書法藝術的陶冶。

1.「風骨」。風骨之「骨」，在東漢王充《論衡》〈骨相〉篇，還只是言及人的骨體與形貌的關係，首先將「骨」引入藝術領域，現在常見的是衛夫人《筆陣圖》所云：「善筆力者多骨，不善筆力者多肉；多骨微肉者謂之筋書，多肉微骨者謂之墨豬。」追其語源，比蔡邕小十九歲活躍於曹魏時代的鐘繇，就道出了「多力豐筋者聖，無力無筋者

19　《中國美學史資料選編》，第241頁。
20　王昌齡：《詩格》，見《中國歷代詩話選》，岳麓書社1985年版，第39頁。釋皎然言「造境」「取境」，見《詩式校注》，第30、278頁。

病」，[21]「力」與「骨」聯屬（因此有「骨力」之說）。由書法而繪畫，最早見於東晉顧愷之《魏晉勝流畫贊》的品畫之語，評《伏羲、神農》曰「有奇骨而兼美好」、評《漢本紀》曰「有天骨而少細美」等等[22]。劉勰引入文學領域，在《文心雕龍》立《風骨》專章。唐代陳子昂引入詩歌理論，突出「風骨」「興寄」之說（見陳子昂《與東方左史虬修竹篇序》一文），但無多少理論的發揮，而閱讀從唐初到盛唐的書論，原來「骨」與「風骨」觀念，書法家已經運用得相當嫻熟，這大概是字的剛勁可以直觀的原因。李世民說：「吾臨古人之書，殊不學其形勢，惟在求其骨力而形勢自生耳。」「夫字以神為精魂，神若不和，則字無態度也；以心為筋骨，心若不堅，則字無勁健也；以副毛為皮膚，副若不圓，則字無溫潤也。」[23]這是對「風骨」具體又形象的描述。孫過庭在《書譜》又說：「假令眾妙攸歸，務存骨氣；骨既存矣，而遒潤加之。亦猶枝幹扶疏，凌霜雪而彌勁；花葉鮮茂，與雲日而相輝。」則對「風骨」的美感態勢表述得相當完整。盛唐詩選家殷璠在《河岳英靈集‧敘》中談自南朝梁代以後到唐代詩的變化、進步說：「自蕭氏以還，尤增矯飾；武德初，微波尚在；貞觀末，標格漸高；景雲中，始通遠調；開元十五年後，聲律風骨始備矣。」對唐詩的「風骨」批評自他才自覺起來，而在開元中為翰林供奉的張懷瓘卻已將當時的書法實踐經驗上升到創作理論層面進行歸納和總結，強調「風骨為體」「風神骨氣者居上，妍美功用者居下」；自述作書體驗曰：「僕今所制，不

21　《書苑菁華》卷一《秦漢魏四朝用筆法》記述了鍾繇的兩段話。此據李澤厚、劉綱紀《中國美學史》第二卷第407頁引文。

22　《中國美學史資料選編》，第175-176頁。

23　本書引盛唐書論之文，均據《中國美學史資料選編》上冊，李世民、孫過庭、張懷瓘諸條，一般不再注。

師古法。探文墨之妙有，索萬物之元精。以筋骨立形，以神情潤色。雖跡在塵垠，而志出雲霄。」從以上所列書法理論文本可以確證，自劉勰以後，「風骨」論實在是由書法藝術家予以豐富和發展，而後為詩歌文學界普遍接受。

2.「形神」。沈約在《宋書》〈謝靈運傳論〉中提示說「相如巧為形似之言」，「形似」即形象的描寫，從賦文學開始，但到南朝才引起詩人們的特別注意，於是「情必極貌以寫物」，「窺情風景之上，鑽貌草木之中」，劉勰說：「近代以來，文貴形似。」（《文心雕龍》〈物色〉）對於「巧言切狀」的「形似」而缺乏神采的描寫，他已有所不滿。南朝詩文理論對「形」與「神」的關係如何融洽，尚無多少論述，落後於繪畫（顧愷之已有「傳神寫照」之說）。再看看書法理論，提出形、神相關的問題遠遠早於繪畫。蔡邕另一篇書法論文《篆勢》中講篆書，已見「體有六篆，要妙入神」之語，「或象龜文，或比龍鱗，紓體放尾，長翅短身」，這是「篆」之形，而「揚波振撇，鷹跱鳥震，延頸協翼，勢似凌雲。……遠而望之，若鴻鵠群游，駱驛遷延……」[24]顯然是「入神」了。索靖《草書狀》未出「神」字，但說「科斗鳥篆，類物像形；睿哲變通，意巧滋生」，後兩句亦涉「入神」。特別需要一提的是，正當宋、齊詩人們熱衷於「巧構形似之言」（鍾嶸《詩品》語）時，比劉勰年長四十歲的南齊書法家王僧虔在《筆意贊》中赫然寫道：「書之妙道，神采為上，形質次之，兼之者方可紹於古人。」[25]這句話像一記警鐘，或許使劉勰對「文貴形似」有了微詞，注重以「形似」品詩的鍾嶸，也特別強調了「文已盡而意有餘」。「要妙入神」說到了隋唐，

24　《全後漢文》卷八十，王向峰主編《中國古代文藝理論元典》所錄《篆勢》有異文：「體有六，篆為真。形要妙，巧入神。……」

25　《書法鉤玄》卷一，此據《中國美學史資料選編》第188頁錄。

最先引起大書法家虞世南的高度重視，他在《筆髓論》〈契妙〉篇寫道：

> 字雖有質，跡本無為，稟陰陽而動靜，體萬物以成形，達性通變，其常不主。故知書道玄妙，必資神遇，不可以力求也；機巧必須心悟，不可以目取也。

虞世南透露了一個重要的信息，或者說是的他一個重大發現：字要寫得有神，關鍵是書者主體之神要「入」於字形之中；「字有態度，心之輔也」！這個發現，對於各類藝術的審美創造，都有指導意義。有帝王之尊的李世民，似乎在接著虞世南的話說：「夫心合於氣，氣合於心。神者，心之用也……思與神會，同乎自然，不知所以而然矣。」張懷瓘，這位盛唐之時傑出的藝術理論家，對於「形神」理論有了延伸，推到更加令人神往的境界，唐代最早言及「意象」「言外」「象外」之「神」者，應該是他。其一：

> 使夫觀者玩跡探情，循由察變，運思無已，不知其然。……及乎意與靈通，筆與冥運，神將化合，變出無窮。……幽思入於毫間，逸氣彌於宇內，鬼出神入，追虛捕微，則非言象筌蹄，所能存亡也。

他談的不再是字的「象形」或形象，而是書者之「神」與字的「態度」雙方「化合」之象。這是非同凡響的藝術創造，果然他又說：「探彼意象，如此規模。忽若電飛，或疑星墜，氣勢生乎流便，精魂出於鋒芒，如觀之，欲其駭目驚心，肅然凜然，如可畏也。」「意象」一詞，中唐的詩論中才開始出現，直到晚唐司空圖《二十四詩品》，都未

見如此完整而精闢的理論性表述。其二：

深識書者，惟觀神采，不見字形。若精意玄鑑，則物無遺照。……文則數言乃成其意，書則一字已見其心。

讀釋皎然《詩式》〈重意〉「但見性情，不睹文字」一語，覺得這位佛門詩人是從「不立文字，教外別傳」的禪悟而得；讀司空圖《二十四詩品》〈含蓄〉「不著一字，盡得風流，語不涉己，若不堪憂」，深感「含蓄」說的幽渺微妙。評價中唐、晚唐二公，以為詩歌理論至此確是「詣道之極也」，讀盛唐張公書論才知曉，「詣道之極」首功，原來是他！其三：

若心悟精微，圖古今於掌中，玄妙之意，出於物類之表，幽深之理，伏於杳冥之間。豈常情所能言，世智之所能測？非有獨聞之聽，獨見之明，不可議無聲之音，無形之相。

張懷瓘將莊子的「心齋」[26]說引入了書論，也吸收了謝赫《古畫品錄》中的「取之象外」說，但在唐代，實為「境外」「象外」「韻外」之先聲，中唐劉禹錫在《董氏武陵集記》中說：

詩者，其文章之蘊耶！義得而言喪，故微而難能；境生於象外，故精而寡和。千里之繆，不容秋毫。非有的然之姿，可使戶曉；必俟

26　《莊子》〈天地〉：「視乎冥冥，聽乎無聲。冥冥之中，獨見曉焉，無聲之中，獨聞和焉，故深之又深而能物焉，神之又神而能精焉。」

知者，然後鼓行於時。

　　從前者「玄妙之意」到後者「義得而言喪」；從前者「出於物類之表」到後者「境生於象外」、從前者「非有獨聞之聽，獨見之明」到後者「非有的然之姿」云云，真可謂息息相通！又半個世紀之後，司空圖的「韻外之致」「味外之旨」（《與李生論詩書》）說，「象外之象，景外之景」（《與極浦談詩書》）說等等，在理論表述方面，實在很難超過張懷瓘和劉禹錫了。而張懷瓘以此理言書法藝術，卻為詩歌藝術及其理論做出了直接貢獻，無意間成了先行者。千年之後，我們只能說：書法藝術的最高境界就是詩的境界，堪稱「神品」[27]的書法作品也是「要妙入神」之詩，「揮毫落紙如雲煙」的書法家更是真正的詩人！

27　張懷瓘列杜度至唐代孫過庭等書法家作品為「神」「妙」「能」三品。崔瑗、張芝、索靖、鐘繇、王羲之父子均在「神品」；唐代歐陽詢、虞世南、褚遂良在「妙品」；孫過庭在「能品」。以後畫論家亦接受過來以此評畫，朱景玄與宋初黃休復又增「逸品」。

第二章

「休」「閒」與當代審美文化

第一節　從「快樂足球」說起

　　中國足球在洋教練米盧的帶領下，終於衝出亞洲走向「世界盃」賽場，米盧給中國足球隊帶來了新的戰略、戰術和踢球技巧，令人感到意外的是，他給中國的球員與球迷帶來了一個新觀念——「玩足球」「快樂足球」。

　　中國足球運動的領導、球員和舉國的球迷們，數十年來，為足球沖不出亞洲而焦急，而痛苦，在亞洲球場上也犯了「恐韓症」，可說在人們心目中，中國足球成了痛苦足球。「衝出亞洲」的使命感愈強烈，球員們臨場心理愈緊張，何「快樂」之有？米盧大概在賽場上觀察到，球迷們把每場球的勝敗看得太重，動輒呵斥、責罵失球的隊員，媒體也參加炒作，造成球員的心理負擔愈加沉重，反使原有的技藝也發揮

不出來。為緩解球員的緊張心理，米盧似乎是漫不經心地拋出「玩足球」與「快樂足球」之說，這一說被球員們接受，果然見效；被球迷們接受，狂熱中有了幾分平和。

大凡幹一件重要的事情，當然首先是你對這件事有無興趣，有興趣，心理上就有快樂感；心存快樂，就會感到這件事很美；產生了審美的愉悅，創造性的熱情就容易被激發出來，也就容易取得成功。中國古代有「快心」「快意」「快活」等與「快樂」相關的觀念，「快樂」一詞在漢代已經流行了，西漢焦延壽之《易林》有辭曰：「空拳握手，倒地更起，豐衍富饒，快樂無已。」（〈乾〉之〈履〉）第一、二句猶現在所說「輕裝上陣」，跌倒了也容易爬起來，第三、四句可釋為心中無所憾失，對前途充滿信心，那就有無限的快樂。[1]若身體尤其是心理上的負擔太重，心中盤踞著沉沉的功利是非之想，那就沒有快樂。「快樂」，實是一種愉悅的美感。有所利當然也有所快樂，「快樂」原則也不能徹底排除功利之念，遠古先人很懂這個道理，「乾以美利利天下」（《易傳》〈乾〉〈文言〉），將「美」置於「利」之前。現在「快樂足球」已逐漸深入人心，足球再不令人感到痛苦而感受到美麗，那是足球運動的力量美、速度美、競技美、強健美。全國各大城市及筆者所居之地福州，公開遴選美麗少女為「足球寶貝」，足球文化已成為21世紀中國重要的審美文化現象之一。

第二節　以「快樂」為原則的「休」「閒」觀念

自上世紀九〇年代以來，隨著中國人生活水平的提高，生活質量

1　參見陳良運：《〈焦氏易林〉詩學闡釋》，百花洲文藝出版社2000年版，第206頁。

的改善，一向以勤勞著稱的人民，「休」「閒」二字出現在他們的日常生活裡，假日稱為「休閒度假」、服裝有「休閒服」、消費有歌樓酒館的「休閒消費」……曾經被斥為資產階級才有的「閒情逸致」，現在庶民百姓也可享受了。

　　「休」不只是簡單的停止勞作，「閒」也不僅是閒散懶淡無所事事。「休閒」是身心自由的狀態，這也是最佳的審美心理狀態。這種審美心理自古而有，只是被統治階級重重的功利觀念淹沒了，在一代代宣揚「勤勞美德」時被忽略了。「休」「閒」二字本來就是兩個審美觀念，筆者在《休——一個起源於遠古的美學觀念》一文中，從《尚書》《詩經》所用「休」即「美」，從《莊子》〈天道〉所推論「休則虛，虛則實，實則倫矣。虛則靜，靜則動，動則得矣。……靜而聖，動而王，樸素而天下莫能與之爭美」所揭示的「休」的美學內涵，認定「休」是「到現在為止尚未引起美學家注意」的美學觀念[2]。拙文發表前，曾送請一位老專家審閱，他提出了幾點質疑。為深化「休」作為美學觀念的思考，在此就他的質疑再補述兩點：

　　（一）「在哲學上，中國古典上的概念多『成對』，儒家稱為『兩端』，道家稱為『對待』或『偶』，佛家稱為『二邊』或『二道』。……與『休』相對的又是什麼？」筆者經過反覆地讀書和思考，發現與「休」相對的就是「息」！至今日常使用的「休息」一詞，已是同義反覆，可能依據的是許慎《說文解字》「休，息止也」、《爾雅》「休，息也」的「休」、「息」互訓，其實，「息」還有一個更重要的意義，同是《說文解字》釋「息」：「喘也，從心從自」，一呼一吸為息，人有呼吸為

2　陳良運：《休——一個起源於遠古的美學觀念》，《文史哲》2002年第2期。內容見本書上編第二章第六節。

生，停止呼吸即死，因此「息」又訓「生」「長」。今所謂「利息」，即「利」增長也；《山海經》有：「洪水滔天，鯀竊帝之息壤以湮洪水。」「息壤」，生長不已的土壤。錢鍾書先生《管錐編》第一冊《周易正義・一二革》即論「息兼消、長兩義」：「『息』有生之意，與『消』為滅之意相對」，他舉例甚夥，此不贅述。[3]「息」以生、長義與「消」構成「消息」一詞，如《易》〈豐〉〈彖〉：「日中則昃，月盈則食；天地盈虛，與時消息。」「休息」是否也是此種類型呢？典型句如賈誼《鵩賦》：「萬物變化兮，故無休息。」因前有「無」，故易理解為「不停止」；根據緊承的下文：「斡流而遷兮，或推而還；形氣轉續兮，變化而嬗，沕穆無窮兮，胡可勝言！」以「遷」「推」「變」與「續」「還」「嬗」相對之義所示，「無休息」就是說萬物變化無休無息，生生死死無止境，新陳代謝無窮已，因此，其中之「息」更示「還」「嬗」之義。《史記》〈曹相國世家〉有句：「然百姓離秦之酷後，參與休息無為，故天下俱稱美矣。」這是曹參為相時給老百姓以休養生息的機會。「休養生息」簡化即「休息」，不是休而止，而是休而生，「休」是為了「息」，養精蓄銳為更好地生存發展。若是「休」而「止」，「無為」而永遠無所為，有違「休養生息」的原義。「休息」一詞蘊含兩重意義，正是「兩端」「對待」或曰「二邊」「二道」。

（二）「從『休』到『美』通過什麼過渡而成？爾後『休』為什麼消退了『美』義而回歸原始義？」「休」向「美」通過「虛」「靜」過渡，前引《莊子》〈天道〉那段話就足以說明了。「休」被納入「無為」「虛靜」的範疇，轉化成為審美心理狀態。自漢代以來，儒家思想成為歷朝統治階級的思想，「無為」之「休」與儒家的「有為」發生牴觸。

3　錢鍾書：《管錐編》第一冊，中華書局1979年版。

「有為」是受功利取向的支配，生存在現實社會的人們，「一要生存，二要溫飽，三要發展」，也必須「有為」，只能把「休」「閒」當作一種奢侈。韓愈在《進學解》中教誡他的學生：「業精於勤，荒於嬉；行成於思，毀於隨。」歷代長者都是以一個「勤」字勉勵子孫後人，因此，不敢懈怠，不敢懶散，不敢「偷閒學少年」，便成為人們的自我約束。至於「無為」而「休」呢？那只是漫長的勞作過程中短暫的間歇，審美意識來不及甦醒，乃至有意識自我封閉，因為太勞累了，連思維也要停止！

　　「休」的「美」義並沒有消退，它已向「閒」轉移。錢鍾書先生在《管錐編》論及《詩》〈鄭風〉〈有女同車〉時，解「彼美孟姜，洵美且都」句引《毛傳》註：「都，閒也。」又據陳奐《詩毛氏傳疏》「謂『閒』即『嫻』，美也。」按錢先生之釋，「都」是「閒」的代指，是比「美」更高級的一個觀念，「山姬野婦，美而不都」，「美」只是容貌形體之相，「都」即「閒」是風度氣質之美。[4]「閒」承「休」，也是表現為一種審美的心態。現代國學大師劉永濟釋劉勰《文心雕龍》〈物色〉中「入興貴閒」一語説：

　　舍人論文家體物之理，皆至精粹，而「入興貴閒」「析辭尚簡」二語尤要。「閒」者，〈神思〉篇所謂虛靜也，虛靜之極，自生明妙，故能攝物像之精微，窺造化之靈秘，及其出諸心而形於文也，亦自然要約不繁，尚何如印之不加抉擇乎？[5]

4　錢鍾書：《管錐編》第一冊，中華書局1979年版。
5　劉永濟：《文心雕龍校譯》，中華書局1962年版。

　　「閒」即心入「虛靜」，虛靜是「休」「閒」之本，有此審美心態，方可「明妙」而審「物像」「造化」之美；形諸文字，見之於詩文，則有「自然要約」之美。

　　「休」「閒」之美，是以快樂為原則，人倚木歇息，身心放鬆，或對高山流水，或聞鳥語花香，與大自然契合無間，何等愉悅！繼陶淵明的田園詩中屢出「逍遙自閒」「閒飲自歡」「風物閒美」之後，唐代詩人很能體會「閒」之美趣、樂趣，王維的《輞川閒居贈裴秀才迪》，描寫他因「閒」而「倚杖柴門外，臨風聽暮蟬」，又閒望：「渡頭余落日，墟裡上孤煙。」《輞川閒居》又是：「時倚簷前樹，遠看原上村。青菰臨水映，白鳥向山翻。」可謂閒美之至。李白的《山中問答》，更別有一番閒遠之趣：「問余何意棲碧山，笑而不答心自閒。桃花流水杳然去，別有天地非人間。」白居易將自己的詩作分為兩大類：「關美刺」的是「諷諭」詩，其餘是「閒適」詩，自謂「詠性情者，謂之閒適」。《白氏長慶集》光以「閒」字入題的詩就有三十八首之多（據《全唐詩索引》統計）。唐代教坊中還有一個《閒中好》的曲牌，《全唐詩》存詞三首，鄭符詞云：「閒中好，盡日松為侶，此處人不知，輕風度僧語。」段成式詞云：「閒中好，塵外不縈心，坐對當窗木，看移三面陰。」[6] 寫閒趣可謂不粘不脫。對「閒」之美，像宋代程頤這樣道貌岸然的理學家，曾指責杜甫「穿花蛺蝶深深見，點水蜻蜓款款飛」說：「如此閒言語，道出作甚？」可是當他悠閒地躞入春天的原野，也寫下了「閒言語」：「雲淡風輕近午天，傍花隨柳過前川。時人不識余心樂，將謂偷閒學少年。」（《春日偶成》）情不自禁地表達了他「偷閒」的快樂！現代偉人毛澤東，日理萬機之餘，亦以「閒」為之樂，《水調歌頭》

6　《全唐詩》，上海古籍出版社1986年版，第2166頁。

〈游泳〉有句：「不管風吹浪打，勝似閒庭信步，今日得寬余。」「休」「閒」美的快樂原則，從古貫通到今！

第三節　「休」「閒」美是「無目的」而「合目的」

德國古典哲學家康德提出：鑑賞一個美的對象，是與「快感」結合著的，但是，「絕不是一個伴著表象的快適，也不是對於這個對象的完美的表象，也不是善的概念所含有的那種規定根據。所以除掉在一個對象的表象裡的主觀的合目的性而無任何目的（既無客觀的也無主觀的目的）以外，沒有別的了。因此當我們覺知一定對象的表象時，這表象中合目的性的單純形式，那個我們判定為不依賴概念而具有普遍傳達性的愉快，就構成鑑賞判斷的規定根據」。[7]

「美」的「合目的性」而「無任何目的」，是西方美學一個重大的命題。這個命題正好與中國的「休」「閒」美學命題相契合！不過，「休」「閒」轉化為一種審美心態，首先是「無目的」，所得之美才是「合目的」（「余心樂」「今日得寬余」）。

中國古代統治階級的政治功利思想，一直制約著審美活動，在美學領域，就是康德所說的那個「善的概念所含有的那種規定根據」，往往作為審美的目的。很多審美觀念，雖然是從耳目所感而得，如「大」「文」、「和」「麗」等等，後來都加入政治性、功利性內涵，即使是「美」這一觀念，也被摻入功利實用因素，賦予「善」的目的。許慎《說文解字》定義之「美」：「甘也。從羊從大，羊在六畜主給膳也。美與善同意。」宋代徐鉉加註：「羊大則美，故從大。」請看，他們所說

7　北京大學哲學系美學教研室編：《西方美學家論美和美感》，商務印書館1982年版。

之「美」是大羊肉肥味美更能滿足口腹之慾，有實用功利而「善」。這樣一個錯誤定義，竟然沿用了兩千年而沒有糾正！

中國古代眾多審美觀念中，沒有被功利意識沾染的，為數極少，而「休」「閒」是少有的乾乾淨淨的審美觀念。「休」「閒」的「無目的」是排除了功利目的，尤其是政治功利目的，哪怕離開它是短暫的，「偷得浮生半日閒」，那「半日」也就能舒心愜意地審美而快樂。政治功利意識極強的白居易，仕途不得意時寫了一首《閒意》，或許正好說明「閒」是功利意識的淡化：

> 不爭榮耀任沉淪，日與時疏共道親。
> 北省朋僚音信斷，東林長老往還頻。
> 病停夜食閒如社，慵擁朝裘暖似春。
> 漸老漸諳閒氣味，終身不擬作忙人。[8]

白居易到底是真正的詩人，善於心靈的體驗，他能體驗得行為之「閒」的從容，尤能體會「閒氣味」中的身心自由。

「休」「閒」排除功利慾念就是「無目的」，而獲得身心自由、審美自由就是「合目的」。寫到此，有必要再說說「自由」。「自由」一詞，在中國也出現很早，東漢鄭玄注《禮》〈少儀〉篇，在「請見不請退」句下注曰：「去止不敢自由。」〈少儀〉篇恰恰是教誡人們在儀容修飾、姿態舉止、公私行為、語言辭令等方面，皆不能「自由」。在一個不能自由的社會，必然也會發出爭取自由的呼聲，包括有個別皇帝在內。「風流齊梁」時代的蕭綱，愛好「宮體詩」，他創作宮體詩的自

8　《全唐詩》，上海古籍出版社1986年版，第1095頁。

由也受到非議（梁武帝蕭衍為此追查過蕭綱的老師徐摛），蕭綱在《誡當陽公大心書》中勇敢地首言：「立身先須謹重，文章且須放蕩」[9]「放蕩」即是「自由」。雖然他在立身方面不要太自由也說到了，可是「放蕩」卻一直受到自同時代的裴子野始、歷代儒學正統之士的嚴厲批判：「隨聲逐影之儔，棄指歸而無執。」（《彫蟲論並序》）認為自由「放蕩」就是背棄了「勸美懲惡，王化本焉」的政治功利目標。[10]

　　創作自由，審美自由，都須有「虛靜」的心態，劉勰說：「陶鈞文思，貴在虛靜。」（《文心雕龍》〈神思〉）雖然作家進入創作過程不是「休」「閒」的形態，但一定要有「休」「閒」的心態，也就是《文心雕龍》〈物色〉篇說的「入興貴閒」，《文心雕龍》〈養氣〉篇說的「弄閒於才鋒」。後來，「弄閒」或被演變為「遊戲」，書法家不拘一格，隨意書寫，灑脫自由，被稱或自稱「筆墨遊戲」；作家率爾作文，遺經棄典，不計世用，暢懷而已，被稱或自稱「遊戲筆墨」。清代四川詩人張問陶有詩曰：「想到空靈筆有神，每從遊戲得天真。笑他正色談風雅，戎服朝冠對美人。」[11]如果白居易是以「詠性情者謂之閒適」，那麼張問陶則是在閒適的「遊戲」中見真性情。王國維受康德「合目的性而無任何目的」說、叔本華「全離意志之關係」的「唯美」說影響，在理論上正式提出「文學遊戲」說：

　　文學者，遊戲的事業也。人之勢力，用於生存競爭者而有餘，於是發而為遊戲。婉孌之兒，有父母以衣食之，以卵翼之，無所謂爭存之事也，其勢力無所發洩，於是作種種之遊戲。逮爭存之事亟，而游

9　張溥編：《漢魏六朝百三名家集》〈梁簡文帝集〉，光緒十八年（1892年）版。

10　見陳良運主編：《中國歷代詩學論著選》，百花洲文藝出版社1998年版，第158頁。

11　郭紹虞等主編：《萬首論詩絕句》，人民文學出版社1991年版，第638頁。

戲之道息矣。惟精神上之勢力獨優，而又不必以生事為急者，然後終身保其遊戲之性質。而成人之後，又不能以小兒之遊戲為滿足，於是對其自己之情感及所觀察之事物而摹寫之、詠嘆之，以發洩所儲蓄之勢。[12]（《文學小言》）

在功利性文學充斥中國文壇之時，連接受西方思想的梁啟超也還在大談「小說與群治的關係」，王國維的「文學遊戲」說，可謂驚世駭俗之論。

此說提出將及百年了，20世紀內被理所當然地拒絕，21世紀能被人們理解和接受嗎？

無論如何，從古代的「休」「閒」「放蕩」，到近代的「遊戲」說，中國終究還是存在可與西方「合目的性而無任何目的」溝通的美學理論，在數千年功利美學的隙縫裡遊走不息。

第四節　當代審美文化取向

前引王國維文最後還有幾句話：

故民族文化之發達，非達一定之程度，則不能有文學；而個人之汲汲於爭存者，決無文學家之資格也。

這幾句話或許說得太絕對了些，但還是有言外的啟迪意義，尤其是對於已「達一定之程度」的二十一世紀的中華民族審美文化。

12　郭紹虞等編：《中國近代文論選》，人民文學出版社1959年版，第776頁。

　　「個人之汲汲於爭存」的時代可能還很長，但隨著勞動強度的減輕，假日的增多，人們暫時忘卻生存煩惱而用於審美的瞬間也越來越多，審美文化隨著影視、互聯網等圖像和文字媒介，也傳播得愈來愈廣，並且還出現一個重要現象，那就是，審美文化的創造不再僅僅是從事文化藝術事業的工作者，它的受眾也愈來愈積極地參與其中，卡拉OK可能是「始作俑者」，現在蓬勃興起的「休閒文化」，實已成為大眾審美文化的主流。馬克思在《〈政治經濟學批判〉導言》中寫道：

　　藝術對象創造出懂得藝術和能夠欣賞藝術的大眾，──任何其他產品也是這樣。因此，生產不僅為主體生產對象，而且也為對象生產主體。[13]

　　馬克思寫於一五〇年前的這段話，對於當代中國的審美文化建設顯得特別重要，審美文化新的創造，現在更不僅是為大眾審美提供審美對象，更主要是「生產」文化品位更高、審美趣味更廣泛的接受主體。

　　前已說過，「體」「閒」是一種形態，更是一種審美心態，心存濃郁的功利慾念不能獲得舒心愜意的美感。在市場經濟愈益發達、物質功利主義瀰漫的社會，審美文化發展的取向與對接受「主體」的導向，需要審美文化的執權者和專業工作者認真思考了。讓我先舉一例：

　　旅遊，本來就是人們生活中的一種休閒方式，以自由的心態遊山玩水，欣賞文物古蹟，更是道地的審美文化。可是，自從「假日經濟」的命題出世之後，一年內三個長假實行以來，這種「休閒文化」頓時變味了！所謂「黃金週」，「黃金」不屬於旅遊者，而是屬於旅行社、

13　《馬克思恩格斯選集》第二卷，人民出版社1995年版，第10頁。

交通、酒店飯館、公園景點等部門，屬於國家金庫。這是憑經濟槓桿啟動全民的休閒活動。二〇〇二年首次「黃金」旅遊周，北京一家報紙發表了一篇評述文章：《假日旅遊——何時從「趕場」走向「休閒」》，作者開篇即道：

　　旅遊已成為衣食無愁的中國人一個新的消費趨向，然而在「五一」長假即將結束的時候，準備返程的各地遊客普遍感到，這幾天在北京遊覽猶如走馬觀花的「趕場」，不僅沒有得到身心的放鬆，反而覺得特別疲憊，中國人的假日旅遊何時才能真正地從「觀光旅游」走向「休閒度假」？

　　文中舉山東濟南一家七口的一天活動為例，在旅行社的安排下，一天之內遊長城、十三陵等五個景點，早上七時從北京城內出發，晚上七時返回，每個景點實際遊覽時間不足兩小時。遊長城還沒登上第一個烽火台，「規定的時間快到了，只好『夾』著孩子跑回車站」；遊定陵地宮排長隊進門，挨到門口只剩半小時，於是「跑著看！」一天的休閒，結果是「衣冠不整，蓬頭垢面」，七口人車票門票花了二〇〇〇元，「什麼也沒有來得及看，回想起來感覺只有一個字：累！」[14]
　　「休閒」變成了「趕場」，不無諷刺意味！不止於此，當前流行的「快餐文化」或曰「文化快餐」，更表現得急功近利。「快餐」，不過是「六畜主給膳」的回歸，飽一時「精神」的「口腹之慾」，說「餐」不可亦可，而再加一「快」，就是對審美心態的破壞。不管這些「快餐」的內容是優是劣，它所「生產」的主體，至多是一批「文化」上的饕

14　《每週文摘》2002年5月5日。

饕之徒，何由審美？

　　王國維於上世紀初，給「美」下了一個對傳統主流的功利美學頗有反叛意味的定義：「美之性質，一言以蔽之日：可愛玩而不可利用者是已。雖物之美者，有時亦足以供吾人之利用，但人之視為美時，決不計及其可利用之點。其性質如是，故其價值亦存於美之自身而不存乎其外。」（《古雅之在美學上之位置》）[15]如果説，「遊戲」主要是對創作而言，「愛玩」則主要是對審美而言。「玩」也不僅是一種行為、形態，也是一種審美心態，與「休」「閒」相承。這個「玩」字，在米盧叫響「玩足球」之前，中國文學界也出現過，上個世紀90年代已有「玩詩」「玩小説」之説，被評論界口誅筆伐；第五代電影人張藝謀也説過「玩電影」，但他本人似乎沒有認真思索一下「玩」的深層次意義，然而強調了要以自由心態去拍攝電影：「搞藝術的要弘揚人物個性，講些關於人性的故事，不滿足於作宣傳。」「藝術是什麼？藝術是把世界還給人，把人還給他自己。」這些話都講得很好，但張藝謀在功利觀念瀰漫的社會裡，實質上他也不可能舒心地玩，「我試圖走兩部分結合的道路：既能得獎，又有票房」（《張藝謀面對軍藝學員》）[16]。二〇〇一年上海APEC會議焰火晚會總設計、馳名世界的煙火藝術家蔡國強，自稱是藝術的大玩家，《藝術世界》發表的訪問記，就以《好好玩藝術》為題。他跑遍了世界，對西方現代藝術的結論是「藝術可以亂搞」，而「中國人喜歡做大」，「他每一次驚人的創意都會越搞越大，那份遊戲者乃至指揮者頤氣指使的自信及豪邁，令觀者不由自主地陷入了進去，成為他遊戲的一部分」。蔡國強不「亂搞」，他的轉瞬即逝的

15　北京大學哲學系美學教研室編：《中國美學史資料選編》，中華書局1981年版，第435頁。

16　《藝術世界》2000年第3期。

煙火藝術作品，有「內在的因果」存在，但是在表達形式上，「確確實實是圍繞著『好玩』的，甚至遊戲的心態來呈現」。蔡國強本人對此有個自我表白：

> 我是一個本性保守的人，迷戀中國古典文化，尤其是嚮往秦漢時期的文化。我感到自己和我們祖先的精神、靈魂是連在一起的，這種文化的支撐令我不寂寞。同時也正因為如此，導致了我的情懷過於雅緻，我的價值觀也十分嚴肅，個性認真，做什麼事都四平八穩的。我通過火藥——這個傳統的、來自祖先的精神來打破我承自祖先的平穩。人往往在受到某種文化或精神薰陶、塑造之後，會成為這種文化或精神氣質的人，想擺脫其中的特質是很難的。……於是我要用我的另一部分幽默、好玩的天性來消化。破壞我傳統古板的思路。藝術不好玩是不好的，但要好好玩。[17]

蔡國強不是一個與世俗合流的輕薄玩家，而是一個有深刻思想的玩家，他把「玩」「遊戲」提到了改造自己同時也是改造國民素質的高度。這於米盧來說，是想不到的，於張藝謀來說，尚未透徹地道破。

張藝謀的「把世界還給人，把人還給他自己」，蔡國強的「令觀者不由自主地陷了進去，成為他遊戲的一部分」，正符合馬克思「也為對象生產主體」的思想。但要進入這樣的創作境界很不容易！首先是藝術創作者要把自己「還給他自己」。上世紀七〇年代末中國開始解放思想，改革開放以後，從長期精神桎梏中解脫出來的人們，開始尋找自己，「表現自我」成為流行的口號，但是，隨後市場經濟崛起，雖然政

17　《藝術世界》2001年第11期。

治功利給多數人的精神壓力減輕了，物質方面的功利之慾卻變得越來越沉重，影響藝術創作者心態的因素更為複雜，新的精神方面的功利意識又悄悄地滋生了！近讀《藝術世界》刊登美國哈佛大學李歐梵教授與香港音樂人周光蓁的對話，觸及了這一問題：中國的音樂文化的現狀不容樂觀，是因為中國音樂「急於在國際上出名」。李歐梵先生說：

中國目前的問題是什麼都先要跟國際接軌，全球化比其他國家都急。所以，整個中國文化的心態是一個很奇怪的心態，一方面是民族主義非常強，一方面又一天到晚走洋人的路，實際是一個矛盾的現象。[18]

這種「奇怪的心態」其實不奇怪，正是幾千年來的傳統審美功利觀念不易淡化的結果，對音樂美的價值「存於自身而不存乎其外」，尚無自覺自在的意識，如此則音樂文化又會走上歧路！

當代審美文化建設如何取向？本文通過以上引證與論述，意在表明：「休」「閒」「遊戲」「玩」是美的創造者與接受者都須具有的一種心態，用以「消化」傳統的十分嚴肅的價值觀，「消化、破壞」傳統的「古板的思路」。如果建設那「文化」要冠以「美」或「審美」，這種心態及其引導的行為，就不悖於「美」的性質，且是走上了審美的正道。審美文化建設，「為主體生產對象，而且也為對象生產主體」，後者對於當今的中國尤為迫切。由「休」而「息」，為提高國民文化素質培養新的生長點，讓進入二十一世紀的中國人，享有超越歷史上任何一個開明盛世的、精神領域高層次的──「休養生息」。

18　《藝術世界》2002年第4期。

結　語
餘意不盡……

　　本書對中國之「美」的觀念範疇發生、形成、發展、演變，作了一次大致的瀏覽，其歷程限於先秦至明清，現在該結束了。

　　中國從漢代始有「詩之為學」，卻無「美之為學」。因此，無「美學」一詞，美的觀念、語詞散見於政治學、哲學、道德倫理學、詩學、文章學、藝術學等著作之中，沒有一部可認為是專門討論「美學」的專著。美的觀念發源於現實生活之中，提升於哲人的思索之中，發育於一切「人文」創造之中，大展其魅力於文學藝術作品之中，若將這些線索調理清楚，全面地、系統地、詳致地覽其全貌，決非易事。

　　「美學」一詞，十九世紀七〇年代，才由外國傳教士傳譯到中國，流行則是在甲午戰爭到二十世紀初年的事[1]。第一篇可視為美學專論的應推王國維《古雅之在美學上的位置》，他受德國康德美學思想的啟

1　參見黃興濤：〈「美學」一詞及西方美學在中國的最早傳播〉，《文史知識》2000年第1期。

迪，給「美」做出了定義：「美之性質，一言以蔽之曰：可愛玩而不可利用者是已。雖物之美者，有時亦足供吾人之利用，但人之視為美時，決不計及其可利用之點。其性質如是，故其價值亦存於美之自身而不存乎其外。」此定義與中國傳統主流的美學思想，即美與利、善密切相關聯，顯然有異。他還自造了一個審美專用術語，曰「古雅」，用以體認人創造的藝術形式之美，區別於自然之美。王國維以超功利的美為至上，在他的自著和譯述中，已使用了「美學」「美感」「審美」「美育」等現代美學基本詞彙。梁啟超也接受了西方美學思想，這位改良主義的政治家兼學者，實用的功利的美學思想，在他的小說美學中突出地表現出來，《論小說與群治的關係》即是。但他也有大異於傳統美學的新發明，《中國韻文裡頭所表現的情感》一文中，針對「發乎情，止乎禮義」及「溫柔敦厚」說，推出「奔迸表情」之新說：「情感突變，一燒燒到『白熱度』，便一毫不隱瞞，一毫不修飾，照那情感的樣子，夯裂到字句上。我們既承認越發真越發神聖，講真，就沒有真得過這一類了。」這種「要忽然奔迸一瀉無餘」的「奔迸表情法」，使中國人一向崇尚的「含蓄」表情法的地位，也發生了動搖。……發揚並提升中國傳統美學之精華，參照西方美學，建設與不斷巨變的時代相應的新美學，於二十世紀初已露出了一線曙光！

　　二十世紀已經過去了，在過去的百年中，對於中國古典美學的研究已取得了令人矚目的成就，多部中國美學史之類的著作已廣泛流傳於世，對於中國古代美學原理、理論體系探討與研究的專著和論文也頻頻湧現。本書不過是自詡略有新見（如對「美」起源於「味覺」辨正和竭力發掘被埋沒、被忽視的「美」與「自由」相關的思想）而躋身其中，讀者翻閱一過或許會問：你講的都是古代中國之「美」，當代的中國又出現了哪些新的美學範疇？當代中國美學有哪些既有別於古

代又有別於西方美學的新特色？我們已看過不少關於西方現代美學的
論著，什麼時候也能看到與當下人們日益勃發的求美心理相契合的中
國當代美學論著出現，一新老是凝神於古代的耳目？……讀者若果真
如此發問，只能是令著者汗顏！現實的情況是，當下的神州大地流行
著各種「主義」的美學思想，以「先鋒」為旗號的各色審美時尚，不
時引起國人爭相注目。著者愛聽音樂，上世紀末以來幾位已享譽世界
樂壇的音樂才子的新型音樂，如《風・雅・頌》等，與吳公子季札所
觀「周樂」乃至與《廣陵散》《春江花月夜》等古曲比較，是全新的「時
間藝術」；著者長期訂閱一份《藝術世界》，其展示的抽象藝術、行為
藝術、人體變形藝術、戲劇電影新潮等等，每每一睹之後都會生發前
所未有的強烈衝動的新奇感；著者常從電視銀屏上一窺仕女們的時裝
表演，那些以中國土生原料青竹、黃藤巧織的時裝，怕是在全世界也
絕無僅有！我不免暗地思忖，中國服裝設計師高超的想像力與創新才
華，可能在不遠的將來就會讓巴黎、意大利的頂級時裝設計師自愧弗
如……中國已經發生並將持續進行的社會經濟大變革，促使國民審美
觀念的變化「日新日日新」；中華民族從來就是一個愛美的民族，種種
審美經驗都有深厚的積澱，一旦闖入「天時、地利、人和」皆備的全
新時間和空間，何種奇花異葩不能綻放！但是，要短時間近距離將千
姿百態的審美新景觀予以綜合性描述並向理論層面昇華，著者深感茫
然無措！

　　也許，著者可用西方美學家「距離是一種審美原理」，來為當代中
國學者在當代中國美學這一重大課題前缺席稍加辯解。瑞士美學家布
勞、德國美學家菲希爾、俄國文藝理論家別林斯基，都對這一原理從
創作、從鑑賞、從評價一時文藝現象作了精闢的論述。別林斯基之論
更切合本題：

現時永遠不是我們的，因為它會吞沒我們；就連現時的快樂，也像痛苦一樣，對於我們是沉重的，因為不是我們對它占上風，而是它對我們占上風的緣故。我們要欣賞它，就必須離開它一定的距離，正像由於照明的需要，必須離開一幅圖畫，先擺脫它，然後再來看它，必須把它看作是離開我們而存在的客觀對象一樣。[2]

當代中國審美觀念、美學思潮的急遽變革，美與自由的接近，實際上是從上世紀七〇年代末開始，九〇年代才掀起大潮（十年「文革」的政治功利性「美學」，是從中國古典美學全面倒退），基本上與改革開放後中國現代化進程同步。時至二十一世紀初，我們與它同在「現時」，或許，「離開它一定的距離」，五十或百年之後，與中國古代美學相銜又更新了的新時代中國之美，才會在二十一世紀誕生的學者筆下得以精彩地描述，睿智地昇華⋯⋯

這是歷史的期待！

二〇〇一年九月二十日完稿
於榕城花香園

2　　《別林斯基選集》第二卷，上海譯文出版社1979年版，第457頁。

附　錄
「美」和中國人的美意識補論

朱　玲

　　探討中國人美意識的發生，大家不約而同地將關注焦點投向了「美」這個表意符號。由此得出的有關美意識起源的觀點有四種：

　　1.「味美」說。多以《說文解字》對「美」的解說為根據。許慎曰：「美，甘也。從羊，從大。羊在六畜主給膳也。美與善同意。」徐鉉註：「羊大則美。」

　　後世取這種觀點的人較多，如日本學者笠原仲二先生不僅以許慎的說法作為自己立論的依據，且進一步闡發道：「可以說『美』字就起源於對『羊大』的感受性吧，它表現出那些羊體肥毛密，生命力旺盛，描繪了羊的強壯姿態。然而，如前所述，當美的本義限於表達『甘』這樣的味覺的感受性時，所謂『羊大』這種羊的特殊姿態性，就與美的感受性沒有任何關係了。因此，在這裡又可以想到，歸根到底中國人最初的美意識是起源於『甘』這樣的味覺感受性。」[1]

1　〔日〕笠原仲二：《古代中國人的美意識》，魏常海譯，北京大學出版社1979年版，第2頁。

2.「女美」說。馬敘倫先生在《說文解字六書疏證》中認為「美」是形聲字,「大」為意符,從大猶從女,「羊」(芊)為聲符,「美」義為女之色好。

3.「羊人為美」說。蕭兵先生在《楚辭審美觀瑣記》中認為「羊」是戴著羊皮或羊頭飾的祭司或酋長形象,李澤厚、劉綱紀先生主編的《中國美學史》第一卷在給「美」下的長注中肯定了蕭兵先生的觀點。

4.「性美」說。陳良運先生的《「美」起源於「味覺」辨正》一文在考察了上古典籍中「美」的使用後,對「羊」和「大」的含義提出新的見解:羊因柔順被歸於陰性之屬,為女性之徵;「大」因雄張被歸於陽性之屬,為男性之徵,因而,「美」意為男女交合,「美」字初構之義,為男女交感之美。

本文在陳良運先生論文的基礎上,提出進一步的補充:表意符號「美」的意符兼聲符「羊」(芊),是母系社會的圖騰,作為古老的母姓符號;「大」,為男性符號。「羊大」合體,一方面,是人類最自然的行為——生殖崇拜在漢字中的顯現;另一方面,它也是特定時期華夏民族的婚姻習俗在漢字中的凝聚。本文從兩方面進行論證:

一、「羊」「大」符號的意義內涵;

二、「美」與生育有關的詞義。

一

中國人原初美意識的發生,和其他民族一樣,是一個多元多向、漫長複雜的心理過程。探討中國人美意識的起源,也是涉及多方面學科的複雜問題。原始漢字出現,到夏商之際文字體系形成,是一個極

長的歷史階段。[2]在此以前，中國人的口頭語言應該已經發展得相當完善，在「美」這個書寫符號還沒有出現時，人們的口頭語言中是否已經有了指稱美的詞？所以「美」字，無論從它所容納的文化信息的侷限性來看，或是從它產生的時間看，都難以囊括中國人的「原初美意識」。

當然，毫無疑問，「美」字是中國人美意識最初的（書面語言）符號化凝聚，它聚焦了中國人最強烈、最衝動的人生體驗和審美感受。正是在這個意義上，我仍然將構築「美」的部件「羊」和「大」作為自己的探究起點。

表意符號「美」最初的創造和使用過程，今天已無從得知，只能通過其他資料推究。從一般漢字發展規律來看，合體字「美」的構築當晚於「羊」「大」這兩個象形符號。[3]在「美」字還沒有產生時，在人們的觀念中，「羊」「大」已經是受到讚美和景仰的、帶有濃厚感情色彩的符號，當「羊」「大」組成合體字後，才使「美」為美。

古老的漢字是由圖畫演化而來，原始圖畫多具有神聖性，即作為圖騰，具有生殖、繁盛的祈祝意義。早期圖騰圖像，多為動物寫實形象，後來則逐步走向抽象化。「羊」也經過這樣的過程，即由圖像（可參考「羊」的金文族徽）經過抽象化、符號化，最終形成象形符號「羊」字。

在中國，以羊為圖騰的遠古部落主要是羌，羊作為圖騰，其溫厚、馴順的形象，正與母系氏族神農時期相對和平安定的社會氛圍吻

2　裘錫圭：《文字學概要》，商務印書館1988年版，第27頁。

3　甲骨文中的「美」是作為被徵服的方國名，而不是作為名詞性的形容詞，因而，它與我們所說的「美」字，僅僅外形相似，不是一個字。或者，最多只能算是借音字。

合，[4]其多乳的特徵，又與當時盛行的生殖崇拜相一致。因而，羊圖騰必然成為處於母系社會的羌人最值得讚美的對象。

　　古羌的繁盛，在新石器時期，此期，社會各方面都發生了極大變化。首先是人的體質、大腦功能已具有現代人的特徵，思維、語言能力有了極大提高，社會進入母系氏族階段，彩陶製作達到相當高的水平，農業、畜牧業也已經出現。在母系社會階段，由於對生殖過程的無知，生育被視為女子的功能，人們知母不知父，社會組織是以老祖母為核心，由姐妹家族組成氏族，幾個有血緣關係的氏族形成胞族。在這種以女性血緣為紐帶的群體中，血族情感在人們心目中占至高地位。由於人類自身的生產即種的繁殖，是遠古社會發展的決定性因素，血族關係是當時最為重要的社會基礎和結構，對於這時的原始人來說，圖騰與始祖是一體的，因此，給氏族帶來生命、血脈和綿延不絕的生殖之力的圖騰和母親，是他們心中最美、最崇拜的對象。

　　從仰韶文化彩陶紋飾中頻頻出現的圖騰和生殖象徵可以得知，當時幾乎所有的刻畫雕塑、歌舞頌讚，都是獻給圖騰和母親。彩陶即使是作為食器的，上面的刻畫如魚、蛙、鳥等，其符號意義也並非指稱食物，而是指稱生殖，當時的原始人似乎沒有這樣的觀念，即直接把鮮美豐肥的食物刻畫下來作為藝術品。因而「美」的意符「羊」作為

4　有關神農時期原始圖騰及其圖像化符號的總體風格，參見李澤厚：《美的歷程》，文物出版社1987年版，第16頁。

食物像徵的觀點很令人懷疑。[5]與那些刻畫相映照的是誇大生殖特徵的孕婦像，如1986年在遼寧西部喀左東山嘴發現的「東山嘴的維納斯」等。此期，也是文字開始產生的時期，由圖畫演變而來的最早文字，應該和彩陶紋飾一致，語義指稱母神與圖騰，對於羊圖騰部落來說，最美的、最值得讚頌的就是「羊」——圖騰、母親兼社神和豐產女神。因而「羊」的刻畫也是最美的、最受人尊崇的。

　　隨著社會發展，農業逐漸占據主要地位，男人成為「田裡的勞力」。通過家畜飼養，人們逐步瞭解了生殖過程，也逐漸認識到男性在生殖中的重要作用。生產和生殖方面地位的變化，使得男性逐步成為受讚美和崇拜的對象，一直受到中國人尊崇的「大」就是正面直立的男性形象的顯現。在古漢語中，「大」兼為「夫」，這兩個字直到西周以後有時還可通用。另《爾雅》訓「甫」為「大」，「甫」即「男人」，也即父。後世稱父親為「大大」「爹」，「爹」與「大」也有語音上的連繫。此外，「父」的象形符號為祭祀主持人手奉火之形。《說文解字》曰：「父，家長率教者。」所以「大」兼為男人、父親、家長。

　　與頂天立地的男性形象「大」相應，在神話層面，社神以外出現

5　許慎由「羊在六畜主給膳也」，得出「美與善同意」的結論，其實，「善」古字從羊從詈，義為向羊圖騰祈禱，並非指食物，「膳」是後起字，由「善」孳乳，這也說明了羊當時並非因為「主給膳」而受到讚美。此外，這一觀點也有人類學理論的支持，如前蘇聯美學家卡岡就說過，如果把原始洞穴壁上或投矛器上的野獸畫像以及女人小雕像視為當時藝術家視覺印象的簡單記錄，視為某種「寫生草圖」，那當然是幼稚的。有一點是沒有爭議的，那就是每一個圖像的背後都有一定範圍的神話概念。野獸的形像是動物圖騰的模式，女人形像是神話人物的體現，而器皿、武器或臉上的花紋裝飾是宗教意義的符號。詳見M.卡岡：《藝術形態學》，凌繼堯、金亞娜譯，三聯書店1986年版，第204頁。

了同樣顯示強盛生殖力的男性稷神。[6]此外，因為農業更依賴天氣，自然和自然神崇拜也在這時盛行，在中國，掌管雷、電、雨、水的多為男性神，又多取龍蛇外形，這是後來占據強有力地位的華夏圖騰龍（蛇）產生的基礎。

生產、生殖方面男性強勢的確立，促使母系社會向父系社會轉化，中國進入「以殘酷的大規模的戰爭、掠奪、殺戮為基本特徵的黃帝、堯舜時代」[7]。聞一多先生這樣解釋黃帝族圖騰「龍」的形成：「現在所謂龍便是因原始的龍（一種蛇）圖騰兼併了許多旁的圖騰，而形成的一種綜合式的虛構的生物。這綜合式的龍圖騰團族所包括的單位，大概就是古代所謂『諸夏』和至少與他們同姓的若干夷狄。他們起初都在黃河流域的上游，即古代中原的西部。」[8]正是在血與火的搏鬥中，威猛雄張的龍取代了溫順多產的羊，成為最為顯赫的父系圖騰。夏，大也，諸夏的圖騰「龍」，自然占據「大」的地位。

和以往羊圖騰兼為女祖、社神、豐產女神一樣，「大」合男祖、稷神、龍圖騰為一體，成為最受尊崇和讚美的對象。也和母系羊圖騰發展成為「羊」的符號刻畫一樣，男性的形象顯現「大」演化為象事符號「大」，並發展為備受中國人讚美和青睞的觀念「大」。

值得注意的是，母系向父系社會轉化時期，出現了圖騰感生觀念，人們用感生的想像去解釋氏族起源，其中最能引起我們興趣的是有關姜炎[9]和姬周部落的兩則神話：

6　「稷」的下部分，是男性生殖的符號，參見葉舒憲：《高唐神女與維納斯》，中國社會科學出版社1997年版，第232頁。

7　詳見李澤厚：《美的歷程》，文物出版社1981年版，第30-31頁。

8　《聞一多全集》第一卷《伏羲考》。

9　章太炎《檢論·序種姓》曰：「姜者，羌也。」姜，從羊從女，姜炎部落是以羊為母系圖騰的羌的一支。

　　炎帝神農氏，姜姓，母曰女登，為少典妃，感神龍而生炎帝。
（《史記》〈補三皇本紀〉）

　　姜嫄出野，見巨人跡，心忻然悅，欲踐之。踐之而身動如孕者，
居期而生子。（《史記》〈周本紀〉）

　　姜姓炎帝是母親感龍而生，周祖稷是母親姜嫄踐大人跡而孕，原
本獻給母性圖騰的讚美正在向生殖中同樣占有重要地位的男性神轉
移。有趣的是，「羊大合體」的「美」正是神話中姜嫄與巨人配合這一
奇蹟的符號化濃縮，現實中，則為姬姜兩姓通婚風俗的符號化凝聚。
姜嫄，是崇奉羊圖騰的姜姓母神。聞一多《姜嫄履大人跡考》一文中，
認為「足跡所生」即姬姓的由來，[10]而姬姓黃帝又是以龍為圖騰，在
此，神話形象「大」疊合了「龍」的身影，又在現實層面指向了姬姓。[11]
更為有趣的是，將「美」的「羊」「大」上下位置顛倒後為「羍」，《詩》
〈生民〉說姜嫄懷孕後：「誕彌厥月，先生如達。」鄭箋訓「達」為羊
子，李玄伯先生認為「達」的本字為「羍」，即小羊出生。[12]《說文解

10　詳見《聞一多全集》第一卷《姜履大人跡考》。

11　蕭兵先生也認為姜履大人跡生稷是圖騰受孕機制。以羊為圖騰的聖處女姜嫄踐踏周部
　　落圖騰龍的腳印而受孕，稷「三棄三收」的真正內涵是羌周兩族將稷送至各自圖騰祖
　　先處進行鑑別，獲得認可，避免可怕後果。另，聞一多《神仙考》說，後世的不死觀
　　念，是從西方傳來，西羌有火葬和靈魂乘火上天而得永生的習俗。漢武帝求神仙屢見
　　大人跡，司馬相如《大人賦》中的大人，都是神仙。秦始皇時因臨洮見大人而鑄金人
　　十二，皆著夷狄服，此外還有莊子書中的神人、真人、大人，都是不死的仙人，詳見
　　《聞一多全集》第一卷第158頁和第170頁注九、十、十一。可見，西羌的「大人」是
　　與神仙混為一體的，「大」在羌人心中，語義所指極豐富，且都歸於受到讚美、尊崇
　　的範圍。

12　李玄伯：《中國古代社會新研》，上海文藝出版社1988年影印本，第39頁。

字》曰：「羍，小羊也。」後稷是崇拜羊圖騰部族的姜嫄與「大人」的後代，如羊子出生，因而「羍」從「大」從「羊」，「大」表意兼表聲。此外，稷又是農神。這樣一來，「羊大」合體，成為人類繁衍和莊稼繁茂的雙重象徵，因而它是最美的、最受崇拜的。在青海樂都柳灣發現的距今四三〇〇年左右的裸體兩性同體像和遼寧紅山文化遺址出土的兩面各為男女的人頭像，也從側面證明了，「羊」為美正在轉向「羊大為美」。

如果説，「大」作為眾多部落融合後、具有豐富意指的符號受到讚美是可以理解的，那麼，為什麼後世選擇羌的圖騰「羊」作為構築「美」的部件呢？我認為，這是由多方面原因決定的。

首先是由於古羌的重要歷史地位。古羌的分佈中心在青海東即黃河河曲及其以西以北地區，新石器時代羌是這一帶的主人。傳說中華夏民族的幾個主要組成部分都與羌有血族關係，有人更認為「華夏」與「羌狄」互為對婚族（有關羌與其他部族對婚的問題，下文還要論及）。炎帝所屬的姜炎部落出自羌戎集團，只是姜姓進化較快，較早進入農業文明。另《國語》〈晉語〉曰：「昔少典取於有氏，生黃帝炎帝。黃帝以姬水成，炎帝以姜水成。」夏祖禹也興於西羌，姜後來成為夏的一個分支。活動於今山西一帶的姬周部落，也是從姜炎部族中發育並分離出來的，姬周的女始祖姜嫄屬於羌。芈為楚的母系姓，姜亮夫先生説：「史載楚姓芈，此以羊為圖騰也，即是『西羌牧羊人』之姜姓，是西方一大族。」[13] 此外，少數民族出於羌的也很多，此處不贅。

其次，羌在華夏文明形成的過程中有著重大貢獻。姜炎部落最早

13　姜亮夫：《楚辭學論文集》〈三楚所傳古史與齊魯三晉異同辨〉，上海古籍出版社1984年版。

在亞洲中部草原上開發了畜牧業，也是最早進入農業文明並發明醫藥的民族之一，《太平御覽》卷七百二十一引《帝王世紀》曰：「炎帝神農氏長於姜水，始教天下耕種五穀而食之。以省餘生，嘗味草木，宣藥療疾，救死傷之命。」稷就是在母親姜嫄身邊學會了姜炎部落的種植技術，並把它帶到姬周部落的。炎帝又最早建立了帝王典章制度。羌第一次大規模進入中原，是因助禹治水有功，留居黃河以南，被封為許多姜姓國，如呂、申、許、紀等。以羌的圖騰符號「羊」作為「美」的部件，應該有其政治經濟方面的基礎。

第三，後世傳承的文化，多為周文化。對於古代文化的保存和傳播有著重大影響的孔子曾說：「周監於二代，鬱鬱乎文哉！吾從周。」（《論語》〈八佾〉）周文化在中國長期備受尊崇，「美」字的大量使用也在周以後。周為姬姓，稷的母親屬姜姓，姜姬兩姓世代通婚，關係非常密切，周接受自己女始祖的部族徽號作為「美」的構築部件當在情理之中，後世在從周的同時，也就接受了姜姓的文化和文字。

所以李玄伯在《中國古代社會新研》中說：「又如『美』字，當為姜姓所先用。《說文解字》羊部，美：甘也。從羊從大。徐鉉說羊大則美，不錯，但牛大不亦可以美？用羊不用牛的緣故，就因為美是讚美姜姓圖騰的美，祥善義養敬等字當皆如此。」[14]

二

「美」在上古典籍中所具有的詞義，除了陳良運先生所列出的以外，還有雖然少見卻對於我們所討論的問題相當重要的一項，即與婚

14　李玄伯先生對這些字作了考證，此處不贅，詳見李玄伯：《中國古代社會新研》，第36頁。

育有關的意義，我以為，這是「美」的最初意義。

　　《左傳》〈昭西元年〉子產曰：「內官不及同姓，其生不殖。美先盡矣，則相生疾。君子是以惡之。」李玄伯先生分析説：「吾人且先研究子產所謂『美先盡矣，則相生疾』的『美』字。美，《説文解字》羊部訓甘，乃後起之義，我以為美之初訓與姓相同，亦即民族學所謂『馬那』，美訓性在現存古書中固無直接記載，但我亦有兩個間接證據。」李先生舉了兩個例子，即《離騷》中「皇覽揆余初度兮，兆錫余以佳名」和「紛吾既有此內美兮」，以及《詩》〈簡兮〉中的「云誰之思？西方美人」，他分析説：「古人所謂『名』不只是符號，且含有實質的深義，亦即初民所謂個人圖騰……名的實質或亦謂之德，謂之性。王逸注謂『言己之生內含天地之美氣』甚確，性亦即稟天地之氣所以生者，所以內美即指名的實質，美即等於性。」[15]

　　「美即等於性」，意味著父母的姓（圖騰）決定了人的生（性），也決定了他的美。所以同姓通婚，造成「美先盡」，只有異姓婚配，才是美。

　　早期人類的生殖行為，是由雜交發展為血緣家族的班輩婚。後來因為逐步瞭解到圖騰內部婚姻給繁衍下代帶來的危害，而實行圖騰外婚。「在這種越來越排除血緣親屬結婚的事情上，自然選擇的效果也繼續表現出來。用摩爾根的話來說就是：『沒有血緣親屬關係的氏族之間的婚姻，創造出在體質上和智力上都更強健的人種；兩個正在進步的部落混合在一起了，新生一代的顱骨和腦髓便自然地擴大到綜合了兩個部落的才能的程度。』」[16]據人類學家考察，幾乎所有原始部落圖騰

15　李玄伯先生對這些字作了考證，此處不贅，詳見李玄伯：《中國古代社會新研》，第141-144頁。

16　《馬克思恩格斯選集》第四卷，人民出版社1972年版，第42頁。

禁忌最嚴厲的一條，就是同圖騰部落內部不婚。一旦有人違反禁例，整個部落的人都熱切地參與報復。[17]可以想見，另一方面，符合規範的圖騰外婚在當時應該是受贊美、被強調的。

所謂圖騰外婚，實際上是規定一部族的男女與另一特定部族同級的男女通婚，因此，當時人用的是類別性稱呼，「母親」指親生母親及其所有姊妹，「父親」指母親們在另一部落中的所有丈夫，[18]對於羊圖騰部族及其對婚部族來說，「羊母」和「大父」義指同級別的所有男女。因而，「羊大」合為「美」，成為一個涵蓋面極廣的泛化符號。

家族的繁衍和興旺，在中國是頭等大事，原來生殖不加區別地受到贊美，現在則受到嚴格限制。兼為先祖的圖騰也流為姓，成為兩姓通婚的區別性標誌。

上古女子稱姓，《說文解字》曰：「姓，從女從生，生亦聲。」姓為母系符號，「姓，人所生也……因生以為姓」。異姓通婚反覆得到強調，《國語》〈晉語〉曰：「同姓不婚，惡不殖也。」《左傳》〈僖公二十三年〉曰：「男女同姓，其生不蕃。」《禮記》〈昏禮〉曰：「昏禮者，將合二姓之好。上以事宗廟，下以繼後世。」在此，「合二姓之好」成為婚禮的實質，對「宗廟」「後世」起著決定性作用。

可能由於上古時期地域環境封閉，人流周轉少，古人對婚姻中姓氏的來源特別重視，婚制中尤為重要的媒妁的職能為：「媒，謀也。謀合二姓。」「妁，酌也。斟酌二姓。」（《說文解字》）周代婚姻六禮中，設有問名這一專項，《禮記》〈方氏注〉曰：「問名者，問女生之母名氏

---

17 有關原始部落對違反此條禁忌的人進行嚴厲懲罰的資料，參閱弗洛伊德：《圖騰與禁忌》，楊庸一譯，中國民間文藝出版社1986年版，第17頁。

18 詳見馬林諾夫斯基：《文化論》，費孝通等譯，中國民間文藝出版社1987年版，第38頁。

也。」即瞭解女方母姓，以防同姓通婚。所以，《禮記》〈曲禮〉又曰：「娶妻不娶同姓，故買妾不知其姓，則卜之。」鄭樵《通志》序則曰：「生民之本，在於姓氏。男子稱氏，所以別貴賤。女子稱姓，所以別婚姻。」

　　族外婚在中華民族應該開始得比較早，如傳説中黃帝以西陵氏女嫘祖為妻，鯀與女狄通婚，堯的二女嫁舜，禹與涂山氏女通婚等。姜炎部族與姬周部族，更是外婚制中兩個確定發生婚姻關係的部族。周建國以前，姬、姜兩姓的貴族世為婚姻，周復興以後，古公娶太姜為妻，姬周、姜炎文化二度融合，姬周的王，很多娶姜氏女子為夫人，如後稷之母姜嫄、周代的大王古公亶父之妻太姜，文王元妃周姜，武王之後邑姜，另如魯國的文姜、聲姜、哀姜、穆姜、敬姜，衛國有莊姜、敬姜、夷姜、宣姜、定姜，以及晉的少姜、定姜、齊姜，齊的芮姜，另還有武姜、孟姜等等。由此可見，姜炎與姬周的聯姻有著悠久的歷史。

　　姜嫄的「嫄」，本字應為「原」，意為山崖下水流出之處，這兒正是植物繁茂的地方，它同時兼為女性生殖的象徵，是生命源源不絕產生的地方。因而，姜嫄，作為「羊原」，其姓名具有母系圖騰和地母神的雙重含義。[19]她的兒子稷具有的對種植的天生興趣和才能，正是母神滋生萬物的品質在後代的延續，因而，「羊大」合體，是人類繁衍，也是莊稼繁茂的象徵。稷在擅長農耕的姜炎部族出生長大，後歸於姬姓黃帝族，他給姬周部落帶去了先進的農耕技術，稷的後代也世為農官。稷為文明做出的成就，是姬周和姜炎兩部族通婚的碩果，是「羊

19　有關姜嫄為社神的論證，詳見丁山：《中國古代宗教與神話考》，上海文藝出版社影印本1988年版，第8-9頁。

大」之美。

《國語》〈晉語〉也以炎、黃二帝為例作出詳細論證：「黃帝以姬水成，炎帝以姜水成，成而異德，故黃帝為姬，炎帝為姜。二帝用師以相濟也，異德之故也。異姓則異德，異德則異類，異類雖近，男女相及以生民也。同姓則同德，同德則同心，同心則同志，同志雖遠，男女不相及，畏黷敬也。黷則生怨，怨亂毓災，災毓滅姓。是故娶妻避其同姓，畏亂災也。」

正因為姬姜兩姓通婚，女子皆「宜室宜家」，子孫昌盛，所以「姬」「姜」和「姬姜」具有以下意指：

1. 女性美稱。

2. 美女的指稱。

3. 美女的宗族。

如《詩》〈東門之池〉：「彼美淑姬，可與晤歌。」鄭玄箋：「言淑姬賢女，君子宜與對歌相切化也。」孔穎達疏：「美女而謂之姬者，以黃帝姓姬，炎帝姓姜，二姓之後，子孫昌盛，其家之女，美者尤多。遂以姬姜為婦人之美稱。」《左傳》〈成公九年〉云：「雖有姬姜，無棄蕉萃。」杜預註：「姬姜，大國之女。」此外，《詩經》中有很多讚美姜姓女子和西方美人的詩篇，這裡隱含西羌的姜姓女子為姬姓男子理想配偶的原型，這無疑是姬姜兩族通婚習俗的反映。

此外，可以作為佐證的是，古漢語中「美」的類義詞「每」「好」，語義也指稱生殖和生命：

甲骨文中「母」「每」通用，《說文解字》曰：「母，牧也，從女像懷子形，一曰像乳子也。」母（每）加上偏旁以後進入不同類別的字，都有「盛產」之義。如梅，結子很多的樹；海，水之母，有大量水的地方。所以，母即每，也即美，語義皆指向生育。

「好」，《字彙補》〈子部〉收錄其異體為「母子」合體字，「母生子」為好。殷商時代彝器《婦好甗》中的「好」，從子從每，「好」即「每生子」。《說文解字》曰：「好，美也。」特指女子美色。因而，「美」「好」最初都是指「生子」。

母生子為美，「羊」兼有「母」義，因而也具有「美」義：「嬭」與「芈」同音，「嬭」義為「母」，「芈」是「羊」的本字，其形象羊，其音像「羊鳴」，芈是楚的母姓，蕭兵《楚辭文化》中引用眾多學者的考證，說明羊鳴之「嬭」，極可能因為楚人之母系出自羊「芈」之族。另外，「嬭」又可釋為「乳」，是生育的象徵，所以，古音相通的「芈」（羊）、「嬭」「母」在意義方面可以互訓，「羊」（芈）也具有「母親」和「生育」義。這一點還可以從現代少數民族語言得到證明。如苗族東部方言區的人稱母為「阿芈」，又因母系社會從母姓習俗的遺留，四川西北的羌人自稱為「芈」「綿」或「瑪」。[20]

還可以為「美」的「繁衍興旺」意義作為佐證的，是「美」字「羊大合體」的構形，映照出中國哲學的重要特點：陰陽二元模式及天人感應。

任繼愈先生認為，中國古老的陰陽及陰陽創生觀念的形成，可能是由男女交感產生子女的普遍現象中概括出來的。[21]《易》以象徵陰陽的基本符號「—」「--」，進行排列組合，構建了一個陰陽配合，生生無限，包納萬物的宇宙二元秩序系統的哲學模式。《易》〈繫辭傳下〉曰：「天地絪縕，萬物化醇。男女媾精，萬物化生。」《淮南子》〈精神訓〉曰：「古未有天地之時，惟象無形，窈窈冥冥……有二神混生，經營天

20　本節論證，參考了蕭兵先生《楚辭文化》的有關章節，詳見《楚辭文化》，中國社會科學出版社1990年版，第10-20頁。

21　任繼愈：《中國哲學史》第一冊，人民出版社1964年版，第27頁。

地……於是別為陰陽，離為八極，剛柔相成，萬物乃形。」《莊子》〈知北遊〉曾談到天地之美：「天地有大美而不言，四時有明法而不議，萬物有成理而不說。」四時的正常運行、萬物的蓬勃生成，是天地陰陽交合的結果，是天地繁殖力的體現，也是天地的「大美」。「美」作為人的規範性行為和天地陰陽的運行有序是一致的：「『美』必然會帶來人口繁衍，植物豐茂，牲畜興旺，萬物有成。」

所以在古漢語中，「美」的語義首先指稱規範的婚配行為以及因之產生的健旺生命，在深層，「美」的語義具有雙重表現功能：合理性與詩意。前者指向特定時期的性行為規範，這是人類走向文明的重要裡程碑：

為了種族克制個人慾望，為了長遠幸福抵制眼前的誘惑，個人在本部落實行自我克制，將性行為納入嚴格規範，這種做法加強了人的自身教養，預示著崇高之「美」的產生；後者指向人類在健康的性愛中所享受到的詩意化生存，它引發了文學史上無數戀歌的產生。隨著時間的流逝，前者逐步演變為人們的生理習俗，「美」的這一重語義也逐漸演化為與「美」糾纏著的善；後者也許成為《詩經》中「美」多用來讚美戀人的原因。

在長期的文明發展中，亂倫禁忌與兩姓通婚成為人們習以為常的婚姻習俗。「美」有關生育的意義也逐漸脫落，語義指稱對佳偶的讚美，以及對一切美好事物的讚美。亂倫禁忌的實行，在中國不如西方那樣艱難，那樣驚心動魄，我們只要想想希臘人以俄狄浦斯的亂倫故事作為典型來說明命運的威力就可以體會到這一點。華夏文明未經過大的斷裂和衝擊，明顯地體現出連續性和傳統性，這樣，溫和卻持久強大的道德輿論力量，相對穩定的居住環境，清晰的人倫關係網絡，嚴格周密的媒妁制度，使得初民不是在不可知命運的威懾下，而是自

然、自覺地走向婚姻規範化道路。試想，初民甚至啟用「美」的造字來表達自己對於族外婚的讚美，可見「輿論工具」運用得是多麼充分。「美」字為中國人設置了健康的審美參照，美的產生與發展，說明了美存在於人們的自覺行為之中，美的價值在於個體生命在族類生命中的延續，這種自覺行為、這種崇高價值，是任何外力都無法改變的。

（刊於《福建師範大學學報》2003年第2期）

後　記

　　在世界各大洲不少大中城市，據說中國餐館在當地的飲食業中皆有些名氣，美味的中國菜使各種膚色的男女垂涎，於是美味佳餚與精美瓷器（主要作為食器）似乎成了中國的象徵。國人中頗有不少為此種殊遇津津樂道甚至自豪者，搬出《說文解字》的「美，甘也。從羊從大」，謂中國之「美」就是從「味覺」發明，以為味覺審美似乎比耳目審美更高明，「食美學」比「性美學」更純潔。……這是否給外國人造成一種印象：中國人自古以來就是一個追求滿足口腹之慾的族類？

　　上個世紀八○年代末，我讀到剛從日文翻譯過來的笠原仲二《古代中國人的美意識》一書，對其首章所論「中國人最原初的美意識」便發生疑惑乃至反感，「美」，果然就是「羊大則美」而「味甘」嗎？於是經常思索著試圖破除這一疑惑。一九九四年，我指導的中國詩學研究生許龍（2001年又成為我指導的博士研究生）也有這個疑惑，他在準備作學年論文時向我提出了這一問題，我立即鼓勵他作初步的探討。整整一個學期，師生二人反覆切磋，他的學年論文四易其稿，差

強我意，於是以《中國古代「美」之本義形成新探》為題發表於一九九五年第三期《江西社會科學》。大概是人微言輕，這篇有些新見的論文沒有引起絲毫反響。

我不甘心輕易放過這一重大問題，當《中國美學範疇叢書》轉到江西出版並擴充選題時，向主編提出增加「美」範疇，並毛遂自薦。正式列入選題後，第一個攻堅點就是「羊大則美」。我從經書文本入手，旁及《說文解字》之前若干有關文字資料，在《詩》《易》二經中找到突破口，幾個月後寫出本書第一章。

在正式交稿前，為了使書中自認為有新發現或「道前人所未道」的某些章節的內容，先行聽取國內外美學專家的意見，曾另行撰成專題論文若干篇投給國內學術刊物，有幸在《文藝研究》《文史哲》《廈門大學學報》《東方叢刊》等先後發表，特別是國內唯一家以發表美學研究論文為主的《文藝研究》，慎重地刊出了《「美」起源於「味覺」辨正》，使我深深受鼓舞，亦由此引出了最早響應的一篇文章。

二〇〇〇年九月，因某種特殊緣分，調入福建師範大學。也是新調入的語言文字學專業的朱玲教授與她的先生譚學純教授看到《「美」起源於「味覺」辨正》之後，認為有新意，我便試請他們能否從古文字學、文化人類學的角度（我在這方面完全是外行），再作深入的探討，為拙作提供更確鑿的證據。他們夫婦爽快地答應了。朱玲教授擱下手頭正在撰寫的專著，在圖書館不倦搜索各種相關資料，本書交稿前夕，從微機上傳來了《「美」和中國人的美意識補論》。細讀她的大作，我第一個感覺便是「柳暗花明又一村」！於是請她允許將此文作為拙著的重要附錄。……

本書下編，原想再寫一章《從古典美到現代美》為全書作結，中心論點是「美」全面地回歸自由。中國古代美學的主流是儒家道德的

美學，受政治功利的制約；道家、佛玄美學，對多數人來說，只是對此一種逃逸方式而獲得一隅的自由。全面回歸自由的「度」在哪裡？審美創造與審美接受、鑑賞的自由如何把握和實現？現時似乎難以說得清楚。《文史哲》二〇〇二年第二期發表拙文《「休」——一個起源於遠古的美學觀念》後，承蒙山東大學文藝美學研究中心邀請，參加在青島舉辦的「審美與藝術教育國際學術討論會」，會議通知中有兩個論題引起我的思考：一是「全球語境下的當代審美文化」，一是「被納入文化產業的審美活動」，頓然想到，是否可以從當前已流行的「休閒」話語再度切入，窺探一下現代人的審美心理？於是收集了若干新老材料寫作了《「休」「閒」與當代審美文化》一文，觸及一下原想的論旨。同樣是本書主體部分完成後，感到有負於書法藝術而補作的一篇論文——《書法藝術對中國美學的特殊貢獻》，現一並列入「餘論」。

入閩之後，得到福建師大校、院、系三級領導親切的關懷，給我的科研、教學工作注入了新的動力；寬敞舒適的新居，南窗外一脈青山，山後不遠便是遼闊大海，清涼的海風徐徐吹來，冬不寒冷，夏天不再受「火爐」之烤……。有如此之佳的人文環境與自然環境，我感到此身所述與筆下所述都無比暢快。

入閩兩週年之際，本書全稿終於順利完成了。每寫完一章，稿面難免有雜亂的塗改，但兩三天之後，我妻施娟便從電腦「作坊」送出整潔的清樣。在四季不斷的花香鳥語中，過著新式的「男耕女織」的生活，亦是人間一大樂事！

余不勝記。

二〇〇二年八月三十日於榕城花香園
二〇〇四年十二月十五日三校畢略改

昌明文庫·悅讀美學 A0606012

美的考索　下冊

作　　者　陳良運

責任編輯　楊家瑜

發 行 人　陳滿銘

總 經 理　梁錦興

總 編 輯　陳滿銘

副總編輯　張晏瑞

編 輯 所　萬卷樓圖書股份有限公司

排　　版　菩薩蠻數位文化有限公司

印　　刷　百通科技股份有限公司

封面設計　菩薩蠻數位文化有限公司

出　　版　昌明文化有限公司

桃園市龜山區中原街 32 號

電話　(02)23216565

發　　行　萬卷樓圖書股份有限公司

臺北市羅斯福路二段 41 號 6 樓之 3

電話　(02)23216565

傳真　(02)23218698

電郵　SERVICE@WANJUAN.COM.TW

大陸經銷

廈門外圖臺灣書店有限公司

　　電郵　JKB188@188.COM

ISBN 978-986-496-361-4

2019 年 7 月初版二刷

2018 年 1 月初版一刷

定價：新臺幣 340 元

如何購買本書：

1. 轉帳購書，請透過以下帳戶

　 合作金庫銀行　古亭分行

　　戶名：萬卷樓圖書股份有限公司

　　帳號：0877717092596

2. 網路購書，請透過萬卷樓網站

　　網址 WWW.WANJUAN.COM.TW

大量購書，請直接聯繫我們，將有專人為您

服務。客服：(02)23216565 分機 610

如有缺頁、破損或裝訂錯誤，請寄回更換

版權所有·翻印必究

Copyright©2016 by WanJuanLou Books CO.,

Ltd.All Right Reserved　**Printed in Taiwan**

國家圖書館出版品預行編目資料

美的考索/陳良運作. -- 初版. -- 桃園市：昌

明文化出版 ；臺北市：萬卷樓發行, 2018.01

　　面 ；　　公分. -- (昌明文庫. 悅讀美學)

ISBN 978-986-496-361-4 (下冊:平裝)

1.文學理論　2.文藝評論　3.中國美學史

820.1　　　　　　　　　　107002256